旅行

張啟疆 著

目錄

contents

導讀

活著，就是旅行

南山

旅行，人類的共同經驗，忙碌現代人釋放身心靈的集體渴望。當捷運站、樓體、車廂、螢光幕和媒體以大篇幅、特惠價的「×日遊」、「自由行」誘惑我們飢餓的靈魂、不自由的皮囊與意志……一齣或虛或實的○○之旅，就在計畫方興、行程所及的現實邊界，蠢蠢欲動。

廣義地說，如果人類老祖先的狩獵、逃亡、遷徙和叢林戰鬥也能歸爲「冒險之旅」、「探索之旅」、「亡命之旅」……「旅行」這個詞，就有了耐人尋味的多義：苦行非酷刑，逆境即逆旅；十年、百年修得什麼？修行而已。奔波勞碌叫作「有期徒行」，夢境連環名爲「夜間飛行」；活著，就是持續不斷的旅行。

而人生，就是一齣有待完成的履行。

從某種角度看，人的一生，不就是在有限時間內漂浮、無垠空間裡流浪？身體與靈魂或短或長的位移？

有人遊山玩水，有人跋山涉水；有人環遊世界，有人幻遊嗜界——書籍、音樂、電影、創作、藝術等美學經驗所打造的結界。或者獨步荒野，也許結伴同行。也可能是，人生有涯、軀體受限之際，踏虛訪迷、聞見真實的神遊。

那是感官之旅，想像之翼，一齣齣穿梭回憶或未來的魂靈探險。

也是張啟疆在這部小說中嘗試推陳出新、玩味辯證的亮點。

●

《旅行》是一對父子偕行（也可以說是「共遊」）的故事。

他們的身分、背景、遭遇皆極爲「奇特」——奇在哪裡？因何特殊？由於作者故意將「真相」藏在結尾，爲免破哏，筆者不便有所著墨。重點是，牽手結伴，進行一齣齣鬼不覺神亦不知的「祕密行動」：既是抗辯也稱履新亦屬改寫的神奇之旅。他們想改變什麼？界線。動和靜，虛或實甚至生與死的邊界。

他們的足跡，不在自由女神、巴黎鐵塔、凡爾賽宮、金字塔、羅馬大教堂之類世界級名勝（略微帶到「奧萬大賞楓」等本土實景），反而流連於夜市、電影院、棒球場、捷運等稱不上「景點」的日常空間。

夜市能逛出什麼？美食？人潮？庶民生活？油煙味？關於「美食」的動人故事、難忘回憶？

他們光臨的電影院，則像是時光劇場，播放影迷眼中的經典、父親的觀影經驗與自身投射；一幕幕蒙太奇般的嬗遞流變，每一瞥任一景，都是孩子無從想像的天堂樣品屋。

至於球場與捷運，牽引伏筆（如刻意和他們「同行」的老先生），串帶旁線（如走完「最後一程」的老太太、擦身而過的投河父女）；糾成父子命運最蒼涼、荒誕的注腳。

或者說，這對父子嚮往的事物非關奇山、異水或美景，竟只是「日常」散發出來的生活況味、生命氣息。

●

「怎樣生，才算活？」「活在哪裡，不枉此生？」迷惑父親發出的詰問。

五感之旅於焉展開，前四章從味、視、聽、嗅下手：

夜市是味覺的夜總會、美食的魔法廚房，「熾烈的或許幽靜的，飢渴的乃至欲望的……」、「轉化消融，翻覆廝磨，歡樂亦酣暢，品嘗即擁有。」因而讚歎：我們滋味食物，食物滋養我們。

電影院是視覺的宴饗、故事的糖果屋。感傷也好，錯愕也罷，當「畫面頓停，片尾字幕崩瀉而出」，我們的「聲色——也是生澀故事」，就有了糖漬的酸辛、美化的悲慟，彷彿被電影仿製的命運。

眾聲喧譁的棒球場，是「聽音辨位」、沸聒轟鳴的聽覺競技場；是「從快板奏鳴曲開始」，放緩，漸慢，彎繞，加快，更快，隨即戛然而止的交響曲。膠著戰局，起伏戰況，暴力打線，放火牛棚……按照作者激情忘我的寫法，你再找不到如此教你死去又能活來的遊戲，活像九局版短篇人生。

捷運站和捷運車廂是氣息、體味的集中交易所，「九天十界的人氣、妖氛」、「大台北過半的氧氣，上百萬人的鼻息——羼雜苦杏仁去而不化的氣味、熟蘋果的腐香，同時通過肺腑」。也點出幽微感知形成的歧路：旅行，不一定是在足跡所至之地。

就像文中「女人」（孩子的母親）的反應：她在想，一直在想，寶貝去了哪裡？

至於第五章「我們的城市」，傾頹與綻裂，崩潰且碎散，滿目瘡痍——即使如此，仍須藉由一雙手——顫抖的觸鬚，堅定溫暖的父子攜手，由表皮、真皮和皮下組織構成的三界天，人類最初也可能是最後的知覺——來辨認、重溫、回想與界定。

作者可能想告訴我們：懷疑置身何處沒有任何好處，沒有任何事情值得懷疑，沒有任何地方可以容身，不論你活在水滴、泡沫或廣袤千里的「現在」。

重點是，你看到、聽到、嗅到、摸到什麼？佳餚或苦澀在前，你要如何品嘗？

從這點看，每一章首的「引言」：滋味、光影、聆聽、呼吸和觸摸，一口氣讀，痛快淋漓。如形容麻辣的「螃蟹在舌尖暴走」、「紅蟻在唇間爭鬥」、「萬箭射穿咽頭肌」；或如「辛離不開苦；痛了，只好求快」之類犀利警句。也有驚心的描摹，如「吞盡整面海洋的座頭鯨」、「我們是有氣靈體、無鰓的魚，泅游苦海，上不了岸」、「鑽孔器在你瘦痛的齒縫震響」……活了色，也生出香，活脫脫的五感極致導覽。

初讀時，以為是作者表露意念、闡述主旨的「插播」；看完全書，才發現「引言」亦正文，是那位父親有「感」而發的心迹。對照情節發展、虛實呼應，你會驚覺作者煞費苦心埋設的小說機關。

●

作者曾說：「手握好筆，便是闖關遊戲、障礙賽跑，讓你癱軟潰崩的奔赴。」（〈表現經營〉二〇一五年三月十三日《聯合報》副刊）在他心目中，長篇小說是什麼？「一座巍峨參天金字塔」、「棟宇連雲」、「移動城堡」……不但座落現實，還可以進入諸時異空。由此可見，讀者想要一窺堂奧，得了解他「雕了梁，畫了棟，埋暗樁，添斗拱」的用心。體構與厚度、閃亮的意象、層疊繁複的意念，以及糾纏其間的明軸、暗線與多變，遂成為張氏小說學的藍本。

這部小說的結構設計，當然就不只是六個章節、各擷一景而已。前述的「插播」手法（技巧、暗招），還真的透過小說形式、文本規則，散布在行文敘述、字裡行間和每一章的章末；構成虛實相映的雙軸，或者說，明暗並行的雙線敘事。

怎麼說？我們凝神閱讀細明體正文時，每每被飛來一筆干擾：楷體扦插文字。從第一章開始，父子逛夜市「品嘗」小吃時，突然插進一行「他又失蹤了」。像雙重曝光、遠天繁星閃爍，乍看與主題無關，可之後的神出與鬼沒，又和主軸時分時合地糾纏。精明讀者會發現伏兵、魅影、雪牆上閃過一抹壁虎行蹤、縱橫棋盤上白子黑子競逐角力……簡言之，這是典型的雙線小說。

細明體在明，楷體字在暗；父子相處屬實，「飛來一筆」（其實是至親好友的關懷）為虛——但並非船過無痕，那些閃跳楷字會在每章末集結，依序排列，自成邏輯連貫的「偏章」。再將前五章的章末連綴，就是第六章「真實的虛線」內容。但仍有所不同：為營造懸疑效果，前五章的楷體敘述會隱詞藏句，直到揭曉時刻，才給讀者「完整版」的享受。例如，第一章出現的「離家出走？」，到了最後，變成「離家出走？離『枷』出走？」弦外之音如驚雷乍響。

換言之，前五章合成「故事A」，第六章名為「敘事B」——故事A的真相；兩者互為表裡，分據明暗，不時交錯，進而……翻轉虛實，雙線合一。

啥？前五章的楷體字內容，進入第六章，忽然改為細明體呈現（偏房扶正？）相對地，久居「正文」的細明體字，到了書末，退至楷字邊界，變成一縷輕煙、一則旁注。

瞧！第一章起首：

「好吃？」父親問兒子，也問自己。

「嗯，爸爸認為好吃嗎？」

第六章尾聲：

好吃？

嗯，爸爸認為好吃嗎？

「嗯？你們聽到了嗎？有人在說話……」

耐人尋味的首尾呼應。

●

翻轉，交錯，糾纏，扦插……換成張啟疆的文學用語：辯證。

「真實的虛線」是辯證。「自來處來，往去處去」是辯證。「永恆藏在剎那」是辯證。「劫毀或重生」也是「釆」證：生命，落腳何方？那位父親說：「這世界是怪象、異兆的相合虛構。」誰真誰幻？孰死孰生？是生命觀的問題、宇宙論的宏旨，也是「張氏小說學」的大哉問。

筆者無意深究作者的「癱軟潰崩」，倒有些好奇，什麼樣的動機或靈感，讓他寫出這部教人心底發寒卻又漾著暖意的作品？

現實中的天倫之樂？筆者不免聯想小說裡關於父子情深的刻畫：「孩子就在眼前，在身邊、懷內、苦集滅道、夢境深處——人類父親到達不了的極地，以及視線和指尖千迴百轉的咫尺天涯。」

面對中老的徬徨？「如果時間沒有終點，我們處身此時或彼刻，有何不同？」或者，蓄積了滄桑與智慧的突破新動力、渴望再出發？

作者的奮筆執著，是讀者的痴迷等待。作者勇闖難關，讀者也甘於追隨赴險。心靈的力量，可以將人帶往哪山哪水？哪方宇宙？

目擊、耳聞、鼻嗅、膚觸後，讓我們回味那位父親所說：「一個人愈是迷失在遠方，就愈能夠理解，爲了抵達這裡所經過的其他地方。」

二〇一七年八月二十五日

第一章　夜市

章首　滋味

辣是什麼感覺？

口腔的酷刑，萬箭射穿咽頭肌？

感官的激流，烈焰在味蕾森林竄燒？

螃蟹在舌尖暴走。紅蟻在唇間爭鬥。

有人說，挺胸提氣，吞炭噬冰，吃盡世間不平。

有人說，踩釘床，步燋岩，赴湯蹈火……哦不！是含著苦刑梨，牙關、臉皮、下顎糾纏勁舞。

辛辣。甘辣。酸辣。糊辣。熱辣。麻辣。打翻辣缸的辣。

紅油辣。宮保辣。芥末辣。蒜泥辣。魚香辣。朝天椒辣。

韓氏泡菜辣。麻婆豆腐辣。豆瓣鯰魚辣。夫妻肺片辣。

為了追求味覺的極致，我們浸淫紅海，將自己弄得滿頭大汗、七竅生煙、五臟六腑失火……

有人說，五內俱焚：辣妹在男人體內縱火？

有人說，喝辣吃香。那又是什麼況味？過豪奢，享豔福？樂嚼美食，暢飲名酒？飽嘗冷暖後，反芻那燙口寒心？

束辛謂之辣。一束束辛酸燃料棒，扦插直入，布滿生命的傷口或竅門，等著引爆，或者，燃引澎湃能量。

偏辣者，往往重鹹；性辣者，不免涼酸。就像縱欲者，首在縱飫：饕餮之貪、饈饌之饜，捨我其誰？捨此其什？

你能分辨死鹹和鹺鹹的差異？海鹽的壯闊？陸鹽的渾重？晶粒兜落，未若柳絮因風起？不！是動盪湖鹽、頑固岩鹽和深藏井鹽，分說風波、碑碣與詩話。

淚鹽呢？激歡留吻，徹痛留痕？哈！熱血熬冰心，反覆沸滾閒置的荒涼結晶。

煲湯調味，要在收火起鍋時下鹽，才不會把鹹津煮僵。苦茶入喉，宜於屏氣凝神時下咽，以免舌根上麻。辛離不開苦；痛了，只好求快。意氣風發的胃，納天地山川，管你鯨吞蠶食；五味雜陳的心，不會辨不出：戀情餿酸，深情苦口，祕情鹹澀，畸情騷羶……

甜呢？爽口潤喉溫心沁肺。某些感覺，氽燙水煮，才是原味；有種異樣，冰鎮之後，回歸初心。有些味道，精於偽裝或隱藏，像一則瞞天過海的誇飾[1]，讓人嘗百草、尋千醫猶不得其解。

自然界有一顆紅寶石，叫作神祕果，具有偷天換日的魔法：吃下她，檸檬汁是甜的，酸芒果是甜的，大黃和青梅也變成蜜糖。哈！味覺大挪移，七葷與八素的變臉。

情人修成正果呢？那味兒，是歷盡酸楚後的回甘？

化不開的是糯甜，嚥不下的是茹苦。跳跳糖在舌苔燃放花火，棉花糖在齒間編織雲絮。嗷嗷的嘴，吃遍媽媽味、古早味、人情味和愁滋味；奢婪的心，追求活血補腎壯陽滋陰……最好還能瘦身。增一分理想熱，抗幾許現實寒；我們於是擁有暴食症的目光和厭食症的肚腸，在「不得」和「不得不」的痛苦循環中趄行、擺盪。

瓜上抹鹽，平添清甜；傷口灑言，徒增裂痛。面對親友的慟傷，我們經常不知不覺猛灑「胡教言」：披著心靈箴言外衣的胡言亂語，我們以為是施教渡人，其實是在啖食他人痛苦。

勞力者食人，勞心者食於人——乍看之下，我們像是活在食人族國度，彼此爭齧財富資源、智慧心血，再將愛恨情仇攪拌蘸分，當成利益砧板上的佳餚、談判桌上的祭品。

甜鹹苦辣四正味，酸澀腥沖四賓味；正妹定不乏味？鱻賓往往奪主。別忘了，最能止渴的果子，叫作「望梅」；宜於充飢的食物，名為「畫餅」。而我們呢，吃乾抹盡，

1 指味精、香精。

吮指舔齒，茫然四顧：口舌未及的纖端，一縷餘香，一線火星窸窣直搗回憶彈藥庫的碎響，悠悠游擺……

夜市

「好吃？」父親問兒子，也問自己。

「嗯，爸爸認爲好吃嗎？」兒子也問。

「當然……美味可口囉。你——」父親有些心不在焉，話鋒一轉：「想要怎麼吃？」

「一攤一攤吃下去，每一攤都吃。好不好？」

天真的貪婪，抑忍的饕餮。兒子仰望愁眉深鎖的父親，眼瞳裡散發欲望的亮彩。

吃。貪吃，偷吃，大吃，小吃。生吃，熟食，牛飲，鯨吞。「口腹之欲」尚不足以形容他對這種……口腔運動的看法。張口乞求，咂嘴尋味，維繫生命之必要，危細生命的避藥。

「好不好，爸爸？」纖細的指掌搖晃乾瘦的手臂。

「你知道這處夜市最有名的小吃是什麼？」神遊歸來的父親，幾分恍惚，有些疲憊；笑意像屋頂漏雨，滴滴瀝瀝。

「生煎包？蔥油餅？大香腸？」孩子比出右手食指，再出中指、無名指。

「喔？你知道的不少吔！還有呢？」父親瞪大了眼睛。

「病死豬。灌水牛。黑心油。」孩子又伸出左手。

「哈哈！哈哈哈！」大笑，春冰消融的笑意。「要不要先嘗嘗大雞排？」

順著父親手指的方向，孩子看見一波三折幾乎延伸到大馬路的排隊人龍。一個油亮的攤位，老闆和夥計大汗淋漓地下料、起鍋、裝袋、收銀、找錢。

絲絲飄香的油脂味。滋滋作響的烹炸聲。

孩子挺胸，吸氣，像部抽油煙機，想要吸盡沾五光、染十色的夜市氣息。他吐出乾澀舌頭，舔過上唇，滑向嘴角，又立刻收進口裡。

舌是宇宙及生命生生不息的符號——父親腦海閃過這句話，呈蛇形詰屈排列的文字。但他只說：「這攤很有名喔！外皮酥脆，內裡柔軟，鹹淡剛剛好。一口咬下，你能感覺牙齒撕裂纖維送入洞房的快樂，啊！一嘴接一嘴，魯呷魯涮嘴。」厭食的父親忽然扮演起美食代言人。

「送入洞房？」兒子聽不懂這句古語。

「是啊！你愛不愛食物？」父親摸摸兒子的頭。

「愛。」孩子點頭。

「古人說：『一粥一飯，當思來處不易。』意思是要我們珍惜食物。但爸爸知道，我們對一日三餐食物的感情，早已超過『珍惜』的程度。」父親說，「細嚼，慢嚥，吮指，咋舌，嘖嘖有味……我們和米麵肉蔬的親密關係，熱戀中的情人都比不上。」

攪和，咬碎，舔吮，吞嚥……你儂我儂的泥團糊塊通過喉洞，滑入食道，憩息在胃囊和腸壁。那腔甜蜜，是在心房等候郎君的一縷芳魂。

感官的以及心情的，熾烈的或許幽靜的，飢渴的乃至欲望的……轉化消融，翻覆廝磨，歡樂亦酣暢，品嘗即擁有。我們滋味食物——那些「古早味」、「媽媽味」因為心靈的作用而有了深印的力量。食物滋養我們——讓我們在「佳餚」、「盛宴」的回憶中，腸肥而腦滿，乾癟或枯萎。

啖食動物的屍體，讓熱量、養分或毒素繁盛細胞，共築身體宇宙；吃下情人的唾液，教熱情、緣分和色素交混再生，也就是交換愛欲與細菌、悲傷或分離。

但有一種餵食，幫你拔刺，為你去骨；容易燙口的，先行吹冷，不易消化的，替你嚼碎。舐犢之唇傳給嗷嗷之口，媽媽餵養小寶貝。

新的三角關係形成了。親、子、食物間若現若隱的分享環、供應鏈。飲食供應父母供應子女，子女反哺父母回饋食物？孩子飽嘗冷暖之前，父母能為他承擔多少酸辛。

他又失蹤了。

「爸爸，你在說什麼？」孩子輕觸父親的手心，而顫縮了一下。他感覺一點熱，用指尖撩摸燭光的熱。

「我說啊！吃是一門藝術。懂得吃，就不會暴殄天物，而是……」父親眨眨眼。

「什麼？」兒子睜大眼。

「抱舔尤物，哈哈哈！」父親捧腹大笑，瞄到孩子疑惑的眼神，隨即收斂表情：「咳咳！爸爸是說，抱舔添加物，對身體不好。最好吃自然的食材。」

「那爸爸還帶我來夜市？」

「夜市有什麼不好？爸爸第一次吃大雞排，就是你媽媽拐我來的。而且……」父親欲言又止。

是啊！孩子也一樣。我反而希望孩子跟他爸爸一起……

「而且媽媽說，你睡著時臉頰嘴角會動，好像白天沒吃飽，只好在夢中大吃大喝。」兒子一眨不眨盯著父親的雙眼——閃爍如星辰的眼瞳。

「媽媽什麼時候說的？」輪到父親意外了。

「不久前，你……的時候。」孩子的神情忽地一暗，聲音也變弱變小，低幽似蚊鳴，聽得不甚清楚。

離家出走？

「媽媽有沒有說，爸爸第一次吃大雞排，是和媽媽合吃一片？」父親沒有追問，反而淡淡一笑：「她一口，我一口；我把嘴裡肉塊塞給她，她將咬下脆皮餵給我。我們交換食物的不變蘸料就是彼此的口水。好噁對不對？」

孩子咧嘴，傻笑。

「還有更噁的事喔！」父親彎腰湊近兒子，鼻尖貼鼻尖：「爸爸將最寶貴的東西，交混媽媽最珍愛的心血，創造出獨一無二、這世界最完美的寶貝。」

那是他們父子間的祕密。

「爸爸覺得我很完美？」兒子聽懂了。

「當然！你是爸爸這一生中，收到的最好的禮物。我和你媽媽就蹲坐在陽明戲院的台階上，吃雞排，談未來，享受兩人時光。當時，我們沒有想到你會出現湊一腳，呵呵呵！」

祕密？你是說他們的溝通方式？

戲院，就是看電影的地方？孩子看見雞排攤後方，一幢介於米黃、暗褐色調的陳舊建築。

電影，就是幻夢的世界、迷離的天堂？孩子沒說出口，眼睛一直盯著夜暗中蹲伏的夢獸：關閉的大門如緊抿的雙唇，黝黑的窗戶像入睡的眼洞，售票口是吸納興奮吐出激情的鼻孔，一紙通行證，帶領好奇的眼睛夢遊幻戲人生……

直了，幽了，閃爍幻變了。孩子的眼瞳映著斑斕，父親呢，逸出神魂的目光如蝴蝶翩飛，悠悠蕩蕩，穿過某處死角，踅向某道回路……

「夜市小吃攤，是美食的魔法廚房，變出超大號雞排、一吃上癮的串烤、會噴汁的生煎包、甜鹹交合的大餅包小餅、葷素同體的大腸包小腸、肉味四溢的士林大香腸、香

熱補身的藥膳排骨湯……。沿文林路、大東路、大南路尋寶，或駐足小弄、轉角，大啖青蛙下蛋、現切水果、蜜餞豆干；然後，踅進挨挨擠擠情人巷——是啊！摟著馬子，抱緊男友，臉貼臉、嘴對嘴，依偎餵冰。」

「媽媽……還說了什麼？」父親攬著孩子細瘦的肩頭，掌心貼撫，指尖輕叩，感覺不很真實：不像觸覺的觸感，像目擊，像視線糾纏正在消逝的事物；像……站在田埂瞥見茫茫水田裡一隻單腳站立的灰鷺鷥。

「她說，你常常離開，不告而別，她不確定你什麼時候回來，或者，回不回來？」孩子的聲音有一絲哽咽。

「我……對不起！爸爸對不起你們。」他想抱緊孩子，但手臂僵麻、指端抽搐，竟有些不聽使喚。「爸爸答應你，再也不離開你，好不好？」

「沒關係啦！爸爸，你不是帶我出來旅行了？」兒子綻露笑臉，輕拍父親的手背：「而且，你答應過喔！要讓我一攤一攤吃下去，脹破肚皮也可以。我要吃大腸包小腸、臭豆腐、豬血糕、生炒花枝、藥燉排骨……」

父親別過臉，好一會兒，才說：「你覺得世界上最好吃的東西是什麼？」同時往戲院旁的小巷前進。

「爸爸煮的麵。」兒子跟上父親腳步，不假思索回答。

停步，或者說，僵住。

波浪翻湧，濤聲迴旋，不停歇的沖刷，不息止的起落，微腥澀冷的回憶海潮淹漫而來。

洗切，浸漬，點火，下鍋……

絲絲縷縷，糾纏一生的私房料理。

他曾用食譜文體介紹這道麵食——

材料：蕎麥拉麵、高麗菜、番茄、豬肉絲（愈細愈好）、蔥花（愈碎愈棒）。不須耳鬢廝磨、近距離交談者，可添加一小瓣大蒜提味。但不論是否與人接觸，飯後請刷牙。

作料：極少量醬油、鹽、沙茶醬（不放亦可）和一大湯匙自我感覺良好。

作法：肉絲先用醬油、太白粉醃漬，快炒後撈起。將切好的青蔥、蔬菜下鍋，爆香半分鐘，添水炒（煮）熟，再將肉絲混入合炒。

另備有碎蔥末沙茶醬的湯底（高湯、白水皆可）。將麵三滾煮熟，放進碗裡，成為湯麵。最後將肉絲菜料帶汁澆上麵碗。切記！下箸時不可攪拌，破壞美色和食感（除非你執意做成七情六欲乾拌麵）。

口感：麵Q，彈牙；湯汁順口、潤喉、挖心、掏肺，還好，不至於反胃、斷腸。

水正滾，湯猶沸。飢餓的碗筷瓢匙，等待好料下鍋、美食登場。可惜啊！一番心意不如一手技藝；也許有溫度，或許藏深情，可是啊……清湯只能掛麵，平淡終究乏味，不醬不鹽不能放味精，麵碗裡的萬縷千絲，像白髮。而，懵懂小兒吃得津津有味。

香氣噴鼻——

路邊攤的鍋蓋是魔術箱，掀開，便是茫茫白霧，苦甜酸辣湯。小碗五十元，大碗六十錢；弧形宇宙裡有油蔥、沙茶醬、肉片、韭菜和濃郁得難以分辨的湯頭菜尾，像雜燴？不！是真實入喉點滴在心五味羹。

什錦麵、大滷麵、擔仔麵、牛肉麵、餛飩麵，喔不！是混沌麵——就是這一碗，只要這一味，父親偷瞄兒子偷窺麵攤的眼神，兒子想像父親出神幻遊的遐想。

「其實，這裡的任何一攤，都比爸爸麵好吃。」父親沉吟著，「嗯……有沒有聽過『食不知味』這句話？」

「有喔！媽媽最近常常說，為什麼？」孩子笑得很無心，「因為吃飯不專心，在想別的事情？」

「有二種情形，會讓我們嘗不出食物的味道。第一種，那個人的心已經被其他事情占滿，容不下美味；第二種，他的舌頭，分辨不出酸甜苦辣鹹。」一字一句，低聲細語，好像怕孩子聽不懂：「只是……」

「什麼？」孩子的眼中，有一種謎樣又似了然的色澤。

「有一種人，吃遍山珍海味，結果呢，吃什麼都索然乏味。」父親避開孩子的眼神，「有一些人，沒有吃過香喝過辣，反而覺得粗茶淡飯就是絕頂滋味。你明白嗎？」

孩子點頭，不語。小手箍著父親指掌，彎進暗巷。

小巷裡冰店林立。雪花冰、泡泡冰、蜜豆冰、一般剉冰……紅豆、綠豆、粉條、仙草、芋圓、蜜餞、花生……閃閃發亮的，轟然雹落的，如雪飄飛的……孩子嚥下口水，眼睛都直了。

「呵呵！小朋友很難抵抗甜食的誘惑。」父親笑說，「我以前啊！爲了一顆媽媽不肯給我吃的維生方糖，哭了一整天哪！還有，喜歡將小手小臉緊貼著西點麵包店的櫥窗，凝望鮮奶油蛋糕。如果哪天，北海道鮮奶吐司被謀殺了，我一定是頭號嫌犯，因爲鑑識人員會在每一家麵包店的每一爿玻璃查到我的指紋和唾液。」

「鮮奶油蛋糕……？」孩子的視線，仍停在晶瑩的冰磚，細綿的冰絮。

「綿綿，軟軟，甜而不膩，入口即化。」父親也開始嚥口水，「我第一次吃進嘴裡，只有一種感覺：天堂的雲朵在我的口腔融化。」

「天堂是糖果屋？」孩子抬起脖子，仰望小巷樓頂夾縫切割的薄片夜空。

「對小朋友而言？是的。」父親也昂首，握緊兒子的手，輕聲說：「沒有小朋友不愛吃糖。爸爸念小學時，嘴巴酸得可以榨檸檬汁。知道爲什麼？我的前後左右每一位同學都帶糖果來學校：水果糖、軟糖、牛奶糖、泡泡糖、夾心酥、巧克力……還有，放在舌頭上會活蹦亂跳的跳跳糖。他們會在早自習吃，下課吃，放學吃，上課也會偷吃；自己吃，交換吃，偶爾也會冒著被罵的風險，從桌下背後偷塞一顆給我。有人說，孩童是『甜蜜』的化身，是碳水糖粉化合物，是苦澀生命的糖葫蘆、父母的甜在心。爸爸媽媽爲什麼那麼喜歡親親小寶貝？因爲忘不了吃糖的滋味。

父親一把抱起輕盈的兒子，下巴指天：「哪！你看，咖啡色夜空像不像巧克力蛋糕切片？」

孩子搖頭，掙扎：「不像！不像！」

父親放下兒子，有些納悶：「那麼你說像什麼？」

「像咖啡色的夜空。」孩子嘟起了小嘴，蝙蝠張開了口蓋。

咖啡色夜空像咖啡色夜空？像咖啡？像夜空？像一種名爲咖啡的色澤？像暗夜空曠無垠？

這是……哪門子修辭法？什麼意思呢？

父親蹲下身子，下巴靠著孩子的肩膀，順著孩子的視線，仰天而問：「你在看什麼？寶貝。」

「那上面，真有人住？他們吃什麼？」

「有喔！太空人住在太空船裡，吃太空餐。」

「好吃嗎？」

「沒有夜市的東西好吃。知道爲什麼嗎？」父親輕撫孩子的後頸，「物體蒸發時，我們才聞得到氣味；食物融解時，我們才嘗得到美味。而美味大半來自氣味。外太空因爲失去重力，氣味會變少。而且喔！他們吃不到熱騰騰的咖哩豬排、蚵仔煎，太空船的菜單很可憐，朝鮮薊做成脆片，燒雞烤鴨擠成黏糊，包裝在管子和罐頭中，搞不好還有巧克力噴霧、腓力牛排膠囊。」

「所以，太空人的肚子是空空的？如果當神仙呢，就吃不到爸爸喜歡的口水？」孩子笑了，「可是牛和羊只吃草，草又不好吃，牠們爲什麼吃得津津有味？」

「神仙只能餐風，宿露。不過，你如果經歷過一些事情，會發現：喝西北風的滋味，其實沒有我們想像的那麼糟。」父親朝孩子眨眼，「至於牛牛嘛！也許牠真的覺得青草很好吃，你知道爲什麼？」

「因爲……」小傢伙歪著頭、皺著眉，忽然提高聲調：「喔！因爲動物比人靈敏，能嘗出食物真正的味道？」

「說得好！」父親頷首，「因爲牛有二萬五千個味蕾，人只有一萬個，而且草料粗、纖維多，不細嚼很難吞嚥，又不易消化，所以牛的胃也不只一個。」

「牛的胃口很大？」

「應該說，胃口很好。」父親輕捏孩子的臉蛋，「就像另一種人，吃什麼都是美味，酸、辣、羶、臭到了他嘴裡，都變成甜的。譬如說，爸爸麵其實……」

「其實就是很好吃啊！」孩子的笑靨，燦爛得像枚青蘋果。「我還記得，第一口麵進入嘴裡，溫溫、軟軟的感覺，我的舌頭像一座森林，一隻蝴蝶飛過——忽然間，花全開了。」

父親也記得，孩子嗅聞麵條、咂舔湯料如親吻的神情，專注而快樂。像神探在追蹤蛛絲馬跡；又像，厭食症患者突然有了食欲，大滅絕時代倖存的人類在廢墟裡發現最後一口存糧。

「嗯，那碗麵你吃得很慢，第一根麵條，足足吃了……」

「吃了五分鐘。」孩子又在舔嘴唇。

「啊？那個你都記得？」父親感到銘心的事，孩子未必不經心；孩子不知道的事，其實沒有父親以爲的那麼多。「是啊！那日是霜降，天空灰濛濛；飛蚊和不知名的蟲子亂飛。你花了五分鐘的時間品嘗……」

「不是花了五分鐘時間，是吃了五分鐘。」孩子堅定搖頭，像小學老師糾正學生那樣，更正父親的用詞。

這孩子在想什麼？一直以來，沒有人了解他的狀況？孩子的一笑一顰、一投足一舉手，是幽深古洞的神祕壁畫？

十年的呵護養育，做父親的，不能說不盡責。時時撫拭，分秒費心，像守護一枚未爆彈。反過來說，漫長時光的依戀陪伴，孩子的步履在他心田踩下深不見底的凹洞、滿水位窪痕；孩子的舌尖，吃掉父母正盛的青春，嘗得出父親漸衰的體溫？

「除了爸爸麵，你……還喜歡吃什麼？」父親試著轉移話題。

孩子歪著頭，想了許久，一字一字說：「知，了，的，叫，聲。」

知道的音波？了解的聲頻？今夜第三次，孩子語出驚人。

「你是說……夏天在樹上亂叫的知了？又名蟬、蛸蛉、蜘蟟？」

「嗯，媽媽說過，一頓交響樂大餐。」孩子好像不知道他混淆了聽覺和味覺：「先是一聲唧，好像在說：『嗨！我來了。』接著兩、三聲，一長二短，探頭探腦跟著來。然後……」

一滴雨，兩滴雨，點點滴滴，匯成瀑雨。

一唱三嘆，短吁長鳴，嘈嘈切切的對彈，諄諄呶呶的嘶喚；眾聲閳謳。

明明是三兩連株，一排路樹，卻感到四方湧至、八方追來的轟炸：合聲疊聲岔聲亂聲……以及，戛然斷聲。

夏日午後的窗外演奏會，父親記得很清楚。

「然後你就笑了。爸爸記得，你從小就不愛笑。」父親接著說：「你的表情，好像在吃蛋捲冰淇淋。」

孩子笑了，笑逐顏開——喔不！仔細看，是顏逐笑開：笑意先起，在小臉上彎出一道幽黑褶縫，一弧鉤錨揚起，帆在升起，像拔航的大船，捲動興高采烈的海潮。眉飛，色舞，鼻動，眼開，快樂的波峰不退，後浪推湧前浪，創造出前所未有的高潮。

詭異絕美，孩子的笑靨。父親瞠目以對，像發現新大陸的探險家、愕視蕈狀雲的目擊者。一度，他誤以爲是盤旋的落葉、廢墟裡飛揚的枯焦。

孩子搔著毛髮稀疏的腦門，說：「嗯，蟬聲鹹鹹、脆脆的，像……」

蠶豆酥？

父親沒接話，牽著兒子，低頭前行。直走出巷口，忽然揚手，指了指不遠處沒有招牌、散發異香的攤位：「賣臭豆腐的，還記不記得爸爸說過？」

「記得！」孩子跳了起來，「炸得又香又酥超好吃的點心。可是爸爸，明明很香，爲什麼叫作『臭豆腐』？」

「你去聞聞下鍋前甚至泡在大缸裡的豆腐，就知道它們有多臭。經過油炸或清蒸，立刻變成人間美味。有位作家說：『再沒有臭得那麼好吃的東西。』就像……」

「蛹寶寶變爲蝴蝶？蓮花出淤泥而不染？」

「嗯……佛家說：『明從闇出，潔自穢生。』」父親字斟句酌，彷彿說錯一字，便會從天堂掉到地獄。「香與臭，好和壞，並非絕對。有時，經歷某種過程，事情就變得不一樣。你明白嗎？」

孩子搖頭，但口水直流；眼睛瞄向手持利剪快速動作的攤位老闆。

「三塊臭豆腐剪成十幾小塊，就是一盤。淋上醬油、蒜泥、豆瓣醬，以前還會添些香油，搭配酸酸甜甜的台式泡菜，哪！爸爸童年時期垂涎不已的街頭小吃。」

老闆手一揚，將盛滿金磚的紅色盤子遞給客人。父親接下，端向兒子的鼻子：「剛起鍋的喔！」

「啊！好香！好吃！」旁邊一對小情侶……或者該說，一對依偎男女的背影，合捧著盤子，湊近嗅聞。孩子偏頭看那兩人的動作：舉筷、下箸、張口、呶嘴，像嗷嗷待哺的幼雛。

滋味，在口舌未及的纖端，默默滋長。如何好吃？怎麼品嘗？吃在嘴裡？看在眼中？吞下咽喉？想在腦海？

我們的大腦是一頭又聾又啞的獸，不能拈花惹草，無法喝辣吃香；它不能接收「香」和「辣」，只能透過身體這部電功率轉送器，讀到「好吃」的信息。又常被回憶阻斷，遭想像誤導，而混淆了虛實界線。像一塊沉默的海綿，靜靜吸收天地間的資訊，聲色嗅味的電子脈衝。

脈衝，含情脈脈的衝撞。你一口，我一塊，蘸醬汁，抹辣泥，酥脆入嘴，親暱入喉……那對小情侶唏哩呼嚕吃了個盤底朝天，意猶未盡，男生繼續舔舐盤裡佐料，女孩咂咂嘴，抿唇微笑。

孩子愣愣望著女孩的笑靨，像看著夢中情人。

男生摟緊女孩，邊走邊說：「妳喲！帶我來吃這麼不健康的東西，不怕我送急診？」

女孩扭身掙扎：「你不是天不怕地不怕？說什麼體內有座冷卻池……」聲音愈來愈小，背影愈來愈遠，孩子想跟上去，卻被雜沓人聲、交錯人潮逼退，距離愈拉愈大。

一種窒靜：天地消音，萬物匿跡，光影褪去，人形潰解。世界變成玻璃屋，屋頂、牆壁、地板、門窗瞬間崩碎；又像漩渦底部，圍繞空虛，且被寂靜填滿。

一個踉蹌，孩子倒退兩步，幾乎要仰天倒下——一隻穩定的大掌托住他，是父親的手。

「你在找什麼？寶貝。」父親笑問。

孩子不語，視線一直停留在熙來攘往的小街深處。

「你在看……生炒花枝？胡椒餅？手工虱目旗魚丸？」父親指著各式各樣燦亮的招牌。

「爸爸……」孩子突然開口。

「嗯？」

「消失的東西，是不是再也不會回來？」

「嗯……有些會，有些不會。」父親抬頭，目光飄向滿天繁星。「像是……氣味、聲音、畫面、觸感和時間。這些東西，出現時就已注定消失，甚至是同時消逝。再馥郁的氣味、再悅耳的歌聲、再美好的時光，都是一眨即逝，沒有人留得住。」

「哪些東西會回來？」孩子仰起脖子問。

父親摸摸孩子的頭，漫步前行。

「快樂、悲傷、回憶與……生命。」父親緩緩說：「只要你願意，快樂隨時會回來。如果放不下，悲傷一直守著你。我們割捨不了的過去，像旋轉木馬那樣圍繞你，而我們站在進退不得的正中央。」

「喔！」孩子好像明白，又像不明白。「那生命呢？死翹翹了還會再回來？」

「會呀！爸爸爲阿婆守喪時，親眼看見她躡手躡腳回家，生怕吵到我。還有啊……」

「什麼？」

「爸爸和阿婆一樣，時候到了，就會離開這世界……」

「你會再回來？偷偷摸摸不讓我看見？」孩子抓著父親的衣袖追問。

父親微笑：「我會摸摸你的頭臉頸背，順便偷你的心，而且保證讓你看見。」

「真的？沒騙我？」孩子的神情，是一種半信半疑的恐懼。

他常說，自己和孩子的相似度，幾近百分百。

「其實，仔細看自己，你會發現爸爸留在你身上的痕跡。你的眼睛、眉毛、笑顏和哭臉，簡直就是我的山寨版。啊！你會說一點也不像？要凝視，喔不！要靈視，不能只憑肉眼，你會看到我們父子血脈相通，命運可能也相同。等到你長大，髮際線愈來愈高，高到沒有線——沒辦法，這是家族標記。你的一顰一笑、快樂和憂傷，也會愈來愈像我。

有一天照鏡子——啊！爸爸回來了，回到我身上。這樣你能接受嗎？」

出我們是父子。」

最近他常這樣？

孩子不說話，仰著頭，凝視生命中的「父刻版」。

「還有啊！我們現在用漢名，看不出來。如果用以前的命名方式，別人一眼就能認出我們是父子。」

「啊？什麼？」映著星輝的眼眸滿是問號。

「父名做子姓，跟在兒名後。以前哪！我們族人的名字，是父子相連的。兒在上，父在下，有效期間僅限於父子之間。例如，ABC．DE，DE代表父親，ABC就是兒子。等到兒子生下孫子，就會變成FG．ABC，祖父DE消失不見了。不像漢人，家族姓像一頂大帽子，冠在每個人頭上。我們是兩人三腳……」父親又一把抱起兒子，「爸爸永遠和你黏在一起。」

「跟在兒名後……爸爸會一直在我後面，保護我？」

經常離開，不告而別。

孩子的情況……？

額頭輕碰額頭，鼻尖親撫鼻洞，父親說：「在你身前，在你身後，在星星的故鄉，也在你的『內太空』。爸爸保證，在……」

「在那裡！」孩子伸出手臂，微彎的線條直指一個肉香四溢的角落：「大香腸！大香腸就在那裡！」

父親放下孩子，跟著孩子的小雀步，接近香腸攤。

「哇！超級香！超好吃！對不對？」

孩子鼻孔翕張，一縮一放，像食蟻獸吸食蟻窩，收盡飄逸空中的氣體分子。彷彿，那油煙和肉味不只是香氣，也是脂肪、肌腱化合物，可以果腹的形體。

香腸攤前簇擁著成群或零星的客人，張頭探腦等叫號。老闆一面切片，一面介紹自家美食：「我的香腸是新鮮黑豬肉，按照黃金比例每天現灌，用木炭現烤呢。一口呷落去，滿嘴肉香擱會噴汁。你們看，足有分量，記者說我的香腸是夜市巨無霸。」

是啊！大香腸的尺寸，比孩子的胳膊還粗。

孩子的心思，比顯微鏡下的單細胞更細。

莫名驚心。父親偷瞄兒子眼神中的飢色——一種夢見天堂隨即凍醒的蒼涼，一陣熠閃，胸臆間劇烈起伏，手腳突地發冷。他搗著頭，蹲下身子。

「爸爸，你怎麼了？」孩子抓著父親肩膀。

「我……」抬頭，天在旋，地忽轉，星子像雹雨般急墜。

騰起又陷落的波紋，癱成極遠處一道寂寂海平線。

「爸爸，沒關係！我保護你。」孩子將幼苗般的手指伸進父親曲握的掌心，甚至拍拍大人的背：「我保護爸爸。」

人潮漫捲，光點閃爍。千殊萬象、生滅枯榮在這座城市流動，也在體內腦中脈衝。市聲雜沓，人影淩亂。吆喝聲、叫賣聲、高談闊論聲、笑語聲在四周穿梭。父親蹲地抱頭，恍若魔音入腦，又像默默承受突如其來的異變。

「爸爸想不想知道我的小祕密？」孩子的手依舊停棲在父親肩膀，像斂翅縮捲的紫紋蝶。

父親喘氣，抬頭，深呼吸：「想啊！快跟爸爸說。」

「爸爸愛吃的大香腸、臭豆腐，我也愛吃。我知道它們『超好吃』，因爲……」孩子眨眨眼，活像猜謎遊戲的主持人。

「爸爸說的話你都相信？」

「因爲我吃過。世上再沒有臭得那麼好吃的東西了。」孩子舔唇，一綹纓絨滑過龜裂花冠，一晶晨露踮凝顫搖草尖。

「你吃過？」父親蹙著眉，鼻翼像微風吹皺的湖面。事實上，他的脖頸到背脊，疙瘩冒湧，像被重型機槍掃過的牆面。

「吃過啊！爸爸不只一次帶回來，就……就被我偷吃了。嘻嘻！」孩子笑得像名畫得手的妙賊。

瞠目，搖頭——罷了，見怪不怪，其怪自「拜」：孩子的一切，不都全拜我這位「負親」所賜？父親抖擻精神，勉強站起身子，問：「那麼請問臭豆腐神偷先生，你還想吃什麼？」

抿唇，偏頭，豎耳……小動物打開雷達，接收聲色嗅味觸、身心意識受？關於「吃」，父親一直以爲，自己的認知與欠缺、渴望和欲念，遠勝過常人需求：閱讀詩句，會有狼吞虎嚥的衝動；聆聽音樂，萌生飽足充實的感受。小巷人家飄出的菜飯香，害他飢腸轆轆；一隻溫暖的手，輕觸、包覆或緊握，教他在恍惚的快意中，細嚼慢嚥，渴死者承接最後一滴甘露的況味。

牛有四個胃。他的胃口似乎更大：五感是口，七竅爲喉，六欲七情是不斷廝磨反覆激盪的消化道；血管脈搏噴氾熱情土石流。他甚至拍胸脯自嘲：弱不禁風的身體是一座迷你反應爐。

「哇！你不去參加大胃王比賽，真是可惜了。」多年前女友忍不住讚歎。那時，他一連吃下大雞排、蔥油餅、胡椒餅、蜜豆冰、臭豆腐……正想挑戰大香腸。

「我哪比得上綠巨人……」

他的孩子呢？暗青腦門偷裝了多少天線？小口蓋私藏虎牙尖齒，像有六排四十六顆鋸齒，足以鯨吞汪洋的大白鯊？或如鴨嘴獸那樣，引頸張喙，在水中前後搖擺，藉以捕捉小魚、蛙類或甲殼獵物發出的電子信號。

「走！爸爸。」小爪抓大手，轉身就走。

「去哪裡？」

「爸爸去過哪裡，我們就去那裡。」孩子答得斬釘截鐵。

爸爸吃過什麼，你也要吃？爸爸經過的事、受過的傷、熬過的苦，你也要嘗？

小街兩側，知名服飾連鎖店、各款各式鞋店毗連林立。

父親不說話，像是被小狗拖鍊的主人，不由自主前進。

不是小狗，是獵犬。必須被呵護的兒子，忽然耳清、目明、鼻子靈敏。也許還有「人體」所欠缺或待開發的神祕裝置，如蜜蜂、蜘蛛身上的高度振動器。

傳說，在人類進化初期，旅行的目的並非尋樂，而是覓食。他們用木杖、石杵撥開草叢，檢查泥土：瞧！野豬留下負傷的足印和血跡。聽！淒厲的吼聲在林木間迴盪、迸散，最後一絲呻吟，由瓢蟲的鬚尖降落到貝母葉上。聞！仔細嗅聞！尿臭汗腥的葉脈間，有一滴發情的女性經血，一抹撩人的氣味腺體，彷彿對你訴說：我！雌性直立動物，長毛多情，發育良好；想與你交換愛情靈藥，等你賜我快樂神鑰。

我，就在這裡。你會來找我嗎？

「哪！向左轉，就在那裡。」拐個彎，繞過斜陡的銳角，兒子帶著父親踅回原點：靜靜棲伏在暗夜，流光裡的老戲院。

孩子加快腳步，蹦向一個油亮亮的攤位，喘著大氣說：「蔥油餅！爸爸最愛的蔥油餅。」

黃澄澄的油鍋浮出灰濁濁的油泡，一張張白裡透綠的麵餅在沸滾裡變身：由白而褐而焦黃，從生嫩到熱熟。揉軟擀勻的餅肉穿上金縷衣，以鬆脆口感攻陷饞涎的口腔，在牙關處激戰，碎屍萬段，或肉血模糊進占美味記憶區。啊！寒風撲面，冷雨淅瀝，穿軍訓服戴大盤帽的男生哆嗦著躲進戲院屋簷下，忍飢耐寒，捏著所剩無幾的銅板，盤算著怎麼轉車回家，卻遭一股陌生引力——他稱之為感官洪荒的混沌之力——襲捲。轉頭一看，雨絲、熱氣和香氛合成的氤氳中，一名手持鐵夾（正忙著將熟餅起鍋），滿臉黑亮的中年男人對他頷首。

「你怎麼知道爸爸最愛蔥油餅？」父親問。

「爸爸對我說過啊！你忘了嗎？」小傢伙身體前傾，伸長脖子，用力嗅聞空氣中的微粒。

「是嗎？爸爸怎麼說？」父親的視線穿時越空，定在刻骨銘心的一瞬：中年男子將透著油光的紙袋遞給他，朗聲說：「少年吔！巴肚夭啊喔！這個乎你。」他躊躇著，兩手虛握，不敢接下。「沒要緊啦！沒幾元錢，免歹勢！」塞進他掌中的暖暖包，像……

「傍晚的雲被，溫柔明亮，包著昏昏黃黃小太陽。」兒子說，「蔥油餅加蛋，對不對？爸爸，什麼味道？」

回憶中的油香是冷冬窗外探頭探腦的懶陽。緊實的餅肉，貼著胃囊，諦聽深夜幽微的心跳。老闆的朗笑，介於飛機雲和海漾果，一種軟絮淺色調。淡黃皮或微焦心，入口即化為蘑菇湯風味的凝體回憶。

回憶，開鑿感官的疏洪道，引爆愛恨的土石流。

「外酥內軟，麵香透著青蔥的鹹味，加一顆蛋，抹一點醬油膏和辣醬，能止飢，但不能解饞。」父親的表情，介於沉浸與迷醉。

「為什麼？一片不夠，還想再吃？」孩子追問。

「每一種食物，都是一個故事；每一道料理背後，藏著匠心、巧手和美麗。何謂『料理』？有的難以預料，有些嘛！無理而妙。」父親輕撫孩子的肩膀，「有一句話叫作『愈吃愈餓』，暴食症的人、美食家、政客、沉溺過去或需索無度的心，都容易有這類問題。還有一段話你可能聽不懂：讓人渴死的東西不是『渴』，而是『渴欲』。你說『一片不夠』，想想看，秋天落葉，有時是單獨一片，有時是穿過陽光樹縫在空中盤旋的一整面。哪一種比較美？爸爸要說，兩種畫面都教人既飽足又飢餓……」

「按怎？一片甘有夠？」老闆露出焦黃大門牙。男生猛點頭，表達內心的感激。望著老闆燦亮的大圓臉，靦覥而帶點壓抑地，打了個飽嗝。

孩子低頭，思索了半晌，說：「爸爸是說，『進食』不只是吃進食物，還有其他東西？」

「你說呢？你好像比我更清楚。」父親抿唇，露出神祕的微笑：「爸爸和媽媽都不很了解你，但爸爸知道你……吃得跟別人不一樣。你可能比那些吃蚱蜢、水蛭、蠍子、狗肉和椰漿煨蝙蝠的老饕還特別。」

「我不要不一樣。」孩子嘟起了嘴。

「寶貝，世界上沒有相同的兩人，每個人都不一樣。」父親用手指了指流動的人潮，「你看，那位爺爺彎腰駝背，走得很慢，可是神情很滿足，因爲他的孫子跑在前面，一直催促他快點；這名瘦小的媽媽背著小嬰兒，左右手各牽一個，身上大包小包掛滿東西，滿累的。問題是，她看起來很不開心嗎？啊！那位坐輪椅的小弟弟正笑嘻嘻回頭，跟……應該是他爸爸講話，我猜是在說笑話。還有一群學生，手上拎著豬血糕、糖葫蘆、章魚燒、芒果青，大呼小叫，分享零食。你再看，高矮胖瘦，男女老少，每個人的樣子都不一樣；但有一件事，大家都一樣。你知道是什麼？」

孩子搖頭。

「我們都只有一個自己，唯一僅有，不會有第二個，也不能和別人交換。」父親的目光，閃著不易察覺的痛苦。

「媽媽常說的『命中注定』？」孩子的眼神，有一抹頑抗的色澤。

「既是『注定』，就要『住定』：安心住在自己的房裡。就好像有人住豪宅，也有人住茅廬、鐵皮屋。不管待在哪裡，都要好好過活，珍惜自己。過得不好，是不能用橡皮擦塗掉重來的。我們的人生是單行道，只能走一趟，明白嗎？」

孩子低下頭，像覓食不著、垂首喪氣的流浪犬。又像，鑽入泥土的蚯蚓，左衝右突，迂迴探進，教人覷不透究竟。

父親緩緩蹲下身，睖著唯一僅有的寶貝，欲言又止，還是忍不住說：「B叔叔不是說過，『生命只有一次，但，回憶可以讓一次變成很多次。』」

「就像那些每天回家的爸爸？」孩子突然開口。

關於落葉，單獨一片、盤旋空中錯落而下的一整面，誰比較美？

孩子又說：「爸爸，什麼叫作『一生一世，不離不棄』？」

「爲什麼這麼問？」父親的心在抽痛。

「我不喜歡B叔叔。」孩子嘟著嘴。

父母是子女割捨不下的回憶？孩子呢？爸媽今生今世兜轉不出的回路？

孩子又問：「爸爸，這些人怎麼看我們呢？他們認爲我們開心？不開心？」

父親說：「他們看到和他們一樣的親情故事；他們看不到，父子間，竟可以相似到這種程度。」

「不懂。」孩子搖頭。

「你知道，原始人靠打獵爲生。他們需要的脂肪、蛋白質必須從動物身上取得。簡單說，殺生。」父親深吸一口氣，繞一個大彎，娓娓訴說一段生命史：「人與動物、自然界的萬物，似乎是一種敵對關係，卻也是親密依存：不吃動物或植物，我們就活不下去；吃下獵物，不是消滅牠們，而是將牠們的精華融入我們的體內，成爲我們的骨血。大自然的食物鏈，是弱肉強食的循環，也是生命相融的過程。我們雖位居頂端，也是病菌、蚊蟲、微生物的燭光晚餐。有人在鱷魚腹內找到人類或牲畜的殘骸，醫生曾用超音波在媽媽肚裡發現希望和基因，也是不能抹滅的證據：爸爸的生命，好的和不好的，統統留給你……」是相似，也是相依相存的相嗜。

話語一頓，父親的「故事」卡在某種情緒的隘口。

「再來呢？再來呢？」孩子表現出高度的好奇。

「我們的社會，你搶我奪，爭噬財富資源，活像食人族；甚至不乏人吃人的慘案。而有些古老部落，族人相親相愛，卻有彼此吞食的傳統，且將葬禮變成大餐：把死者肢解，由族人分享；也就是將亡者埋在懷念的消化道、回憶的血小板。當然，也是為細胞的火爐增添燃料。絕大部分原始人有祭神的習俗，用動物或活人當祭品，祀奉天神，希望免除災禍，帶來好運。那些付出性命的人……」

「不會害怕嗎？」孩子問了個父親一直在質疑的問題。

這場只有一名稚齡聽眾的演講，到了喧騰落定、天地噤聲的階段。

父親沉默著，沉寞著，或者說，沉沒著……好一會兒，才開口：「恐懼和情愛一樣，是與生俱來的。面對死亡，誰不害怕？被選中的人會用尊榮來驅逐恐懼。他們想，必須這麼想：我是天命所歸，代表族人，將生命獻給神；我的身體血肉分解碎散，並未消失，而是與天地萬物合而為一。老人家常說：犧牲小我，成全大我。他們雖喪生，在族人眼中，卻獲得永生。」

「爸爸，我是指……」

「那些被我們吃掉的動物，不會害怕嗎？哈！問得好！同樣是犧牲品，你說呢？牠們可沒有榮譽感或偉大情操，生物存活的唯一目的，就是活下去。牠們被我們獵捕、宰殺的時候，屁滾尿流，心生怨恨；我們茹毛飲血，也吃下牠們的毒。人類標榜『愛惜生命』，但爲了存活，用盡殘忍手段屠戮生命，看那些千變萬化的料理花樣就知道。吃猴腦啦！『生』魚片啦！是活生生的魚拿來切片喔！據說日本最頂級的師傅會表演一種刀工：將活魚抓上砧板，快刀切魚肉，當場分給饕客，蘸芥末、醬料嘗鮮；而魚身抽搐，魚尾紋動，魚眼睛瞪得老大。你要問魚會不會怕？美食專家認爲不會。因爲刀子太利太快，快過死亡和恐懼。當那條魚獻出最後一片肉，廚師會滿臉敬意捧起魚骸，放回水族箱——瞧！一弧完整的魚骨，像謝幕舞孃那樣，一扭腰，忽款擺，回旋顧影，然後沉入湖底。專家說：有一種美，超越了生死界線。想不想聽穿山甲的故事？」

孩子不答腔，定定的視線投向小街盡頭斜角交叉的大路。那裡有一道高架，一座建築：龐然矗立、宛如龍骨的捷運站。

暗灰蟄伏、稜線分明的獸體，張口呑吐，湧出人潮，像幼小魚群離開母體。

「穿山甲是一種怯縮、遲鈍的動物，身披盔甲像黃金戰士……」沒反應。孩子兀自向前走。父親只好在心裡說：但無牙，沒利爪，只有口不能言的長舌，遇敵時無反搏之力，只能死守肉身：縮手藏腳，蜷成環狀，形同堅固的鐵盤。

獵人、山產老闆怎麼處理這道野味？用力掰開、拉直，或重摔在地，這食蟻動物怕痛，一痛就繳械，難以撐持。這時屠刀臨頭，開膛破肚，取出內臟，再用火烤，周身防護罩片片剝落，現出據說可以滋陰、清熱和解毒的肉體，獻出脆弱生靈的砧上命運。

孩子停步，回看父親一眼——抑忍、無措、充滿哀傷的一眼。

親眼所見？真的嗎？實在讓人太難過了。

嗯，這是我實地採訪的新聞，他也在場，說了一句很玄的話：「親眼」所見的世界。

他愣了愣，甩甩頭，想揮開那來自預視、回憶，也可能是幻覺的雜音，繼續分說：

顧名思義，「穿山甲」的角質厚鱗，可以穿山、透壁和挖洞。但我們目擊的那隻母獸，讓人不得不思考：「穿透」或「穿越」的意義。我是說，她「穿越」了什麼？

趕到現場，慘案已發生。我們來不及阻止，也無能改變或抗告……人類的貪狠殘暴。那名違法兜售山產的獵人現宰了兩頭，賣給垂涎喊價的客人，而在處理最後一隻時遇到麻煩：密不透風的鐵甲武士比銀行金庫還難開。拉她，搥她，敲她，用石塊砸她，摔在地上踩她……不成！這頭野獸不知哪來的蠻勁，比死守祕密的牙關更緊。獵人吼道：「媽的！那根筋不對？這隻壞掉了，不能賣。」同時怒踹兩腳——而那名寧死彎屈的戰士早已斷氣了。飛盤般的屍體掠過矮叢撞上樹幹，倒落塵埃，那緊抱不放的意志終於解甲，瞬間潰散，裸露出癱瘓內裡，以及，抽搐不已氣息微弱臍帶猶連的幼兒……

有什麼事情，值得他再看一眼呢？

他說自己不會計算，不懂價值，活得值得就好。

死去的穿山甲媽媽好像不肯瞑目：五官萎縮，眼開一縫……她在看什麼？

背脊忽冷。兩腳滯重的父親，停步捷運站前。孩子的小手悄悄握住父親的大手，語帶不捨：「爸爸，我們要回去了？」

父親遙看夜市的燈火與人潮（一臉油亮的愛心老闆朝他咧嘴一笑，黃板牙被檳榔汁侵蝕成暗紅風化岩），輕嘆一聲：「啊！仔細看，你看到什麼？」

「什麼？」

「動物的屍體和靈魂。佛家吃素。古人憐蛾不點燈。保護動物組織，一直呼籲放生。而萬物之『凌』的人類，巧手妙技：燒烤、煙燻、糖醋、三杯、熱炒、涼拌、麻辣、醬爆、乾煸、煨焗、烘焙、白斬、水煮、氽燙……將血腥變成心血，黴屍化為美食。就像偷腥的人，窮掰硬拗，用文字的調味醬去腥。」

「爸爸最愛的蔥油餅攤，還在嗎？」孩子打斷父親的感慨。

「不在了。早就不是這攤，也不是這味了。」父親的眼神依舊茫然，口氣有些飄忽：「後來我回來找那位老闆，跑遍小北街、文林路、大東路，再嘗不到懷念的滋味。有時，我們添油加醋為了遮掩某種氣味；有時，我們喝辣吃香，只想尋找某道原味，只是……」

味覺王國是最虛幻的結界：比空氣輕，比心事重；春光偶現，永遠冰封。我們蛻成餓獸，化身蛇舞，穿行邪惡的莽原，征服刁蠻的味蕾。有時，味道未到，哀樂憂歡迷途於林……

他們的靈魂會去哪裡？

流動的光影繼續流動，榮枯的世間依舊生滅。捷運來了又走，走了又來。傾聽輪軌廝磨，車身轟然，父親吐出一個名詞：「永劫回歸。不是藝人賈永婕回家喔！」

「什麼？」兒子當然聽不懂。

「有人說，我們一生，就是捷運和劫運。我們天天坐捷運，在那網狀路線上往返、穿梭，幾乎可以到達這座城市每一個角落。所以說，生活就是捷運。但生命卻像劫運，只有一趟，有去無回；而這段旅程經常遇險，劫數連連。媽媽是不是說過『萬劫不復』？」

「嗯。」孩子點頭。

「其實，『劫』不一定是指壞事、噩運。你看，劫這個字是『去』和『力』組成，有二種狀況，讓我們無力可施：第一，離開大氣層，處於無重力狀態；第二，漫長無垠的時光，會讓喜怒哀樂乏味，也無所依附。」

「漫長的時光？有多長？」孩子問。

「你問到重點了。在佛家語中，『劫』是指時間的最長單位。怎麼算？爸爸以後教你。」

「比樹上蟬鳴的時間長？」

「嗯。」

「比冰河期還長？」

父親點頭。

「比恐龍時代到現在還長？」

父親微笑。

「哇！」孩子的口鼻，扭結成一枚超級驚嘆號。「比爸爸上次離開的時間更長？」

父親愣住。

「有一句佛家語：無間。什麼意思呢？」父親凝睇著孩子的表情變化，「零時間，無空間，不老不死，不准下車，無法轉乘，像不斷空轉的車輪。」

「爸爸，我想……」孩子的唇形彎成一弧猶疑的問號。

「你想爸爸陪你搭捷運？」父親臉上恢復了笑容。

「不是！我是說……」

兩道銀光逆向而來，在這對父子的頭頂交會而過。

「什麼？」父親俯身，貼近兒子口鼻。

爸爸會不會……？囁嚅探問，被轟隆聲響淹沒。

章末

「他又失蹤了。」

「是啊！孩子也一樣。我反而希望孩子跟他爸爸一起……」

「離家出走？」

「那是他們父子間的祕密。」

「祕密？你是說他們的溝通方式？」

「他常說，自己和孩子的相似度，幾近百分百。譬如說，對食物的強烈渴望。不久前，他神經兮兮找你傾訴……還記得嗎？他睡著後嘴角一直在動，好像白天沒吃飽，只好在夢中大吃大喝。」

「最近他常這樣？」

「經常離開，不告而別。」

「孩子的情況……？」

「不穩定。或者我該引用孩子爸爸的話：不確定。老實說，這孩子在想什麼？我們這對爸媽都不清楚；孩子的心思，比顯微鏡下的單細胞更細……」

「他……會回來吧？」

「我也不知道，他什麼時候回來？回不回來？你是他老同學，看得出來嗎？」

「啊！等等！有情況……」

「我一直覺得，我們所經歷的一切，不一定是壞事。小時候他就愛搞怪：故意失蹤，讓全院師生找他，還會在我桌上留紙條：『我，就在這裡。你會來找我嗎？』」

「嗯，他說過，這世界是怪象、異兆的相合虛構。我聽不懂。不過他經常見人所未見，目擊怪事……」

「親眼所見？真的嗎？實在讓人太難過了。」

「有什麼事情，值得他再看一眼？」

第二章　電影院

章首　光影

要從哪一幕、哪一瞥、哪一彈指開始？我們崎嶇生命的奇蹟之旅。深秋？天空咯血，寒鴉鼓譟，凜冽的金風、驚墜的霜葉共謀瘡痍滿目。遙遠從前某個黃昏？你從幻浮幻沉的光海中幽幽轉醒，翻越枕頭山棉被嶺，跐足覷望破窗穿瓦而入的光柱：晶點在空中懸浮，微粒閃爍；光波與色浪，拍打記憶深處最頑固的礁岩。

高仰角，微幸福。彎身，屈體，膝臀著地，你的巨人父親，從後方貼著你的臉，順著你的視線，仰望天花板窟隆裡的椽木和天光……

或者，在冬夜，你爬出困頓的黑牢，顫背挺胸，呵一腔冷炎，喝一口冷語，像一尾驚夢翻醒隨即凍僵的蛇。但你並不悲傷，反而滿眼迷醉……啊！天地無垠，星光燦爛，你是眾樂交響裡一枚戛然休止符。

回到源頭，名為「產房」的明室。瞧！趕緊瞧，混沌初開，光暈與闇城浮現。毛紋蝶舞動彩虹藍，停棲在包覆著「藍嬰」（冰河時期歐亞草原上的一種野牛）的藍絲絨軟尖。手推車上的碳基結構（人類用語為「愛的結晶」），伸拳踢腳，手足舞蹈，是恐懼滅頂？害怕離水？還是想一手撐起世界？

閃爍飛梭織編千殊萬象，你的後人類大腦來不及回溯十月演化的奇蹟：外中內胚層旋轉黏附消融增生的龐大工程。

我們是由無生命成分構成生命，化子虛為萬有，把憂愁歡謔揉捏成迷亂的線球。超音波裡的小水怪也有上岸的一天？你們稱之為「激情一瞬的副作用」，聰敏、愚鈍、輕浮、寬厚、創造、毀滅的相乘綿衍。

福禍同芯。

閃電在鏡廊裡翩飛眨眼。

面對嬰年，一如你的生手老爸面對你，忐忑變換姿勢：舉臂、曲肱、輕撫、緊擁、貼近心房，嬰兒不耐地咿啞，怎麼做才是恰如其分？母貝滲出真珠層以包覆砂礫？黃昏時融入大地的血色，有種親密衝突感；焊接銷熔時閃爍的火花，迸現尋幽的快意。

你握著孩子小手和你自己的手，你的父親也牽著你，佇立月台，不知該搭哪班車。

慢行。漫步。曼舞。

蔓生的迹子踏上情人步道，喔不！是顏色魔術的舞台：仰看落羽松從綠變黃，靜觀楓葉由青轉赤。空即是色——諸色葉片交織的天幕，色即是空——繽紛萬象中的空濛。

林間落葉如厚毯。溫泉水滑洗凝脂。從低谷眺望山巔，循小徑，緣溪行，深山藏淺潭，長路盡頭見短瀑。而在秋冬時節，追楓客蜂擁而來，老幹新枝開始換裝。這時候呢，男女互擁，肩並肩，踵摩踵，幽林映照，霜葉飛紅。

飛葉，每一片緋葉，都是亞當夏娃掩飾情欲的遮羞布。

再轉身，搖擼擺渡，偷天換日線：那道，光影交媾的灰色邊境。

門開一縫，從全黑到反白，自無限接近白的藍到逐漸航向黑的藍。滿天亂絮混著一抹啼血般的鎬紅。朱砂紅胭脂紅寶石火焰紅珊瑚紅馬間塔失戀紅落紅……變奏的欲想，驚心的嬗遞。五光十色崩壞，在你眼角開花，桿狀細胞鞭長莫及之地，集結待變。

視紫質。網膜裡的紫紅色物質，感應光、引發神經訊號的奇妙分子。人類肉眼對波長四百到七百五十奈米的光——從亮紫到深紅——會有視覺反應，剛好是一道彩虹的寬度，我們在熟悉的光譜裡悠轉，以高解像度掃描空間，建構愛欲人間，也就是經過大腦詮釋後的現實認知。

你偏要說，嗜紫，才是我們的好色本質。紫醉金迷？哈！貪歡戀色的你我，夜觀星象，遙想超新星之謎。想像號太空船，卻在瞼睫掩覆的莽林擱淺。

閉眼，逡巡內太空，你發現什麼？血小板的吟遊慢板？脈衝含情脈脈的衝撞？沉默音叉的寂寞曲調？樹突、軸突的急行軍，像無尾猴在樹枝間穿梭跳躍？鱗狀宇宙？妖魅幢幢探險小說？神祕輕狂二重奏？

高臥中樞，神明行經處，微觀大腦造影：頂葉欹欹，顳葉顫顫，奇思異想的心靈全像；渴望一枚情緒戒指：熱情紅飢渴紫甜蜜黃平靜藍，控制誘惑偽裝溝通防禦利用……勾一幅天地雲圖，你要在何處呼風、幾時喚雨？

《聖經舊約》記載，上帝說：「要有光」，光就出現。

見光是光，見光不是光，是不可見光。

宇宙中的黑暗物質橫生遍布（多達百分之九十），既不吸光，也不吐光，幽冥無界，闇黑無間。我們的光陰號潛行無聲，不必沾光，尋訪永恆？

全黑反白的出口？

光波愈來愈短。當紅移停步，萬象大千只剩一回夕照、一抹晨曦，你想要什麼？發現光？發出光？

電影院

畫面頓停。片尾字幕崩洩而出，像瀑布，淹沒了感傷的故事、教人錯愕的結局。曲調未盡，幽轉飄忽的餘音，如滑過草葉的錦蚺，在觀者抽顫的心室雷鳴、盪漾。

「啊！演完了？」孩子的語氣，是貪嘴小童吃完最後一口冰淇淋的飢渴。

如果宇宙長河不滅，你會耽溺在突來乍生的水漩？假使時光洪流不止，又將如何？

想像風凝雨頓的寂無？萬一，萬一筵席永遠不散呢？是啊！如果不散呢？

散場後，倆倆遑遑的劇中人要待在哪裡？父親和兒子坐在原位，一個托腮，一個發愣。

「爸爸，那個人要怎麼辦？」苦臉問愁眉。

父親以爲孩子會問：那人是好人嗎？最後是好人贏還是壞人贏？突如其來穿心箭，害父親躊躇著，開不了口。

是一部老片。影像模糊、泛白，不時閃現灰點、黑斑和疊影。聲音忽大忽小，對話接不上字幕；旁白縹緲如飄絮，如遠天若有似無的飛機雲。主角的面部表情，黝深似毒龍潭；眉心額髮的大量雜訊，是一齣錯落的崩雪。

劇情沉悶而拖滯：得了階段性失憶症的男主角想方設法尋找自己，而往事如謎，未來霧隱，他在春光萌現時掉進冰窖，又在進退維谷處乍逢回憶飛絮如碎彩鎏金。

繽紛的落塵。閃閃熠熠流星雨。

沒有真相。全無解答。不見前途。怎留後路。

男主角怎麼辦？左趑右趄？左右爲難？父親想起好友的叮嚀：「在難爲處男爲：爲所當爲，像個男子漢，不就是你的一貫作風？」

「不怎麼辦。有一首古詩，可以形容人的某種處境：行到水窮處，坐看雲起時。」父親想了半天，終於說：「走到哪裡算哪裡，看到什麼是什麼。船到橋頭自然直，拿到手裡便是菜。明白爸爸在說什麼？」

孩子搖頭，又點頭：「爸爸是說，只要懷抱希望，就可以絕處逢生？」

也可能是……生逢絕處。

父親愣了一下，隨即問：「那話是小B叔叔說的，你聽過？」

「不但聽過，而且牢牢記得。」孩子朝父親吐舌頭：「B叔叔很喜歡跟我說話，不像爸爸……」

不像爸爸什麼也不說。

「什麼？」

「不像爸爸看電影時的表情。」話尾一溜，泥鰍滑出淺水塘。

「我的表情？」父親愈來愈不解，或者說，裝作不了解：「怎麼樣？」

父親的神情，映著銀幕光影，是涸轍之鮒巴望甘霖的渴念，是折翼之鷹遙望天空的慟傷，是凍僵的蛇詰屈轉輾，想逃出冰河期徒刑；是躍動的心衝撞肋骨監獄，尋求釋放或毀滅。

瑩藍暗紫的翻變，是憐愛保護憂傷保護脆弱的變臉。孩子太小，察覺到大人的不變，但分辨不出：藍鳥、藍尾小蜥蜴和狒狒臀部的藍色差異。在葉綠素、大地棕和海天藍的背景下，自然界發展出保護色萬花筒，也是光波反射萬箭齊發，是在惑敵耳目、偽裝自己、吸引異性，以及，向父母表明自己嗷嗷待哺？

電影中有一、二幕特寫，深深吸住孩子的目光：某些魚類尾部有如眼睛般的花紋，目的是什麼？混淆敵人判斷，避開自己罩門。聰明的蝴蝶會在兩翼長出大而深黑的「眼睛」，讓覓食的猛禽以爲遇上貓頭鷹，而不敢妄動。有一種蛾，馬來西亞叢蛾，翅膀宛如腐葉、棕灰，皸裂，到處是破洞，像衣衫襤褸的乞者，隱忍，棲伏，向天借命，偷生苟活。

「我喜歡看爸爸笑。」孩子先笑了，說不出意味的淺笑，像隱身於樹幹青苔的肯亞蟋蟀。

他的微笑，一枚無微不至的笑葉，揚飛廢墟。

父親看著寶貝兒子，腦海浮出綠色偏褐意象：碧綠的螽斯，瞬間轉成深褐枯蕈。也許，扁蝨或竹節蟲更適合孩子給人的印象：一枚黑點、一截黑線吸附在神話國的長青樹，但他拒絕這種聯想。

蟲洞。熒亮水晶球，尋幽探祕的隧道，通往永生的捷徑？

父親問：「喜歡看電影嗎？」

「喜歡！」孩子反問：「爸爸爲什麼以前不帶我看電影？」

「因爲爸爸忙著看你啊！」父親摸孩子的頭，「你是爸爸生命中最美的紀錄片。看著你，我就不怕回顧，勇敢前瞻。」

電光幻影。聲色——也是生澀故事。糖漬的酸辛。美化的悲慟。

「爸爸騙人！爸爸不知道我也喜歡看，是因爲——」孩子嘟嘴抗議。

「是因爲你太小，不可能坐得住，抱在懷裡也不行。」父親打斷孩子的話，搶著說：「我在五歲以前，也沒辦法安安靜靜待在『暗迷矇』的戲院。只要燈光一滅，我就吵鬧或到處竄動，像隻小老鼠。」

「那爸爸什麼時候開始迷上電影？」

迷上。父親抿唇，舌尖抵緊上排齒，口腔微啓，像巫師念咒般釋放字詞。一抹妖花異草在空白銀幕上幽幽綻放。

那是，銀幕裡的銀幕：被風吹亂的布幕，七厘米放映機，一束搖晃的光投射出扭曲形象：一名佝僂老婦人低頭行走……

「小時候，有人來到我們的部落，放映了一部和家鄉有關的紀錄片。我看得不明不白，那影片也稱不上完整的故事；不知爲何，就是感到很悲傷。」

「在演什麼？」孩子問。

「演……」父親語塞了。

老婦人拄著枴杖，步履不穩，彷彿重病在身。她得到什麼病？question mark disease，一種治不好的疑慮病。因爲，症狀不斷更新，而病情一直加劇。她年輕時身材一流，容貌姣好，是族中美女。日本人來了以後，她躬著身子問天：發生了什麼事？日本人走了，漢人來了，故鄉又出現巨大的變化。她又問，縮手縮腳地問：發生什麼事？隨即，觀光客來了，她還是問：發生什麼事？她彎腰，駝背，身體愈縮愈短。後來……

「爸爸只能說，有些故事編得出來，有些不能；一流演員幾乎能演活任何角色，但……」父親輕撫孩子的手指：搓揉拇指，滑過食指和中指。「有些真實的人事物，即使影帝、影后也演不出來。」

孩子偏頭，睖著銀幕，好一會兒才說：「爸爸是說，那位阿嬤不是演員，是很悲慘的阿嬤？為什麼？」

父親說：「爸爸很希望她是演員，頭上有光環，風光上台領獎的最佳女主角。」一名虛構人物，由不相關的人所詮釋的悲劇角色。可以心懷憂戚，但不必背負慘劇。

「不懂。」孩子質疑。

「我們為什麼要看電影？」父親反問。

「因為……喜歡看？」

「為什麼喜歡？」

「因為可以看到漂亮的畫面、精采的故事？」孩子好像懂了。

「是囉！因為可以看到不一樣的東西：和我們不漂亮、不精采的實際人生不一樣的故事。銀幕裡的男主角帥、女主角美，老生、老旦也老得很有型……」

「小孩子也特別可愛。」孩子突然插上一句。

「最重要的是，完整。」父親趕緊搶回發話權：「經過精心設計，路轉峰迴，有頭有尾。多半有快樂結局，即便是悲傷收場，也有特定不凡的意義，讓觀眾感動。」

「意義，就是B叔叔說的『正向思考』？」孩子的凹眼窩，是又大又深的貓頭鷹眼。

「不一定！」父親連連揮手，說：「負面或陰暗的想法，只要處理得當，觀眾也能接受。」

「怎麼處理？」砂鍋快要敲破了。

「這就是電影、文學和藝術的功能：化不美為美——」話語一頓，父親心裡犯嘀咕：天啊！我在對小孩子說什麼呀？有人說，帶小朋友看電影，就像讓他們坐電椅，反正都坐不住。

「然後呢？然後呢？」孩子抓著父親衣袖追問。

完整就是美，有始有終就是美；善有善報是美，熬過痛苦得償夙願是美。抱殘守缺而感覺溫暖是美，抱撼守痛但內心溫柔是美。落葉鋪滿春泥是美，流雲閃逝天際是美。置身光廊暈頭轉向是美，流連書坊皓首窮「精」是美。澄澈透明是美。迷離閃爍是美。目送逐漸遠離的背影是美。睇迎不斷過來的過去是美。

繁華過盡是美，白駒過隙是美，孑然過境是美。

輕踏迷霧小徑是美。走訪花叢林間是美。踅尋字裡行間是美。貪戀多情人間是美。

草蜻蛉的金睛是美：黑底鑲六顆碎鑽，頂端閃藍焰，隨視線移動蛻成綠燈、黃帶，最後凝為一點紅。

蜜蜂的「紫眸」是美：能感應紫外線和每秒閃跳三百次的影像。我們的蒙太奇是牠們的靜畫——電影是以每秒二十四個畫面的速度移動。一朵小白花也能教蜜蜂翻騰喧鬧，因爲在牠們眼中，宛如霓虹燈照射的七彩大銀幕。

蒼蠅的複眼呢？一瞥一世界，捕捉美的多次方？拼成疊映重複的視覺天堂？非也！牠們所見與人類相同，只是略有弧度，像年輕人戴上老花或度數不對的眼鏡。

鷹的視角，是盤旋、俯衝和陡揚的特技表演。像飛機駕駛示範傾斜、倒飛與墜落。獅虎的縱向視線，是百步穿楊的利箭，用來鎖定獵物，堪稱「向前看」楷模。

貓瞳美不美？黑暗中炯炯發亮的眸子，是夜行動物的探照燈。射向森林、沼澤或海洋。潔自穢生，明從闇出：視網膜後面有一層薄而呈虹彩狀的反射細胞，稱作「明朗層」，也就是發光的機關。如果要票選十大青睞獎，蜘蛛、鱷魚、貓、鳥、蛾、蛙……等黑夜一族都能上榜，牠們的法眼，瑩紅或琥珀色的眼瞳，是最佳目擊證人，能在幽暗中一睹人類視而不見的祕密。

祕密是什麼？祕密就是生命。

生命是美。生機是美。生趣是美。年輕是美。年老而深情不渝更是美。

「然後呢？爸爸！爸爸！」孩子拉扯父親的衣袖，像抓緊搖晃風箏的線頭。

「在爸爸心中，『美』是最高道德標準，比『完美』還重要。其實，真正能把不美變成美的，不是攝影機，而是我們的心眼。」父親跳過那段神遊，淡淡下了結論。

「爸爸覺得那部老阿嬤影片很美？」

「不美，但會讓人……過目急望。著急的『急』，巴望的『望』。」父親看著兒子，大眼一眨不眨。「看了還想再看，還想再看看，結局會不會不一樣？」

「爲什麼？」

「爸爸不是迷上那部影片或任何電影，有時候，愈是切身的畫面，愈是……錐心刺骨，教人難以承受。爸爸只是……」爸爸仰首，又偏頭。「透過那刻骨的經驗，憧憬不一樣的生活。」

「什麼生活？」孩子的視線停在空白的布幕。

「美的生活，生活就是美。」父親咧嘴一笑，「好活歹活快活慢活都是活，明白嗎？」

只要活著就好，我不在乎他怎麼活。

「不明白。」孩子猛搖頭，但眼神不像懵懂無知。

父親忽然明白一件事：孩子不是不明白，孩子「明白」的事，不只是超過大人想像，可能比大人不明不白的事更多。

空白翻出暗色、灰景，銀幕又變出畫面：

遍體鱗傷的年輕男子癱跪在地，隨即縮成一團。一群黑衣大漢對他拳打腳踢，棍棒齊上。腿瘸了，骨折了，整個人活似一灘爛泥，又被兩名壯漢從兩脅架起，一把左輪直抵他的太陽穴。

年輕男子是臥底警察，奉命追查一名毒梟。二十多年前，他的父母深受毒品之害，被那位毒梟的手下活活打死，就在他身分暴露慘遭毒打的同一空間——一座廢鐵工廠的地下室。

「當年我就是這樣玩死你爸媽，沒想到現在還能玩你，真是老天有眼。」毒梟發出得意的笑聲。

年輕男子挨揍的場面，和當年父母的慘況，交錯進行：當下是彩色畫面，過去爲黑白場景。眼前血腥刺目，過往模糊揪心。怒拳揮出，三人吐血；鐵棍摜下，親子倒地。覆轍的命運，加深的悲劇：父母爲保護獨子而犧牲性命，兒子爲爹娘報仇卻身陷絕境……

「爸爸……」孩子的掌心貼上父親的手臂，溼黏、溫熱且透著教人發冷的寒意。

「嗯？」父親想，不要問我最後是好人贏或壞人贏。這部電影他看過好幾遍，警匪、江湖、愛情、恩怨、極度暴力加上小小推理，俗淺而有催淚功能。小B斥爲爛片，他也感受不到形式的開創、意義的更新，唯獨鍾情男主角的憤怒與頑固：血瞳瞠得老大，雙拳握得死緊，活像身上綁著核彈頭的炸彈客。

男主角不曾目擊父母遇害，一幕幕慘不忍睹，從影影綽綽到栩栩如生。灰澀、繽紛的交合，回憶、想像的交混，是強韌意志的破土？

壞人當然沒有贏，好人竟也無力回天。不能動彈的男主角只能等待奇蹟：黑道朋友出乎意料地出手相助，讓壞人嘗惡果。

「爸爸，那個人……」孩子的疑點，才真是出人意料：「還能活下去嗎？」

重傷難醫的身軀，即使勝利也一無所獲的結局——孩子的觀點？

或者，孩子想說：仇冤得雪，他要拿什麼，爲殘破生命吊點滴？

「會活下去。」父親的回答，也不在自己的意想之內。

「爲什麼？」

爲什麼？

「因爲……你看那人是不是很痛苦？」父親掀開另一個話題。

「嗯。」孩子點頭。

「活著才會痛苦，死人是沒有感覺的。也唯有痛苦，才讓我們思考：怎麼活下去？」不待孩子提問，接著說：「而有些痛苦，譬如說，相似的困境、重複的遭遇，像鎖鍊般，牢固連結陌生的人與人、某個族群、整個國家或兩代之間。如果是後者，就叫作基因密碼鎖，將親子間的血液、個性、想法、愛好綁在一起。」

「爸爸和我也……？」孩子揚眉，兩道橫躺的破折號。

「當然綁在一起囉！綁成解不開的卍字鎖。」父親趁機抱緊孩子：環、擁、摟、貼、穿、繞、偎、靠……而感到，足踏碎葉的驚心，從頭到腳寸寸灰化隨風飛散的幻滅。搖搖頭，專心，凝神，捕捉絮語：「還記得嗎？男主角挨揍時，閃過他父母倒地的畫面。」

孩子不點頭也不搖頭，耳朵像張翅的蝶翼。

所以，「擁抱」不一定是肢接體觸，而有更深刻的意涵。什麼呢？他常說的：復刻

就是賦格，也是「父刻」……

「那對父母遇難時，能不能預知日後兒子的劫數？爸爸不知道。但，兒子倒下時，一定能感受雙親的痛苦，那是比他自己所承受的痛多出好幾倍的苦。爸爸……」收口，張嘴，一時間，父親不知如何接續。

「我知道！爸爸，是命運將他們綁在一起。」孩子突然拋來鋼索，高空走索的繩橋。暈眩。顫晃。父親握緊孩子的手，努力維持身體平衡。

銀幕是外太空，座椅像太空船裡的船長位，懷念的故鄉愈退愈遠，整個世界——感官、回憶的飛行器，穿越蟲洞，曲速前進。

他，一直跟你在一起。

「我知道，爸爸……」孩子低喃了一聲。

知道什麼？

「男主角的爸媽想陪小孩而不能陪，只留下一樣東西。」孩子說。

什麼東西？父親沒問，孩子繼續說：「他們一定以爲小孩不可能了解他們留下的東西。其實，小孩決定要爲爸媽報仇時，就被緊緊綁住了。」

父母以為留下愛，其實是愛加上仇；當孩子長大，身歷其境，愛如飄絮，仇呢？愈滾愈大，時光巨輪滾雪球。

孩子能報仇，是因對手也是個血肉之軀，有罩門，有盲點；如果不是，如果仇人是災難的象徵、人禍的代詞，一股毀天滅地的力量呢？

父親還是不說話，而銀幕又開始忽閃：

傾圮的大樓，斷裂的馬路，荒煙的城市，昏暗的天空。

這個世界發生什麼事？

他不知道，沒有人肯告訴他；所有曾經活著的人顯然集體遺棄了他，包括他的父母。那回天崩地裂的異變之後，他一面用哭聲繼續砸毀還保留部分原狀的混凝土、鋼筋或鋁架，一面從大理石圓柱下「挖出」父親戴著鑲金圖章戒指的右手無名指——他由衷地希望，父親身體的其他部位全部埋在大理石下面，否則更糟。不過，他的「家」擴大了。他的出生地——一棟豪宅坍毀後，每一顆心靈的碎石擲向想像的原野，超高解像度的北疆——他不知道那原是舊鐵路時代貫穿林蔭大道的轍痕——因為他的想像凝成一氣灰色的空無，南面的「地平線」下方懸著一輪酷似下水道鐵蓋的銅色落日，那顆冷球原本是他夢境中的一蟲珠寶蜘蛛、一粒光雹、一則電腦病毒的訊號。他的夢魘的東界，如果記憶的磁場沒有改變的話，應是一座藍色的捷運車站，在那裡，時間逃離了時間表，墩梁坍圮，碳化的車軌通向傾斜的冰天……或者一切相反，東面的東面卻是西邊，西邊又有些什麼呢？向西一直走，不！應該說面西的某東路朝東面的他逼進，進入他的裡面，穿入地心，然後從天空的背面旋回。於是他漸漸明白，幻想者的無垠疆界比起造物者的任何地方，仍然小得太多；幻想者只會耗用素材，不能生產原料。

懷疑置身何處並沒有任何好處。他就在某個地方，或者，他「是」那個地方，遠離世界的某個地方，曾經所在的任何地方。所有曾經活著的人都知道，這位不快樂的小惡魔，可以用思想的力量，把一種東西變成任何東西，也能將任何東西變成不是東西，包括他自己；或將不可能的東西變爲可能，除了生命。只是，究竟是他憑著神祕的能力「知會」所有的人，還是所有的人的「知道」讓他以爲他是那種樣子？所有曾經活著的人都知道，唯獨他不懂。

三歲以前，他的能力僅限於把一隻貓變成貓皮圍巾；三歲以後，他對貓的認識僅限於貓皮圍巾。更早的時候，他曾經迫不及待「走出」娘胎——不在應該出來的時候不按應該出來的方式而且不從應該出來的地方，忘了自己還未脫離蝌蚪的形狀，忘了自己尚未生出擁抱的臂膀，迅速占據某個地方，一個家，一個曾經活著的人喚作「東區」的夢幻空間；或者毀了全世界，只留下這個小方塊或某張磁碟片。沒有人知道是哪一者。

當然，早在他發現自己的「不快樂」之前，已經教幾乎所有的人不快樂了。其實，比起十歲生日時滿懷愛心的他，從前的小惡魔既不殘酷也不仁慈——他只是焦急地「認識」這個世界，按照他想要的樣子；大部分時光他顯得羞澀而無辜，寧願回到再也回不去的子宮，寧可相信那裡面有一頭真正的怪獸。懷疑置身何處並沒有好處。沒有任何事情值得懷疑，既然他的視線足以熔化一座鋼骨大樓，既然整個世界爲他而旋轉……除了如同他必須想像的那樣去想像，如同他必須一直恐懼的那樣去恐懼……除了，不能繼續

「做」他曾經做過的那樣的愛。

除了，繼續「想」他唯一能想的怪獸：人面獅身的怪獸，虎頭人臉麒麟尾的怪獸，半羊半狗的怪獸，頭戴冠冕身披刺鱗鼓著銀翅的蛇妖，潛伏海底隨時吞噬陸地甚至吃掉海洋的鯨怪；也許，那是一頭光的動物，聲音的飛禽，微弱的一閃靈的影子，鏡子深處依稀傳來的心臟的哭聲，急著尋找顏色的圖案。

其實，他根本想像不出他想要的任何東西，渴望一頭怪獸的他從來描繪不出怪獸的具體模樣，不是少了鼻子，就是腹部的某處忘了上色，鬱綠色的額頭不見一輪輪靛紫色的渦紋，深情的瞳眸漏缺了因折射而蠱魅的稜線，以及從來也數不清憂傷的獸顏上億萬對如流星般瞬生瞬滅的鬼眼……那巨獸的骨骼應像銅管，軟骨如鋼板，玻璃帷幕鋪成牠的鱗甲，那些突出地表、扭曲、斷裂、刺向天空的下水道管壁猶如牠僨張的血脈。每一回，那隻獸搖臀擺尾，踩扁摩天大樓，踢倒橫懸空中的立體電視牆，向他撲來的瞬間——每一回都得這樣，他必須極力克制自己不去凝視對方兩股之間的神祕渦漩，包容他折磨他憐顧他輾碎他的「那個地方」（老天！該怎麼做，才能不想到「那個地方」）。事實上，他不能閉眼，也不能關窗，一旦分神妄念，怪獸永遠不會再來，他的世界——他所認識的空間和負空間——將從他眼前一寸一寸消失。

不！是瞬間灰滅。

宏偉的廢墟從地底、從陰影、從生命的側翼、空氣的內面翻出，一眨眼就完成了「那個地方」。當他的淚眼把大路劈成深溝，將地面拔離地表，美麗的城市像靈魂般懸空飄浮，不上升也不墜落。

那個地方就這麼懸著，沒有人知道它在何處。也許他一眨眼，太陽可以回到天上，灑下靛色的雨、紅色的塵，除了不能回復滿街的人潮……

畫面頓停，像突然熄燈的斗室。

「這部電影怎麼樣？」父親終於開口，一種試探性的口吻。

「那個小孩是超能兒童？」孩子不答反問。

「算是吧！你想不想擁有那種力量？」

孩子搖頭，父親以爲孩子要說「不想」，不料聽到：「我能決定我擁有什麼嗎？」

我們不能決定自己身為什麼，但可以做主成為或作為什麼。

父親趕緊說：「這部電影是個寓言，告訴我們：強大與脆弱其實是一體兩面，或者說，雙頭怪。想像一下，有兩顆頭的猛獸，魁梧巨人的猙獰大臉旁，橫生一具乾橘子般的小腦。就像有些人有雙重人格，呃……聽得懂嗎？」

孩子斜睨著父親，一副等待下文的表情。

「問題是，誰做主？大頭還是小頭？如果協調良好、想法一致，還可維持下去。萬一……一善一惡，經常衝突要怎麼辦？誰主宰中樞，也就掌握了巨大的力量。」父親說，「力量一旦被邪惡掌握，就是親人的不幸、世人的浩劫。文明、科技、軍事、政治——

尤其是政治權力，都是如此。」

超能——異類——崩毀——救贖，超人電影，怪物動畫，未來想像，末日情節。父親忽然想到一個故事，說電影的故事：年邁的父親每週固定探獄——陪伴向來與他溝通不良的兒子。老人家很愧疚，以爲兒子的偏差是因自己疏於管教，又不知如何管？怎麼教？只好隔著透明牆，叨叨訴說大事、小事、重要事和道聽塗說而來的事。他又嫌自己口才不好，嘮叨瑣碎；常常說到一半，莫名岔斷、迷途或恍神，拿著話筒不語。他的兒子呢，低頭，一手緊握話筒，一手糾著電話線，聆聽。

有一回無話可說，他抓腦搔腮不知所措。兒子突然開口，提到一個片名，那是兒子三歲時父子手牽手去電影院，一起觀賞的電影。他接下話題，將他記得的劇情重溫一遍，兒子輕揚的嘴角，又勾起他更多回憶：那晚微雨，有風，他買了爆米花、可樂，散場後兒子意猶未盡，央求他再將電影說一遍……

靈感來了。既然生活乏善可陳，唯有每週看兒子勉強算是大事，兒子又對電影有興趣——那就聊電影吧。一週一片，碰到熱門檔期還可以連看好幾部，邊看邊記，讀影評，上網查資料。做足了功課才來說電影。一年、兩年、三年……兒子因過失殺人判刑十年。他待在黑暗空間——監獄和戲院——的時間，竟也超過陽光小雨花花世界。

他一直不了解沉默兒子的聽後感，愈來愈熟練精采的表演，顯然感動了旁聽的人：獄卒和其他無意間聽聞片段的獄友。「後來呢？」「男女主角有沒有在一起？」「壞蛋得到報應了嗎？」諸如此類的插播，穿梭父子連線，盪漾在柵欄、屏幕、鐵門和高牆間。期待，好奇，欣羨……夢樣氛圍感染了所有在牢裡的人。

兒子出獄前一晚，父親照例探望，但支支吾吾開不了口：他沒有電影可講，因爲口袋裡所剩無幾的錢，不夠買張電影票。事實上，這十年來，他飼養一頭昂貴寵物，微薄的養老金，點點滴滴投入電影院售票口。不料典獄長出面，邀他在大廳對所有的人講電影。「我……我不會演講呢。」老爹呆了，傻了。「隨便你講。」「要講哪一部？」「哪一部都可以，連說好幾部也行。大家就是想聽你講電影。」

那一夜，星光燦爛，群情激昂。故事牽引的喜怒哀樂，在寂蕪心田抽長；聲音撩起的想像畫面，在昏暗空間竄動。老爹身兼編導、演員，活跳跳的說書人，比手畫腳，連說帶唱，詮釋一齣齣倒背如流的腳本。每說完一部，台下鼓掌叫好，猛喊「安可」；他傻笑，環顧全場，一鞠躬，繼續下一攤，像一輪戲院接力播放電影，讓觀眾一次看個夠。

正著說，倒著講；有些一氣呵成，有些抑揚頓挫，滑忽溜轉，在關節眼猛吊聽眾胃口。將A片情節塞進B片，將C片結局挪到D片。也有兩片合演，或EFGH大車拚。陰晴圓缺變了調，那些愛恨情仇的移植錯置，翻出嗔痴哀怨新風貌，像一頓豪門夜宴、滿漢全席，不斷上菜，無從停箸，教渴望故事的心靈愈發飢渴。

老爹說得渾然忘我，虛實莫辨：不小心自創開場，或偷偷更動某片結局。上百名作糾成萬縷千絲放映燈，十年光影匯爲泥沙俱下意識流。他想說什麼？貫穿一切情節的情結？包含所有電影的電影？音箱是聲波的共鳴器，監獄呢？想像的飛機場。老爹從寫實片講到科幻片又聊到靈異、推理類型，大部分聽眾或者耳聞，或者親睹，頻頻點頭附和。唯獨壓軸好戲——最後一部電影——教眾人傻眼：說電影的電影，一位無依老人必須倚靠夢幻泡影才能維繫親子關係，於是不斷對服刑兒子訴說電影故事……

這故事，要對兒子說嗎？那位坐牢的兒子和我的小孩，從某種角度看，很相似。父親托著腮幫子，沉思不語。

「爸爸會不會對我說故事？」孩子突然開口，像一記冷箭，射破天長地久、幾近窒靜的沉默。

「呃……媽媽說過很多床邊故事，像是〈小木偶奇遇記〉、〈國王的新衣〉、〈傑克魔豆〉、〈正義超人〉……」父親旁敲側擊，邊說邊尋找適當的措辭。

「媽媽說的是童話，我要聽真正的故事。」果然，孩子不輕易上當。

「什麼樣的故事才叫作『真正的故事』？」前方難測，關鍵未出，父親只能摸著石頭過河。

「爸——爸——的——故——事。」小口蓋又噘得老高，一字一彈音，彷彿巫師口中吐出的咒語。

「爲什麼想聽？」頭皮有點麻，「你不是聽過：大雞排、蔥油餅？」

「那些不算，因爲……」因爲你是我爸爸——就要出口的話，突然轉彎縮回，變成：

「B叔叔說，爸爸的一生，可以拍成一部電影，不但有內容，而且充滿血淚辛酸。」

「那樣的故事不好聽，不能帶給人快樂。」父親搖頭，徐徐吐氣。

「爸爸快樂嗎？」又是一記回馬槍。

「我……」

「我不知道『快樂』是什麼？爸爸想告訴我？」兩道利問，像是左鉤、右鐮迎面而來。

「好吧！你想聽哪一段？」家鄉？童年？求學？戀愛？往事千頭萬緒，要從哪裡開始？

尋思間。銀幕——也許是他的腦海——開始翻變：平面湧出波浪，波浪沖刷堤岸、港灣，蜿蜒海岸線的後面，是一望無垠碧海藍天。

ㄉㄠ ㄒㄧㄚ ㄍㄨ ㄙㄨ ㄌㄧ。

嘹亮歌聲響徹岸邊。一艘紅黑白彩繪的十人大船剛完成下水儀祭，靜靜棲伏在橫陳灘頭的舟群裡，蓄勁，待發。

準備出海？

八角盔，短背心，丁字褲。扛船的勇士們抖擻引吭，剛勁的嗓音穿雲破空，往八方逸去。

他們和他們的族人，準備往哪裡去？

乘風，破浪，捕飛魚，渡黑潮？還是逃離曾經美麗的小島，遠走汪洋，航出大海之外的深海、世界盡頭？

為什麼要逃？

因為，故鄉幾成廢土。曾是養育、繁衍的溫床，如今淪為剝削與占奪、毒素遍布的荒島。

但他們從未屈服。紅黑白三色彩繪，代表謙卑、堅韌、永不放棄。

ㄉㄠ ㄒㄧˊ ㄚ ㄍㄨ ㄙ ㄨ ㄌㄧˊ。

海神動容，驚濤裂岸，被世代傳承的求生意志震懾。

「ㄉㄠ ㄒㄧˊ ㄚ ㄍㄨ ㄙ ㄨ ㄌㄧˊ。」孩子跟著節奏輕聲吟唱。

「嗯？你也聽見了？」父親瞪大了眼睛，看著一臉陶醉的兒子，而前方銀幕卻是一片空白。「我以為是我的幻覺呢。」

「爸爸唱得那麼大聲，鬼都聽見了。」孩子扮了個鬼臉，繼續唱著：「ㄉㄠ ㄒㄧˊ ㄚ ㄍㄨ——爸爸，這句話是什麼意思？」

「不要毒藥。是用我們的母語唱出來的。爸爸小時候在家鄉，參加一項遊行活動，跟著族人穿越寒流，穿過冷雨和黑夜，一路高喊的戰歌。」

「毒藥？」

「毒害大家的壞東西。」父親低下頭，暗忖：這個隱喻，糾結著歷史、國族和命運，要怎麼說呢？「害我們滅族亡種的邪靈，也有人叫牠們『怪獸』。」

「怪獸？和正義超人對打的壞蛋？」孩子瞠著天真的眼瞳，「還是那個超能兒童變出來的魔王？」

「應該說，自以爲超越神能的天真人類打造出來的怪物。」父親說，「人們以爲可以利用牠的力量來做很多事，卻無法駕馭牠，終有一天，怪獸發怒，反過頭來吞噬人類和地球。」

「怪獸也算是超能怪童？」

「應該說是『超能怪胎』，還沒有出娘胎，已經教大家膽顫心驚——」話語忽停，強烈的暈眩感又排山倒海捲來，光浪，一波波刺目的光浪，金黃、橘紅、暗紫，在眼前交纏織繞，推湧幻變。遠天，一道深紅，像正在滲血的傷口……

一聲咆哮。一種崩潰。一串喘不過來的氣聲。

天哪！只有神能救他。

願主保佑。

「爸爸！爸爸！」孩子促急的呼喚，像急流中的漂木，暫時穩住他的神魂。

「爸爸沒事，只是有點頭暈。」握緊孩子的手，吐出一口大氣：「爸爸其實很希望，或者說相信，我的寶貝也擁有我不了解的能力。」

「我……可能嗎？」孩子低下頭，像一隻垂首喪氣的小獼猴。

父親頷首：「不是可能，是肯定——」

前方又有動靜：酷熱的大街，蜂擁的人群，高分貝的喊聲，全武行的衝撞。抗議群眾、鎮暴警察、行人、記者擠撞成一團，棍棒交錯，石塊竄飛，鮮血噴濺。是電影鏡頭？是幻覺？不！他很確定是回憶畫面：數十年的抗爭，試圖救回可能長達千萬年的未來。

流血群眾愈挫愈勇，這裡被驅散，那邊又蝟集。摩肩接踵，臂勾著臂，一齊衝向警網、拒馬和某種迷思：科技萬能的迷信。

萬頭攢動中，他找到自己：黝黑清瘦，年輕衝動，帶「頭」衝撞盾牌、警棍的身影。那段歲月，他的生活動線：街頭——醫院——總統府——立法院，無處爲家；那些日子，他的情緒週期：抑鬱——焦躁——憤怒——傷憐，無可排解。那些年之後的好多年，他變得鎮靜、淡定、寬厚，甚至有些溫柔——大敵未除，壯志難伸，但爲了那一絲幾無可能的希望，一星火種，他變成咬牙堅忍、橫渡沙漠的駱駝。

濃眉深眼，嶙峋身姿，剛毅唇線。

驅惡靈。擁魔繭。自爆彈。照「夭」鏡。荒謬的尋訪。悲涼的探問。身體熱衰竭。心靈冷結晶。

他的人還在，命運已成灰。

啊！不能對孩子說：爸爸的過去，是一段從未上檔的殘破膠卷，埋封著比暴力片更血腥、驚悚片更駭目的歷史。有人說：死灰復燃，爸爸不敢跟你說：死灰「父」燃。有人說：歷史是一面鏡子，鑑照現在與未來；爸爸不願對你說：不要舉足不要伸手不要前進，歷史只是宇宙洪流裡的一抹泡影，瞬生瞬滅。千萬不要按播放鍵，銀幕牆就是活生生的鏡頭，男女主角是觀眾的反射，真實世界、虛幻歷史的相合虛構。

「爸爸，你在想什麼，不能對我說？」孩子巴著他的臂膀，附耳輕問。

「我……在想另一部電影。」不行！趕快過場，中止這無邊無際的暈眩。父親催促著自己的回憶。

銀幕霍地放亮、閃跳，目不暇給的畫面，接連而來，彷彿不小心誤觸了快速播放鍵，但上片和下片間又渾不相關：烈日的衝撞變成冷雨下的群眾靜坐，再跳到陰風怒號的故鄉夜晚、秋楓豔麗的山嶺、白色長廊的醫院……畫面忽地放慢，幾近定格：一架鏽損傾倒的旋轉木馬、破洞的馬賽克窗花、傾圮的樓房、斑駁教室、廢棄圖書館——遍地灰泥、黃葉、斷簡、殘篇。天空懸著暗赭色渦狀雲。高牆，像骨牌般閃逝的一座座高牆，是一幕幕色澤鮮豔的希望塗鴉：天真孩童的笑臉。

他說過，孩子的臉是一面鏡子，讓我們看到千真萬確的未來。

他認得那地方，**Pripyot**，烏克蘭的小鎮。某部紀錄片曾報導，痛陳、控訴，那一幕幕慘絕人寰的景象。

「爸爸，放映機壞了？」孩子揪著父親的手，「這麼快看不清楚。」

「你看見了？」父親驚訝地問。畫面繼續跳現：綠、藍、紅、紫、方格、圓形、三角框、斑紋……花閃糊白，瞬間即逝。他一直以為，那是纏錯心魂所投射的亂碼。

「爸爸難道沒看見？」兒子輕描淡寫反將一軍，兩眼一眨不眨凝視前方。

看見。雙眼所見，是大千塵寰？億萬塵埃？

凝視。「凝」是結冰的疑問，難題未解，而波瀾不興。「視」，一種示見：將所聞所睹所感所知，誠惶誠恐獻天地、祭鬼神；也是示現：捕未來，捉回憶，牽情思，勾幻想。

他人看不見或說不出的，虛構真實。

小孩子怎麼看世界？望月亮？數星星？尋找四瓣酢漿草？發現奇蹟？例如，蜂巢小鎮、葉縫花間、螞蟻隊伍？

「媽媽說，你能看見別人看不見的東西？」父親也故意反問。兩人像一對專用反手拍對抽的桌球選手。

「嗯，媽媽會陪我數蟬聲。」孩子露出滿足的表情。

「數蟬聲？」父親提高了音量。

「是啊！可是她太慢，一聲、兩聲、三聲……還扳手指呢，這樣子怎麼數得清楚？」孩子揚起右手，「而且，蟬不會是一隻兩隻唧唧叫，而是一大群聒聒叫。」

「那你怎麼數？」父親想到「蜩翼之知」的典故：有位老人練得一手好功夫，用一根竹竿，蘸樹膠，一伸一放，就能捉到棲隱枝葉間、旁人視而不見的蟬。

「不必數。一聽就知道有多少隻。」孩子撇撇嘴，「有時是這裡一夥，那邊一群；

有時是幾十隻接連出聲，有一次是一百廿九隻同時亂叫。哪棵樹上有幾隻，我都分得出來。」

父親低下頭，唇齒打架，兩頰微抖；不敢看孩子，漂流的視線沒有落腳與方向。捕蟬故事中，孔子曾盛讚那位老者「專心致志」，老人卻謙稱「吾惟蜩翼之知」，意思是說，他別無所長，只知道捕蟬；每天都做同一件事，日積月累，技藝怎麼可能不精？意思是說，父親不願再想——他的世界，只有蟬。

「爸爸，我還知道顏色。」孩子得意地笑了。

「顏色？蟬聲的顏色？」父親問。

天是灰的。地是褐的。樹幹是鐵鏽色。枝葉是焦黃的。

風是霧白的。雨是絳紅的。臉是五色的。聲音是七彩的。

一筆一畫寫下的遐想，是他苦中作樂的札記。

「灰灰的，黑黑的，有時稀疏起落，有時密不透風。」孩子歪著頭，試圖用色澤詮釋音波：「有時像骯髒的河流，有時像狂風暴雨下的巨浪。有時環繞不停，有時忽然消失。有時……叫得最賣力那隻突然沒有聲音；有時，年輕有勁的蟬聲傳遍大街小巷，好像憑空冒出好幾百棵新芽。爸爸，你聽，唧，唧唧，唧唧唧唧……」

喔！難怪你像吃蠶豆酥那樣吃掉蟬聲——父親也歪著頭，聆聽原音如何奏演本色。

可有可無的灰。若隱若現的灰。由暗過渡到亮的灰。從白嬗遞到黑的灰。

休止符的灰：天地噤聲，而暗影崇動。換日線的灰：從全黑到反白，深灰鐵灰銀灰灰白的濃淡漸層。斷線風箏灰，廢墟輪廓灰。暴雨時天地一片潑灰。破曉前雲絮一層濛灰。

夢境灰。邊界灰。桿狀細胞勾描形廓忘記上色的灰。黑洞白洞之間，三光盡掩生靈不存的灰。

熄燈瞬間突陷黑無的盲灰。土石潰流撲天蓋地的濁灰。失明灰。失戀灰。心字成灰。挫骨揚灰。殘燼飛灰。父燃死灰……

渾然整體的灰。

「爸爸，你幹麼一直看我？」孩子灰撲撲的聲音。

「有一句話，爸爸一直很喜歡：心肝若顧好，人生是彩色的；若顧不好，哈！人生是黑白的。」話沒說完，他已忍不住笑出聲來。

「爸爸你亂講！人家是說『肝若顧好』，才沒有『心』呢，這句話媽媽說過。」孩子急急揮動瘦胳膊，像揮舞教鞭。

「哈哈哈！」父親摸摸兒子的頭，忍住不說：心怎麼可能離開肝？沒有小心肝，爸爸就要六神無主——喔不！是六神少兩樣，只能煮四神湯了。「呵呵呵！」

「爸爸你一直在亂笑，到底有什麼好笑？」孩子的表情，像苦口婆心的老師面對頑劣不馴的學生。

而在父親眼中，孩子深幽的眼洞，讓他想到三葉蟲。

地球上最古老的眼睛。寒武紀的門縫。感應光的天窗。

生活在沼澤中，眼「波」流轉，照見混沌。

對它而言，世界是諸色交纏的一束紗？刻面複雜，視角單一而偏頗：只能斜視，睥睨眾生——微生物，無法仰望——窺見天堂的色澤。

「爸爸有一位朋友，常常逗爸爸笑，跟你很像。」父親收斂了笑容。

「很像？」孩子一直以爲，自己是個孤獨，或者說獨一無二的小孩。

「聽聲辨色。」父親輕拍兒子的手肘，「他說，每一種聲音，都有配色。」

沆瀣一氣的灰。順逆同流的灰。涇渭不分的灰。是啊！父親突然想到：如果時間和空間是不容分割的存在——例如，車聲、人聲混著蟬聲，像長河那樣流滾，誰能分得清這一滴或那一沫？那麼，內在和外在的區別在哪裡？我和孩子在哪裡？樹上蟬鳴、遠天灰雲和眼前光影的界線是什麼？

「怎麼配？」孩子的好奇心點燃了。

「聽見鋼琴聲，眼前會泛起藍霧；薩克斯風的悲傷旋律，會在他的窗台長出黑色曼陀羅。小提琴的音符是原木色，長笛是湖水綠，手風琴像太妃糖的牽絲，大鼓的聲波是紫漩渦，讓爸爸想到『龜波功』——」故意停下來等孩子笑，見孩子一臉專注，父親只好摸摸鼻子，繼續說：「流行音樂入耳，就是巧克力香草冰淇淋入口；兩種顏色伴隨甜蜜滋味，在胸腔化開，他說可以消止對親人的渴念。歌戲裡的花腔女高音，盤旋迴盪，直衝雲霄，害他恍若置身灰色大氣層，呼吸困難。重奏的形狀像梯田。和弦的感覺：又渴又乾的冬晨，有人遞給你一杯溫開水。交響樂！你想問萬一聽見交響樂會怎樣？曲調的光譜？聲音的彩虹？喔不！是千般滋味、萬種顏色破天而降的洪流。」

孩子瞪大眼，彷彿銀幕上正在放映畢卡索的抽象畫。

父親說得興起，還想加碼：「他不但對音樂很敏感，對各種聲音也有出人意料的激烈反應：飛鳥振翅聲是沸滾的白色水氣。車輪急煞聲是占滿霉溼牆面的綠苔。腳步聲，有分喔！陌生人的是黑鍵，親朋好友是綠色郵筒；推車的滾輪聲是一刀切下的草莓鮮奶油蛋糕，醫生急切的蹬地聲，是雪鴻泥爪的灰色趾印。老家後院是一片荒園，只有敗草和焦土，可是喔！只要颳風下雨、閃電打雷，他就頭昏眼花，背脊發麻。爲什麼？雷聲是紅色長廊，風聲是米色迷宮；連環霹靂恍如魔域開啓：紫花吐瓣，黑藤攀爬，每一顆雨珠都是旋轉血滴、紅色爆漿果。」

「爸爸，他快樂嗎？」孩子突然問。

「快熱快熟倒是真的。他的人生，奇異感官點燃引爆的激流人生，就是一盤大火快炒。」大人好像未發現孩子提問的重點。

孩子皺眉，不說話。

父親又移轉話題：「移覺。聲音激出畫面，滋味引發觸動；或藉由氣味，通往異象玄音。也有人將那種現象稱作『聯覺』，感官聯合國，神魔佛跳牆——聽清楚囉！佛跳牆本是一盅極盡奢華的大雜燴，擁有那種能力，神和魔都要跳腳、翻牆，向你請教何謂極樂——」

「爸爸！那是病嗎？」孩子又丟來一問。

「呃……對他而言，天是灰的，地是褐的，風是霧白的，枝葉是焦黃的，宇宙乾坤全亂了調。」父親有些語塞，又不能不說：「最重要的是，人的臉是五色的，聲音是七彩的。」

孩子，那是病發症、併發症和爆發症。

「爸爸是說，喜、怒、哀、樂，都有顏色？」孩子抬頭，歪斜的眉像鈞鉤。

父親的心一抽，趕忙說：「是啊！顏色，『顏』色，京劇臉譜就是用不同顏色代表好人和壞人。古人說『色難』，原指和顏悅色事奉父母很難，現在要擴大解釋：世事多變，調色困難；你有再多蠟筆、水彩、顏料也調不出恰如其分的臉色。」

「所以，那個人生病了？」靶心不會因射偏的箭而移轉。

「他說……他的世界裡，醉心的事物就是錐心的利箭；辛酸不能兌換幸福，但期盼會帶來痛苦。」

「例如？」

例如，孩子的一聲「爸爸」，會在他眼前倒掀萬丈飛瀑：天籟地籟轟沸交鳴的囈語，那些珠璣碎沫，離地心而上，向心而來。

例如，朋友關切的眼神，是雪落低簷不著痕跡，只因隨風盪散有時叩門敲窗忽而親吻溼涼鼻尖的輕喜。

例如，傾聽自己心跳，有如遭逢敵機轟炸。

目送至愛遠離——不論是遠到雲深不知處或離開思念的疆界——卻像驚聞火箭升空時風雲變色的震響：遍地積雲，風中帶電；一道閃光燃成火輪，無可匹擬的氣勁，或者該說火焰暴，襲捲而來，八方迸散，快如一陣上達天國的颶風，颳起大戈壁全部沙塵，形成沙暴，將你籠罩、刺穿、削碎、灰化……

例如……孩子，你還想知道什麼？

「例如什麼啦？爸爸！你一直『例如』、『例如』，什麼也沒說。」孩子氣到搥父親手臂。

「科學研究，容易因基因變化而擁有聯覺的人，大部分是女性。例如……」總算，父親面對面，眼貼眼，直視兒子：「你親愛的媽咪。」

「媽咪也能看見聲音？」孩子笑了。

他說，妳能看透孩子。

「媽咪只能看著你：你啜泣，媽媽心痛；你不舒服，媽媽如坐電椅。有時，你一聲不吭，媽媽竟聽見群山萬壑的回音。你說數蟬聲，媽媽動作太慢，知不知道爲什麼？」

「爲什麼?」話出口，小嘴蓋卻未闔上。

「你知道小情侶爲什麼喜歡坐在河邊數星星?」父親又開始繞圈子。

「小情侶……?就是在夜市吃臭豆腐的男生和女生?」孩子也懂得以眼還眼，一語抓到問題的環眼。

「是啊!因爲星星多到數不完。」父親沒皮條了，不打自招：「他們可以慢慢數，一直數，數到地久天長。」

不能天長地久，只想遞酒天償。

火箭離地騰起——或許該說勃起：人類的欲指，豈止是遨遊外太空，還想直搗黑洞府。也是鵲起：眾鳥驚飛，蛾蝶、蜻蜓、蚊蚋、微塵和仰望的目光同時躍起，所有的翅膀和想像在一瞬間化爲逆湧龍捲風。灰色空氣燃燒成灼熱白金，再蛻成七百呎高空的火焰瀑布。火箭背上的尖口太空梭，像趴在母體身上的幼獸，帶著祝福和期盼，飛越沼澤、潛鳥狂笑、昆蟲尖叫，登上金黃暈輪。

衝啊繼續衝——他的悲傷也在暴衝，航向無垠前，負載子船沖天的兩節母體火箭脫落下墜，像兩枚大紅色引號，一個代表「無悔」，一個裝塡「不捨」。

無悔的是自我消殞的成全，而在求全過程中，猶見一步一回眸的不捨。

「其實，媽媽說，蟬聲會讓她心煩。」孩子的聲音變小了。

也會讓妳憶亂?

玄音、魔音、悲傷跫音、過往回音……聲聲穿腦。

也許，火箭發射的轟隆，震聾我們的感官；核彈或核電廠爆炸的巨響，那股鋪天蓋地的毀滅力量，會消弭一切聲光色相。那時，人類會懷念鳥叫、蟲鳴、情仇、憂喜和亂耳縈心的蟬聲？

「媽媽說，她喜歡那種煩。因為……」小手輕輕搔刮大手：「爸爸有更煩心的事。」

烈日、寒夜、蜂擁衝撞、獨步海灘的畫面又在快閃。

「爸爸不煩，因為……」父親抓起孩子的手，指向銀幕，像指引盲人讀點字書，卻觸到空白結尾。

「因為爸爸帶我看電影？」孩子的嘹亮高音。

「是啊！有人說：人生如夢、如幻、如泡、如露、如電、如影。」父親笑了，「雖然也會如泣如訴，但說這話的古人活在現代，一定喜歡看電影。」

「夢境很像電影。」孩子咬著嘴唇。

「是喔！那個人寫過一本書，叫作《幽夢影》。」父親點頭，微笑：「爸爸學生時代，愛看電影，但口袋沒錢，只好跑到電影圖書館看免費的；很多經典或爛片都是那時K出來的。也常和B叔叔、其他同學交換情報互相『說』電影：你說我聽，我掰你想，每個人在自己的腦海裡播放畫面。不同的是，我們偏愛大銀幕，B叔叔喜歡小電影……」

「小電影？給小朋友看的電影？爸爸也說一部給我聽？」

「呃……有一部，嗯……」父親臉紅了，想到說電影的電影中，那位電影老爹時而靦腆時而煥發的神情，想說，又忍不住改口：「看電影的電影。」

「哇！聽起來很好玩，是把很多部電影串在一起的電影？」孩子鼓掌，發出飛蛾撲向燈火的拍擊聲。「也就是一次可以看到很多部電影？」

「你自己看。」

輕揚而悲抑的背景音樂中，浮出黑夜、光影和一座小鎮的輪廓。

那是電視尚未發明的遙遠年代，鎮上居民的生活單調而平凡，沒有聲色犬馬的刺激，唯一共有的娛樂：看電影，在一間宛如天堂般的電影院。

愛情電影，犯罪電影，戰爭電影，諜報電影，推理類型，黑白影片，彩色電影……男人女人老者小孩濟濟一堂，隨劇情起伏而哭而笑而鼓掌叫好。快樂大結局讓他們振奮，悲傷的尾聲害他們的呼吸帶著滲水泛潮的滴瀝。遇到中斷畫面（被剪掉的鏡頭，如接吻）會咆哮抗議吐口水，看完意猶未盡怎麼辦？張口，瞠目，發愣，沉思，就是不想回到現實。

主人翁是一對情同父子的師徒：放映師和懷著電影夢的六歲小朋友。放映師讓小朋友待在放映室看影片，也教他電影知識和放電影的技術。後來戲院失火、放映師失明，小朋友成為鎮上唯一懂得操作放映機的人，而提早出師，扛下師父的工作。

轉動中的神奇影像，帶來嶄新視野、懷舊濃情和對美好事物的迷戀。師父看出徒弟志在電影，便勸他出外闖蕩，實現理想，不要埋沒在小鎮，並言之諄諄：「離開這裡，永遠不要回來。也不要寫信或想念……」

電影一開始，步入中年、已成爲大導演的徒弟忽然接獲老放映師的死訊。在震驚和感傷中返鄉，參加師父的告別式，也和鄉民一起見證老戲院的拆毀……

老師父留給徒弟兩件禮物：其一，當年小男孩墊高身軀以便從放映洞覷望「天堂」的小板凳。其二，被剪掉的畫面合集——眼望眼，嘴對嘴，手牽手，緊環貼抱耳鬢廝磨接吻戲。一幕接一幕，一景又一景，像床功奧運會、擁吻馬拉松，綿延到地老天荒的愛情接力賽……

「好像很好吃，爸爸？」孩子啜嘴，舔唇。

「是啊！這叫做『感官的夜市』、『情愛的大餐』，化傷心痛苦爲甜蜜的前菜。」父親只覺滿嘴苦味，「知道一家人爲什麼要圍桌吃飯？分享一道食物，用唇齒唾液消化生活瑣細，像親嘴那樣傳遞美好。」

「嗯，難怪那些人看到剪片會吐口水，他們好像……」孩子擺出一副過來人的模樣。

「好像什麼？」

「巴不得把自己的舌頭吐掉。」孩子說，「爸爸，我們身上的東西壞了，是不是就要丟掉？」

不能親嘗的，只好輕放？禁止纏綿的，依舊沾黏。

「吻」這個字，像一道禁口令，比禁酒更折磨人心的暴政，封堵你最初的感官，不准與情愛接觸。

「誰說的?你媽咪?」父親皺眉了。

「林爺爺說的。」孩子說得小心翼翼。

「林爺爺?」大人一頭霧水。

「住在我們隔壁的老爺爺啊!他也想跟我們來看電影,可是你不理人家。」孩子嘟起小嘴。

凝睇孩子,不是新天堂也非遊樂園,卻是他唯一僅有的小宇宙,父親腦海又翻出某部電影的畫面:

一位父親緊握孩子的手,一步一蹭,蹣跚前行。前方,不見炊煙或燈火。一層又一層的濃霧,悄悄吞噬、消蝕世界的輪廓。漫漫長路,伸向何方?

背後,一直有道老者身影,像跟蹤,也像依附,以更緩慢的速度、拖沓的腳步,緊緊尾隨他們。

追不到,甩不開;不敢靠近,不容欺近。他們停步,老者也不動;忽然拔足狂奔,老人家跟著碎步快跑,卻是跌跌撞撞,屢仆屢起。

老人要什麼?一點乾糧?一口飲水?

「爸爸,給他一點食物,他看起來好可憐,反正我們還有。」

小男孩不只一次哀求父親，甚至為此僵持不下，拒絕前進。

「給了他，我們可能就不夠吃了。你知道我們還要走多遠？」父親複雜的表情摻著一絲痛苦。

「沒關係！沒關係！我們少吃一點，大家一起吃。」孩子頻頻回看神色枯槁、目光濁紅的老人。

後來，父親破例邀老人家晚餐——孩子的雀躍，對照老者的蹣步顫抖，是那一片灰暗天地裡忽閃的火星。他們升火，像圍爐那樣分享過期罐頭、餅乾和彼此……不用想也知道的悲傷往事。

他說，在未來某個不知名年代，每個人都會像一家人，爭食或分享為數有限的殘餘物資。而在除歲迎新那晚，大夥兒圍爐……

天微明，或者該說濛灰，孩子請求父親「帶老爺爺走」，父親咬著嘴唇，悍然拒絕了。前夜，孩子偎著溫暖火光、父親懷抱入眠後，老人泣不成聲：「我不知道自己為什麼要活下去？我不可能活得下去。跟著你們，是因為餓，因為渴，因為……我害怕。」

天微明，永遠是微明，因為再不可能大放光明。老人一拐一拐，往濃霧深鎖的反方向走；這對父子呢，踟躕，張望，天地失色，山河無界，彷彿立身夢魘邊緣、雲深不知處……

「爸爸？」小觸鬚緩緩伸爬過來。

「嗯？」握緊。

天地詩色，山河吾界，站在水墨意境。

孩子沒說下去，父親也沉默。銀幕又在換片——散場電影開場了，兩雙眼睛，定在火爆的場面：突襲，攻堅，咆哮，喊話……一位黑人父親爲了救治急需換心的兒子，不惜搶劫醫院，挾持人質，而與警方對峙。

談判，協商，用計，鬥智……是慈愛父親如願？還是萬惡匪徒伏法？窮人得不到醫療照護？整個醫療體系、健保制度出了問題？這件案子引來媒體、社會大眾的關注，成爲全國電視網的頭條新聞。

事件如何收尾？孩子有沒有得救？

心急的父親雖然挾持一群醫護人員，但其實不打算傷人（子彈沒上膛），唯一能教他扣下扳機的對象就是他自己：後來等不到心臟，他準備一槍擊斃自己，將心給兒子用——當然，這牽涉到許多醫學、法律和道德問題。

好事的媒體截取警方頻道和監視畫面，弄成獨家新聞外加現場直播。有一幕，滿臉淚痕的父親握著話筒，和病床上奄奄一息的兒子連線，撼動了所有電視機前停駐不動的眼睛——

那一幕，電影裡的黑人父子和看電影的這對父子，也凝止不動了。

天地寂止，萬物消匿，只留下聲若游絲的父子對話：

「爸爸！我會死嗎？」
「不會！你會活下去。」
「真的？」
「當然是真的！沒有你，這世界毫無意義，喔不！會消失不見。」

章末

「他會睜大眼睛。看下去，哪怕這世界消失不見。」
「只要懷抱希望，就可以絕處逢生？」
「也可能是……生逢絕處。」
「妳呢？怎麼看？」
「我也會看，更要說。不像爸爸什麼也不說。」
「他很少笑。就算勉強咧嘴或揚唇，也只是苦笑、傻笑、自嘲的笑。」
「他的微笑，唉！一枚無微不至的笑葉，揚飛廢墟。」
「嗯，電光幻影。生澀故事。糖漬的酸辛。美化的悲劇。」
「悲劇如何美化？」
「祕密。他說是祕密。」
「祕密是什麼？祕密就是生命。所有生命都隱含著天啟、神諭和象徵。」

「活下去最重要？」

「是啊！只要活著就好，我不在乎他怎麼活。」

「不過，他真的很特別……」

「妳一定要對孩子說：你爸爸，他，一直跟你在一起。」

「不捨？不忍？不甘心？啊！父母以為留下愛，其實是愛上加仇；當孩子長大，身歷其境，愛如飄絮。仇呢？愈滾愈大，時光巨輪滾雪球。」

「我們不能決定自己身為什麼，但可以做主成為或作為什麼。」

「那一天是關鍵日。」

「是啊！一聲咆哮。一種崩潰。一串喘不過來的氣聲。我從未見他如此憤怒……」

「我也不敢看。喧鬧而冰冷的長廊，只聽到夾七雜八的議論吁嘆聲：『天哪！只有神能救他』、『願主保佑』……」

「濃眉深眼，嶙峋身姿，剛毅唇線。驅惡靈。擁魔繭。自爆彈。照『天』鏡。荒謬的尋訪。悲涼的探問。身體熱衰竭。心靈冷結晶。」

「他說過，孩子的臉是一面鏡子，讓我們看到千真萬確的未來。」

「我讀過他的PO文……」

「我可以體會他的心情。」

「最怵目驚心的灰，叫作『父燃死灰』……」

「有一次孩子出聲……你無法想像他的反應。」

「天是灰的。地是褐的……」

「但他說過，妳能看透孩子。」

「不能天長地久，只想遞酒天償。」

「無悔的是自我消殞的成全，而在求全過程中，猶見一步一回眸的不捨。」

「孩子的聲音，就是亂囈？」

「也會讓妳意亂？憶亂？」

「他說，在未來某個不知名的年代，每個人都會像一家人，爭食或分享為數有限的殘餘物資。而在除歲迎新那晚，大夥兒圍爐……」

「那是何年何月？什麼光景？」

「天地失色，山河無界，彷彿立身夢魘邊緣。」

「天地詩色，山河吾界，站在水墨意境。」

第三章　棒球場

章首　聆聽

聽過螺旋槳發出的魔音？讓人頭皮顫麻、耳神經瀕爆的聒沸。聽過鑽孔器在你瘦痛的齒縫震響？那是懾人心魂的尖音，鑿穿恐懼的長廊，在骨牌般的下顎背脊間拉枯摧朽。指甲擦刮黑板的聲音，不會有人喜歡，那會害我們痙攣。突如其來的驚叫，也教我們驚惶失措、手腳發冷。

專家說，尖銳的磨擦聲令人不快，和我們的遠祖記憶有關：掠食者的獸爪擦刮我們身後的岩石，就要滑向我們的脖頸。而驚聲尖叫意味著猝不及防的災難和痛苦。

有沒有動人的聲波？一串悠揚音符？一首美妙旋律？

孩子的第一聲「媽媽」或「爸爸」，永遠是父母最渴望的禮讚。情人間的細語，絮絮叨叨，黏黏纏纏……這還不夠，小倆口巴不得互持聽診器，聆聽對方的「心聲」；一旁的聽眾呢？哈！只想按下靜音鍵。

你聽過自己的心跳？那時而促急時而舒緩的鼓盪，碰——巴——碰——巴，像抑揚五步格？你正在感受腎上腺素的竄升？飢腸轆轆的翻攪？如果你對飛機過頂、火箭離地、泰山崩於前的巨響不陌生，不妨掉轉小雷達，收聽內宇宙：動情素的祟動、雌激素的激流、血小板的快板……當然，所謂「聆聽內在」有時非關心律調節器的響動、三塊聽小骨的打擊樂，而是幽思、冥想的碎步踢踏，在名為「一念」的房間。或者，在意識最深處的闇黑吾界，與影子自我——也有人說是「良心小精靈」——對話。那些窸窸窣窣的雜音或純律，有時醒腦，經常聒噪；更常出現在失眠之夜：輾轉無間，夢域邊緣，撩撥你被恐慌症綁架的神經。

試試看，在耳門掛一串風鈴，任何風吹草動，都像是兜面而來的羽箭。在心口加裝擴音器，你的欲望恐懼，全變為響徹天空的驚雷。這世界的聲音太雜：天籟、地籟混搭人籟，反而無以聊賴；人與人的分貝過高：我在高歌，你唱高調，他要高喊——花腔女高音的單音迴旋，也敵不過咱們高亢的和聲。

市聲鼎沸是指喧譁盈耳，五味雜陳則為內裡嘈亂。天人交戰呢？你站在歧路花園，愕視紛亂指標、錯接步道；然後呢？放空得失，打開錦囊，像米爾頓在《柯馬斯》（*Comus*）中所言：「傾聽可能創造靈魂的苦痛，在死亡的橫梁之下。」

有一道密摺，不在日常，不屬規範，而在緊要關頭、驚險彎角乍現，你可以視為「心靈碼書」。

有一種頻率，不在關係，不求對象，每在特殊情境，譬如說，閱讀、觀影、聆樂，心感神應的瞬間放電，彷彿在說：你的呢喃，我聽到了。我們稱為「陌路共鳴」。

有一些擬聲，嘶嘶唧唧咕咕噥噥，蕭蕭瑟瑟潺潺丁丁，是無心的含混滑過聲帶織布機，編綴出夢囈般的圖案，也是人類向大自然求教的牙牙學語。

有一類噪音，不是夜市喧囂、鐵鎚打牆或地下鐵轟輾腦細胞，而是罣固酮在暴動，化成重金屬搖滾、狂放分貝或挑釁語言，而在青春期的怒海翻騰衝浪，甚至興風作浪。

噪音和交響不同：後者為有「線」樂動，前者屬無調亂彈。前者像暴竄的軍隊，四出攻掠，縱火燎原——我們的耳蝸毛細胞最怕噪音烈焰的焚燒，只一次，就永遠無法復原。後者呢，彷彿千人齊舞的盛宴或集體婚禮，循著共同節奏、相合脈動，大圓嵌小圓，渦紋接弧尾，將各類音聲組裝成閃爍和弦、音符齒輪、美律多寶格；或如羅馬式教堂，以高聳屋頂、平行厚牆和長拱廊容納聖歌迴響，那是莊嚴與雄渾迂行直進的理想空間。

有人說，交響樂是一千種顏色的彩虹，「風琴萬種」的鯨魚——牠們的歌聲宛如風琴演奏，在肋骨中——是海中金絲雀。地球用各種斷音、回聲、鬱鬱鳴動、沙沙聲響召喚我們，不論我們諦聽顫抖或充耳不聞。有些人善於運用「聲音面具」：以口吻、語調偽裝真實情感；每一種生物都有「視覺耳朵」：把繽紛動作轉化為美妙音感——這也是聾者「聆聽」世界的方式。貝多芬如何譜寫「歡樂頌」或第九號交響曲？重帷門禁最深處，藏著我們無法體會的奇妙曲式。

魚沒有外耳，卻能聽見水中波動。夜梟的不對稱雙耳可以準確找出聲源和獵物位置。

海豚用下顎聞聲，某些蛇類以肺部收音。昆蟲的耳朵多半長在腿上或翅下；母貓發情時像名發狂樂手：抬高臀部，繞室遊走，喵嗚不止，那令人心煩意亂的嚷喚活像港片《赤裸羔羊》裡的女性呻吟。

百慕達樹蛙的求偶方式，讓大情聖、小狼狗都要相形失色。牠們的「甜言蜜語」勝過人間第一流樂章：胸腔就是音箱，身體像神造的魔琴，熱情的心化身琴師兼歌手。有人形容牠們的鳴唱甜美如悅耳的豎琴。嗓音帶磁性的男人懂得用腹部發聲，這些「琴蛙」用肺來為聲音定位，聲波撞擊體側，再穿透肺腔到達鼓膜。只要引吭，就是辦一場聯合演唱會（因為不只一隻雄蛙在叫），引來雌性和敵人的青睞。

馬雅人的陶土簫，可以奏出十七種音調。黃帝時代的竹笛，據說能模仿鳳凰的嘯音——象徵「太平盛世」的繪聲。我們將幽微愛意寄託在哨孔琴鍵，也用古典樂、流行歌表達言語不能及的情感。音樂是宇宙共通的語言？有人說，單一的和諧音是外星人來訪的名片，強而有力的音律起源於宇宙共享的數學。科幻電影《第三類接觸》、《接觸未來》都是透過「音樂語言」進行異星探觸。畢達哥拉斯說，音符可以根據顫動的琴弦精準地測量，而小蝌蚪的間隔則可當成比例。什麼意思？完美的賦格曲必然符合宇宙規律，而且是一道玩美方程式——為什麼說「玩美」，因為她讓不懂拓璞學、微積分的人也能沉迷其中。

音樂的神效，也能在昏迷病人身上發揮作用：意識不醒，四肢沉睡，腦波卻在熱舞。

醫學界一直很重視「音樂療法」。與殘障兒童，尤其是多重障礙兒童溝通，音樂的效果往往大於詞語。高高低低的音波、疾疾徐徐的節奏，急流般激射在我們的反應帶上，掀起興奮、愉快、平靜甚或高潮的感受：那種震顫由頸後開始，爬過臉孔（有時鑽進內耳），翻越頭皮，沿肩膀而下，顫麻雙手，最後呢，整條脊柱產生劇震，像大地震時搖頭晃腦甩手抖腳的摩天大樓……

夏夜鶯囀滑過溼熱的沼地。古代哨語傳遍綿延的山谷。天外神旨激盪我們噴湧的淚泉——隔著超音波螢幕，激沫漩流環成謎團。醫生用來診斷腫瘤，你呢，著迷小肉團，和不成人形的貝比密會——親密的初次約會。你瞠望著無邊汪洋裡的生命奇蹟，喃喃輕喚如碎浪，渴望收聽海妖哭泣、精靈低語。他們說，這種方式叫作回聲定位，你的小寶貝發出周波，你接收頻率——什麼？他說什麼？水聲瀝瀝，仙樂隱隱。你的暈眩，是一渦渦盪散又聚攏、深藍色搖籃曲……

棒球場

「啊！球飛走了。」摀著雙耳的兒子大叫。

「是不是又高又遠，一直飛出全壘打牆？」閉上眼睛的父親貼近兒子的左耳，笑著問。

「爸爸怎麼知道？」兒子放下雙手，凝視滿場轟鬧。

「每一場棒球比賽都是一齣交響曲。只要仔細聽、用心聽，你就會知道精采在哪裡？爆點是什麼？」父親攤展雙臂，右拳虛握，在空中輕划曼舞，彷彿掌握全場律動的指揮家，也像穿梭花間的蛺蝶。手勢忽然一停：「所謂高潮不一定是在結尾喔。」

從快板奏鳴曲開始，放緩，漸慢，變成慢樂章、變奏曲，隨即一個彎繞，加快，來一段小碎步舞曲，快！還要更快，急急如律令，終樂章迴旋曲，戛然而止，像一名急轉頓停的舞者。

「交響曲的起、承、轉、合，就像棒球比賽的前、中、後段。通常呢，開場就有賣點，因為先發投手不穩，常在首局失分。進入四局後，戰局膠著，節奏緩慢，你會看到打嗑睡。直到幸運的第七局，萬魔齊出，惡靈復活，這方轉敗為勝又落敗，那廂超前落後再追平，觀眾的心，也跟著七上八下……」

「聽不懂。」孩子搖頭、嘟嘴。

「聽音樂要聽音節，看棒球就看細節，而非勝負、比數。」父親呵呵笑著：「結果雖重要，但形成勝負的微妙差異——一記失投或隱藏性失誤，導致不可收拾的連鎖反應，勝負逆轉，往往更耐人尋味。」

「那種變化，爸爸稱之為『變奏曲』；教練和球員的『便揍曲』——方便他們打群架。還有喔，速球對決的比賽，叫作『快板對幹』；你來我往，互不相讓，不斷爆出火花，很像『小碎步舞曲』。比賽終了前，全場起立，同聲大喊『全壘打』或『三振』，準備向對手說再見，然後帶著亢奮或失落回家，叫作什麼呢？『最終樂迴旋曲』。沒來過棒球場，你不會知道自己的情緒可以燃燒到什麼程度。」

「啊！」孩子的驚叫，像點燃的引信，掀起連環爆聲浪：鼓掌、嘶吼聲、驚歎聲、議論聲此仆彼起，迴盪在沸湯般的碗狀空間。

「又是全壘打？」父親還是閉著眼。

「嗯，這一球超高超遠，不但飛過牆，還飛出……」兒子的口氣也開始加熱，像一株竄長的火苗。

「飛出場外？」父親看不見兒子點頭，兀自說：「那叫作特大號全壘打，有多大？大得讓球場裝不下、視線追不上；我們將身體伸展到極致，比手畫腳，也描不出她的形狀。大得像洪荒太古的神獸，見首不見尾，只能用想像力捕捉。她是一條超級拋物線，燦爛無比，一閃即逝，流星沒有她亮麗，彩虹也比不上她的英姿。她是一條環繞夢想星球的亮帶，也是……呵呵！從我們張大口迸出的那聲『啊』。」

「就像媽媽常說的『心臟都要跳出來了』？」

是啊！我們的心，可以大到什麼程度？伸臂張腿仰天長嘯，還是藏不住抑不下心的狂跳？

「就像爸爸常說的：『我們可以不名利，但不能不美麗。』」父親一臉陶醉。

孩子蹙眉，偏頭不語，那神情，像陷入低潮苦思盲點的強打者。

「在想什麼？」父親伸出小指，勾勾孩子的胳肢窩。

孩子扭動身體，閃避父親的搔癢，眼睛盯著場內，問：「爸爸，用聽的，就能知道發生什麼事？」

「也許能，也許不能，看你怎麼聽。人哪！有時候有眼無珠，有些事充耳不聞。」搔癢變成摸頭，「你的聽覺比爸爸好太多了，照理說，你扮演『耳朵』，爸爸擔任『眼睛』，咱們這對父子，就是完美的搭檔，任何聲響光影、細微變化都逃不出我們的默契。有些事情，你聽不出來，是因爲每一道聲音都是一種語言，你還不了解那聲音所代表的意義。就像我們聽不懂外國人說的話。」

「爸爸聽到什麼？」小朋友眨眨小眼睛。

「棒球場裡特有的聲音，也是這個世界一定會有的聲音。」父親回了個不是答案的回答。

「什麼啦？」孩子反拽父親的指頭抗議。

「手套接球聲、球棒擊球聲、鞋釘擦土聲、全壘打跑壘的瀟灑慢跑聲、一壘前衝刺聲，嗯，有時會疊上急傳的脆響，像二重奏，看看誰快？其實啊，球鞋踏壘和球入手套的微妙差距，聽聲會比看慢動作鏡頭更準。」父親搖頭晃腦，愈說愈帶勁：「還有喔！滑壘聲、撲壘聲、本壘攻防的衝撞聲、突襲短打的滾動聲、失投時的驚呼聲、遭球吻的慘叫聲。」

「球吻？」孩子的瞳中透出異樣光采。

「很浪漫的名詞，不是嗎？但不是求愛之吻喔！而是觸身球，棒球場上最恐怖的酷刑。」父親虛握成拳，輕觸孩子額頭：「棒球硬得像石頭，職棒投手的球速多半可超過一百四十公里。這麼快的球砸在身上，可以想見有多痛。擊中腳踝，你就無法跑壘；丟到膝蓋，你會當場癱倒，站不起來。而頭部觸身球最危險——」

話語一頓，父親發現兒子異常靜默，忍不住睜開眼睛，瞄見孩子正閉著眼，低著頭，像隻佇立水中的灰鷺鷥。

他和其他父親一樣，道晚安時一定要親親抱抱。只是……他不只是親額親頰親下巴親耳朵，親含羞草般的手和腳，而總是一吻再吻，沾黏廝磨，捨不得「鬆口」。他說，那是焗烤海鮮，溫熱而綿長；也是夏午雹雨，密匝而有聲。像甩炮，似刺拳，每一點觸都是安全觸擊，落在幸福的壘線，而不宜擾動孩子的夢。假使孩子是地雷區，他願奮不顧身踩爆每一響驚雷；如果他是啄木鳥，整株樹幹就會布滿精「叼」細「啄」的吻痕——喔不！他說他是……

孩子又摀上耳朵，睜開眼，繼續那齣名爲「父子搭檔」的神祕遊戲；父親也趕忙閉眼縮身，退回原狀。

「爸爸？」

「嗯？」

「球棒擊球，聲音都一樣？」

父親貼近孩子的耳朵，大聲說：「當然不一樣！接觸的點不同，就會產生不同的音效和狀況：高飛，平飛、滾地、強襲或巧妙落在三不管地帶的烏安。至於聲音嘛，有清脆的喀響、斷棒的咔啦、擠到球下緣的悶哼——通常會變成直上直下的內飛，觀眾也會發出和聲：喔！啊！哇！噫！歡呼或慘叫。現在採主場制，球團用心經營，球迷也會配合啦啦隊的舞動，合唱或齊吼……」

哇地一聲，像振翅的大鵰，仰衝，拔高，忽然失速坍墜，像斷線風箏，變成滿場嘆息。孩子瞪大眼睛。父親偏頭豎耳。

「是不是又高又遠的飛球，在全壘打牆邊被外野手美技接殺？」父親問。

「嗯。」孩子其實看得不甚分明。有句台語：矇看，眼睛蒙上一層紗，從濾網看世界。在他眼前的熱戰非關跑跳傳接、肢體動作，而是一波波線條流動，白的、黃的、綠的、紅的……像油畫布上濃稠的粗筆輪廓。

突破困繭，超越自身，但還是闖不出視覺的藩籬。

父親呢？也聽得不清不楚：小白球穿過草皮的窸窣、球在空中飛行的咻響、球棒揮空的氣流聲……融進喧鬧球場，就變成大潮捲起的碎浪，狂風大作時的簌簌落葉聲。但他還是在聽，專心地聽，從混聲裡讀取故事：觀眾反應比播報員口白更直接，自交響中梳理意義：棒球比賽的奧祕是什麼？

懸殊比數？一分勝負？強投猛打大合奏？那些長號般的大局、低音單簧管似的殘壘、拉丁鼓敲響的安打連連……

這一切，匯成所有參與者即時感動的核爆。

「爸爸真的可以用耳朵看棒球？」小爪子伸向大人的手，像不規則彈跳的球尋找手套。

「不行！我差遠了。爸爸可以不看，但也只能從全場氣氛、觀眾議論來感覺比賽狀況。」大手接住小手，正中虎口內側、生命線起頭的甜蜜點。「倒是有些職棒外野手，練成了『聽聲辨位』的功夫。」

「聽聲辨位？」小眼睛又亮了。

霧隱的世界，濛灰的色調，像一整面無波無紋、珍珠銀的湖。驕陽的足跡罕至，時間結成凍，偶見紫流漩、紅穗花、黑絲條閃過荒野；或集結或轟散，合組既是視覺也似聽覺的蝗蟲大軍，漫天而來，呼嘯而去……

孩子聽到，或者說看到，振翅的蟬聲行經墟國邊界的金色腳步。

「是啊！眼見不能爲憑，目視常有落差。沒有經驗的外野手，對飛球的落點判斷常出問題，不是跑過頭，就是該向前卻往後。但……」父親湊近兒子耳朵，輕輕吐氣：「聲音不會騙人。尤其是棒和球的接觸，像冰火交會、彗星撞地球，光聽那脆響或擦擠聲，就能測知球的強度、飛行距離。能夠打到職棒的球員，多半具備眼耳並用的綜合能力。」

聲音不會騙人，但人話常是謊言。

「哇！」小傢伙吐了吐舌頭。

「我跟你說喔！爸爸小時候去老市立棒球場看球，親眼看到這項絕活。」引出了孩子的興致，父親趕緊加料。

「用耳朵接球？」孩子嘰嘰笑著。

「是啊！他的耳朵比手套還厲害。」父親居然點頭：「那人是國家代表隊『永遠的中堅手』，那是場國際賽，對手是韓國。在滿場觀眾見證下，他前撲、後撈、跳接了不下十球。我正好坐在中外野看台，可以從背後欣賞他的美技。很奇怪喔！對方好幾支安打被他沒收，有些我們以爲一定會落地的球卻被他及時撈到。周圍老球迷說他的判位能力就像格林威治時鐘，準得無懈可擊。還稱讚他『背後長眼睛』，可以轉身狂奔背對著球然後旱地拔蔥單手抓飛鳥。我認爲他不只是『準時』趕到，甚至可能提前動作；在看見飛行軌道之前的千分之一秒，已經知道球的落點，如何知道？用聽的，用異於常人的敏銳聽覺，以及身經百戰的豐富經驗。」

「爸爸，有人可以閉著眼睛揮棒嗎？」孩子突然問。

「那叫作『閉目打法』，棒球場上最不可思議的神技。日本漫畫中出現過，現實裡大概沒有人做得到。」父親說，「你要知道，一流投手的球路會變化，滑球、指叉球、大曲球、伸卡球、變速球什麼的，眼睛經常受騙而不自知，變成追打壞球或猛揮空棒。

再說，快速球若超過一百五十公里，一般人的視覺反應會跟不上球速，你只看見白光一閃，大棒揮出，小球球已早你半步躲進手套。」

色即是空？諸象皆幻？

「但耳朵是最靈敏的雷達。球磨擦空氣的聲音，上飄、下墜、螺旋、彎轉，所有細微變化，都逃不過聽覺神經布下的天羅地網。只要掐準球速、距離和進壘位置，適時一擊——這就是盲劍客原理。」

「盲劍客？」孩子又嘻嘻笑了。

「我沒見過矇眼打出全壘打的人，倒是有好些球員的揮棒方式，會讓你以為他在苦練閉目打法。」父親也在笑。

「為什麼？」

「他不但揮空棒，球棒距離球至少一公尺，你覺得他有用到眼睛嗎？」父親搔搔孩子的腦門。

「那……爸爸，有盲人棒球隊嗎？」囁嚅、試探的口吻。

「嗯……有啊！」興奮的語調也轉趨收斂。

「他們怎麼打？」

「球比較大，會發出聲音。壘包不是平鋪在地面，而是豎立成柱狀。他們打安打不是踏上壘包，而是撞上一壘。為什麼問這個？」父親似乎想要岔開話題：「天生我才必有用。缺手缺腳的人就不能運動?當然不是!有一項盛會叫作『殘障奧運』——」

「爸爸，我也可以打棒球嗎?」孩子亮出了底牌。

沉默。轟鬧的球場彷彿也靜了下來。黃隊球員跑壘，沿著棕色沙土跑出黃色線條，似彩繪。綠隊選手守備，青色斑點在廣袤草野間跳躍，像蚱蜢。事物的輪廓變得模糊，消融於去稜截角的極簡色調；事件的意義，爭戰，競技，拚搏、對壘……也將消解?

那是孩子的視野。父親看不見，聽不到，無言以對。投與打的渴望，湧汗或流淚的酣暢，奔撲和衝撞的本能……孩子想，父親回想：兒子只能想像，爸爸只好閉目摸象，或揣想孩子的心中圖象。如果世上有一支球隊願意收容孩子，哪怕是當板凳球員、練習生，他不惜捐七情、捨六欲、棄五感——喔不行!他要保留微弱的視覺，鐫刻對這世間的最後印象：兒子拎著與身高不成比例的球棒，怯怯登場……

「如果可以，爸爸會陪你一起打球。」答非所問，卻是堅定口吻。

「我們要打哪一隊?中華隊?日本隊?美國隊?古巴隊?」兒子認真追問。

「你知道穿黃色球衣的是什麼隊?」父親睜開眼睛，一手指著一壘後方的球員休息室。球員們或笑或談，或低頭記錄攻守資料……他有一種似曾相識感，這畫面在哪兒看過?但轉念一想，棒球場不就是這副光景?

「知道啊!『黃衫軍』兄弟隊。媽媽說你最喜歡說他們的故事。」

「我們可以自組一支『父子隊』，球員都是父子檔，怎麼樣?」

「把鼻貝比隊?呵呵!」孩子抿唇,「我呢?我有機會上場嗎?」

「你是王牌投手,登板先發,一舉手一擰腰,天地震動。」父親誇張的神情像球探。

「真的喔?那爸爸呢?要守什麼位置?」

他對自己的期許:永遠的中堅手,默默站在宇宙邊緣,護守孩子的世界。

「捕手。你忘了?爸爸和你是最完美的投捕搭檔。」父親眨眨眼睛,「引導你投球,幫助你配速,與你一起克服障礙、戰勝恐懼。每個人的一生,要有自己的代表作;就算被對手打爆,慘不忍睹,也要抬頭挺胸撐完殘局。」

「慘不忍睹……」孩子囁嚅著:「所以爸爸要閉上眼睛?」

「爸爸不用看就能捉住你喔!」父親一把抓住孩子的細手腕,故意轉移話題:「播報員常用『眉來眼去』形容投捕間的動作,什麼意思?捕手打暗號,告訴投手投哪一種球。複雜的手勢、奇異的眼神、旁人看不懂的溝通方式,那是最獨特的親密關係。爸爸和你呢?『你丟我撿』,你用力投,爸爸用心接,不管你投到那裡,爸爸都會接得牢牢,不會失誤。」

不管那是一記暴投、一捧飛絮或滿天流星。

「就算你把球丟到銀河系之外,爸爸拚了命也會幫你撿回來。」

「我也會接球喔!」孩子淡淡回了一句,托著腮,靜觀場內熱戰:黃隊跑者經過三壘,直奔本壘,球傳回,綠隊捕手像座怒目金剛擋在家門口。塵土飛揚,一片混亂,衝撞的兩具人體扭成一團，像虬結糾纏的連體嬰；主審趨近，左瞄右瞧，舉手要判出局，隨即雙手平攤，安全回壘——球不在捕手手套裡。

在哪裡？

球不見了！

全場譁然。跑者、捕手起身，拍拍沙土，抖抖跳跳，和主審一起「找球」。雙方教練、球員也湧進場內，低頭彎腰，東張西望，面面相覷。有人踢踢草皮，敲敲本壘板，好像下面藏著密道；有人繞到場邊，檢查水溝、凹槽和死角。擁擠的內野，活像鑑識人員尋找關鍵證據的現場：摩肩、接踵組成人網，一步一蹭，進行地毯式搜索。

對父親而言，這一幕，是看球回憶中最真實刻骨卻也虛妄荒誕的一瞬，可惜此時的他閉著眼。

他說，那一球，那不可思議的失蹤，像一扇巧門，開啟了新視野……

「嗯？發生什麼事？」父親傻傻地問。

奇妙的事發生了。父親感覺空盈交握的兩手莫名鼓脹起來，一枚球體從孩子手裡傳遞到他的掌心，輕捏，貼握，那堅硬扎手的觸感、螺旋狀的縫線……球！那是一顆棒球。猛睜開眼，那輪瑩白沾土的渾圓漸漸化為虛線，在他掌中消失；他清楚瞄見「中華職棒指定用球」字樣，像一縷氣流文字，扭曲，溻散……

而場內依舊鬧哄哄。

瞠眼，張嘴，失笑。一臉愕然與釋然，像目擊神話動物現世，介於不敢置信和美夢成真的衝突快意，挑戰認知，卻也強化信念。

不解的謎團揭曉，他終於得到答案——無解的答案。

一旁的兒子不吭聲，臉色酡紅，低眉爍目，偷偷掃描父親的表情。父親的視線，卻投向遙遠的對面看台——右外野全壘打牆後的角落，像高空走索，一步步蹭往記憶彼岸，或者說，清晰難忘的時空。

他在找什麼人？他知道那人坐在某處，人潮鬧動的夾縫，落寞、無言、沒有情緒也不抱期待，冷看中職例行賽，心裡懸著兒子的問題。對眼前的投打跑接、攻守交替視而不見，直到那一球……

他就坐在右外野看台，看著右外野手強肩回傳，看著那道白光以一個下墜弧度閃進捕手手套。然後呢？轟然一響，不是本壘攻防的衝擊，而是一道翻轉、一步躍進，一種謎樣對撞……

瞇眼覷望，模糊的疊影，辨不清的流動。他知道那人在那裡，掩口壓住就要飛出體腔的驚叫；他看不見那人在哪裡，一如不能確定事情的真假——所見、所感或所憶，哪一樣才是真的？

「爸爸在找什麼？」孩子貼近父親身體，小手指撩勾大人手背。

父親搖頭。看不清。找不到。他有些懼怕又有點喜歡這感覺。什麼感覺？坐在電視機前看「經典戰役回顧」忽然掉進螢光幕，或者說，火熱現場的突兀感。

他不懷疑孩子的能力：拿走那顆球或任何一件事，事實上，唯有他一直堅信孩子的獨特。如今，隔著兩重虛幻——當年他目擊那一幕和此刻重臨這一景，他很想對孩子說：「加倍奇蹟！爸爸在尋找奇蹟中的奇蹟。」

「你說呢？」父親用小妞妞反勾兒子的手心。

「找人？」

「爸爸在找出入口。」東張，西望。

「爸爸帶我進來的，怎麼會找不到？」孩子搔搔腦門。

「是啊！一座球場，或者說，一場比賽，到底有幾個入口呢？」父親摸摸孩子的頭，「爸爸原也以爲是我帶你來看球，其實……」

「什麼？」孩子的眼瞳閃過一絲異樣。

「其實，是你帶爸爸走進球場，看這場球，對不對？」父親的視線，又鎖定遙遠朦朧的右外野：「每年有多少場賽事？棒球史上大大小小比賽的總和，恐怕跟天上星星一樣多。爲什麼球迷們津津樂道的『經典戰役』就是那麼幾場？你知道嗎？所謂『經典』，就是值得一看再看，就像精采 **play** 的慢動作重播，關鍵一瞬的極致演出。但那些畫面都只能在電視或光碟裡回味，爸爸從沒料到還能眼睜睜……呵！回到案發現場。」

啊！心頭突地一抽：如果一開始就睜大眼，會發覺這場比賽就是記憶中那一場？而那些「聽聲辨位」的示範——聽擊球聲和觀眾反應就知道是全壘打，不是因爲自己的聽覺靈敏，反而是一種「回聲定位」：過去的聲音盤旋心中，定著成像，而在非常時機、神祕時刻，像重播般迸現？

喔不！是幽靈破土而出。

「爸爸最難忘的比賽是哪一場？」

「不就是這一場！不然我們怎會在這裡？」父親笑著摸兒子的頭。場內比賽繼續進行：綠隊守，黃隊攻；一壘後方的黃色啦啦隊手舞足蹈，三壘方向的綠色球迷也在吹笛喊叫。

「我是說，大家一直談一直談的……」

「經典戰役？」

「嗯。」孩子用力點頭。

「嗯……有很多場，讓我想想。」父親又閉上眼，嘴巴嘖嘖作響，像是在回味剛入喉的紅酒。「有一年亞洲杯，在韓國漢城——後來改名爲首爾——舉行。最後一場台、日加賽爭冠軍，零比零打到九局下半，我們進攻，眼看就要進入延長賽。問題是，我們的郭姓王牌投手連同前一場對韓國，已經連投十七局——在同一天喔！後來被媒體封爲『金臂人』，也只有他能壓制日隊打者……」

「怎麼辦？」兒子握緊父親的拇指，「後來怎麼樣了？」

嘴角微揚，深吸一口氣，慢條斯理揭曉謎底：「還好，他不必繼續投第十八局，不然，金臂人就要變成『精甃人』了。」

「爲什麼？爲什麼？」緊握變成絞扭。

「變化來得太快，沒有人看得清楚。當時，全台灣大街小巷圍滿佇足觀看比賽的人，爸爸還是個小朋友，和同學們擠在一家小吃店門口，伸長脖子看電視轉播。沒想到廣告時間一過，回到主畫面，比賽已經結束了。」

「什麼啦？趕快說。」小口蓋開始啃咬大人的手腕。

「中華隊有位全壘打王，我記得姓趙，九局下第一個上場，第一球就轟出牆外，向對手說再見。快得連廣告都來不及播完。我們看到的畫面是他老兄肥嘟嘟的身軀正在繞場，休息室裡所有隊友都衝出來抱成一團……啊！」父親咂咂嘴，神情是一種酒足飯飽後的暈茫。「聽大人說，那場加賽，是在爭奪一九八四年洛杉磯奧運的入場劵。」

「爸爸很感動？」

「當時我並不了解那一役的意義，只知道經過一整天連續兩場鏖戰，我們終於贏了。只知道，小吃店裡外、大街小巷，這座島嶼每一角落……每個人都又叫又跳，抱成一團。有人說，這就是棒球；爸爸說，這叫作銘記。」

「爸爸還記得那時的……」孩子咬著嘴唇，好似找不到適當詞語。

「細節？」父親捏捏兒子的耳朵，呵呵笑著：「記得一清二楚：陰暗的麵店，二十吋映像管電視，閃爍著斑點的畫面，撲鼻而來的汗酸、腥餿、交混難分令人作嘔的異味。紅臉上的油漬，黑瞳裡的火光。大叫，狂笑，同聲唉嘆；議論，靜默，地動山搖。真的，可能是我年紀太小，每一聲叫嚷、鼓掌，都像是青天霹靂，震撼我的身軀，貫穿我的耳膜。大人們一起爆笑或跺腳時，我會以爲背後有野牛群在狂奔。那些人的長相、衣著我已不記得——喔不！從一開始就沒看清楚。人太多，聲音沸雜，我們不像是在小吃店內，而是黏纏交雜，同處一鍋滾滾高湯。但我記得他們的神情：專注，熱切，激動，像虔誠的信徒，傾注此生的信念，祈求美好結局；也似瘋狂賭徒，豁盡所有，但求一勝。那是同仇敵愾的激情、渴望奇蹟的深情、神明附體的表情……我後來在一齣齣抗爭行動裡感受到相似情境，但還是有所不同：『抗爭』是流血流淚打一場贏不了的比賽，『比賽』是留下紀錄留住光榮玩一齣讓世人忘不了的抗爭。有一點一樣：一抹光暈，一層光罩，一種無形而強大的電磁場，流貫我們之間，護遮我們的周圍。啊！在那個昏濛逆光、惡臭掩鼻的傍晚……」

長篇大論，一氣呵成。父親說得氣喘，頻頻用衣袖拭汗。

「爸爸以前都沒跟我說……」孩子偏著頭，意猶未盡的表情，惋惜的語調。

「說了會怎樣？英雄換人當？哈哈！你想聽？爸爸再告訴你更精采的比賽，好不好？」父親的眼瞳漾著夏夜的星光。

「嗯嗯！」孩子又揪緊父親的手指。

「二〇〇一年在台灣舉行的世界杯季軍戰，我們和日本對壘——哈！又是日本。爸爸一出生就不斷聽說的『紅葉傳奇』也是打敗日本隊。那場比賽，是在九二一大地震重創台灣後，點燃熱情、重拾信心的指標戰役。投手張誌家完封對手，投出生平代表作。強打陳金鋒單場兩轟，包辦中華隊的三分打點。」

「三：〇，我們得到季軍？」

「是啊！天母球場爆滿，場外高懸特大號螢幕實況轉播。場內場外不分你我，沒有界線，齊喊『中華隊加油』。這和職棒比賽的壁壘分明不一樣喔！三壘這邊發動波浪舞，一壘上方就有十幾人同時揮舞國旗。」父親抬起雙臂，模仿波浪起伏：「還有成百上千面旗幟繡在T恤，繪在臉頰、額頭、手臂或後背。你知道嗎？我們是為代表國家的中華隊而來，每個人身上的紅白藍圖騰都是國家象徵；換言之，那是史上最強的『國家代表隊』，為什麼？由二十多位球員和近兩萬名球迷組成的超級球隊，光靠聲浪，就足以淹死對手。」

「爸爸為什麼那麼開心？」孩子皺起眉頭：「只是第三名，又不是冠軍。」

「爸爸當然要開心。因為……呵呵！」父親展顏，大笑：「爸爸得到了冠軍。」

你說他曾是校隊王牌投手，冠軍戰的預定先發？

「冠軍？爸爸得過冠軍？」孩子睜大眼睛，提高分貝。

「不是得過冠軍，是得到、擁有冠涓。」父親笑得更得意：「比任何一座冠軍盃都閃亮的幸運。」

陰冷微晴的下午，紅藍匯聚的看台，鑲著一枚白色沉默：蒼白、枯瘦、神情落寞的年輕男子，左手托腮，右肘夾靠胸前，凍湖般的唇定定吻著捏成拳頭的中食指指縫，靜靜感受前所未有的騷鬧。

對他而言，黑暗是心靈保護色，繽紛卻是天堂樣品屋。天母球場瑩白色的貝形頂蓋，像母親伸展的雙臂，擁他入懷。

「好球！日本隊打者遭到三振出局，這是張誌家投出的第三K。」

掌聲、鳴笛聲和歡呼聲轟然湧出，像藍色蠻牛浪，瞬間淹沒灰白的天空。人群又跳又叫，相互擊掌或擁抱。

「Hi! Give me Five!」一記溫暖巴掌拍醒了他。訝然轉身，深藍球帽、薄染短髮、古銅肌膚的倩影，是冷秋最遒勁的豔彩：一名揚眉露齒的年輕女生。

明亮的笑意，像快速球，直闖他收放拒迎皆不是的眼瞳。

「發什麼傻？沒跟人擊過掌？」女生托起他的肘，指對指，掌貼掌，結結實實電了一下——從指尖酥麻到肩胛骨，再繞竄心窩的亂電流。

「我……我……」告密的心臟怦然跳動，像有人拿著大槌在衙門口擊鼓鳴冤。

「你姓『我』？嗨！我好，我的綽號是『中華隊』。」女生眨眨眼。纖纖五指又朝他伸來，像是在邀舞。

「熱」不防的溫暱一握，潛游的絛捲進了藻網。

「中華隊？」他定定望著對方綻放的五官。

「是啊！我叫作『冠涒』，『涒』是三點水加一個君子，又超愛看中華隊出賽，這次世界盃，從高雄一路追到台北。你說，合起來叫什麼東東？」雙手扠腰，挺胸昂首，圓睜睜的雙眼，圓滾滾的……

「中華隊冠軍。」他笑了。很長一段時間，三十道縱橫交錯的臉肌，像斷裂的筆畫，排不出「笑」這個字。

「爸爸你一直在亂笑，笑什麼啦？」小爪子像鯊吻，勾回爸爸的魂。

球賽暫停。投手丘上圍著一群人，綠隊要換投手。

「爸爸在想，媽媽也可以加入我們這隊。」父親又閉上眼睛，眼角、唇線、臉頰依舊漾著笑意。

「當啦啦隊長？」孩子認真地問。

「當你的後援投手。你投不完的局數，她會幫你完成，明白嗎？」

「當年冠軍戰你爲什麼沒上場？爲了看你投球，我招了十幾個女同學來幫你加油，當你的啦啦隊，你知道嗎？」世界盃的翌日，他被年輕女生拖來參加「中華隊選手簽名會」。佇在長龍隊伍的尾端，他被女生的「告白」嚇了一大跳。

「妳認識我？」他發覺自己的兩腿在抖動。

「當然！你是高中棒球界『四大天王』之一——曾經啦。我最喜歡看你投完最後一個三振，下巴上揚、嘴角微噘，兩唇緊抿，和圍向你的隊友們一一擊掌。那場決賽是各方矚目的投手戰。因爲你突然缺席，導致你的學校輸球，而你也就此消失球場。」女生用指尖戳他嶙峋的胸膛，嬌聲說：「你喔！不認識你怎敢找你『擊掌』？我又不是花痴。」

灰寞的眼瞳鑲在凹陷的眼窩裡，驚愕的閃光鐫刻在收縮又放大的眸池深處。直愣愣、傻乎乎睖著低胸粉T小藍裙的女人，他說不出話來。

他說，一場比賽、一座獎盃算什麼？為了生命，他願意放棄一切。

「你知道嗎？瞄見你呆呆地坐在那裡，我既興奮又難過。沒想到還能見到我的偶像，但我知道你心裡不好受。如果不是退出球場，今天的你，也許不會坐在看台，而是球員休息室。我知道中華隊陣中最年輕的那位中繼投手，曾是你的同學。你們在聯賽中橫掃八方……」嬌脆的女聲在他耳畔盤旋，忽近忽遠，時而清晰有時模糊，訴說他的過往，分說他的勝績或敗投、昂揚與失落。二縫線直球、快速指叉球、大幅度曲球、突然下墜伸卡球……她的眼神、口吻和表情，萬化千變，球路繁詭，通過好球帶，衝向他一直催速卻不再忐忑的心。他像個留下滿壘危機的先發投手，終於等到強力救援，幫他收拾殘局。

他伸掌，一接一握，捉住她的小手。

兒子抽回小爪子，再問：「媽媽也會打棒球？」

「媽媽不會打，但媽媽是超級死忠不鏽鋼球迷。」年輕的她像一枚不規則彈跳的滾地球：熱情、躍動、無拘無束……愛球成痴，還會拖著你爸爸南北趕場。

「媽媽從來沒對我說……」孩子低下頭。

「那是因爲……」父親的鼻翼眼瞼間，強酸流竄：「有了你之後，她變成你的忠實粉絲、防護員和啦啦隊長。」

懷孕期間，我的身體好像變成一架彈球機，叮叮咚咚，發出異響。那枚火球，一直在五臟六腑間竄動。別人只須「帶球走」，靜候預產期。我呢，被形容為「活體炸彈」……

「嗯。」孩子用鼻孔發聲。父親看不見孩子的表情。

場上，黃隊投手連投三暴投：一記挖地瓜，一顆從主審頭頂飛過，還有一球投到打者身後。捕手喊停，教練上場，內野手也圍上來，開小圓圈會議；而那位投手搖頭聳肩，一臉茫然——好像那幾球不是出自他手。

「如果每個家庭都組一支棒球隊，你知道總教練適合由誰來當？」父親問。

「爸爸？」

「No! No! No! 是媽媽。你知道爲什麼？」父親揮揮手。

孩子搖頭，不吭聲。

「來！爸爸告訴你。總教練不但要帶領球隊、締造佳績，還得掌握每一位成員的狀況：誰正値顛峰？誰受傷失常？誰藝高膽大？誰心虛膽怯？每天都要算算『口袋球員』——我有哪些人可用？怎麼用？爲先發名單傷腦筋。球隊勝敗記在他頭上，戰績壓力堆在他肩上；球員表現不佳是他的錯——爲什麼不派『狀況好』的選手上場？換人時機不對——該換不換或換了更糟——也要罵他。如果世上有一種『人肉受氣包』，他的名字就是『總教練』。」

「跟媽媽有什麼關係？」孩子噘嘴質問。

「媽媽總教練更難當。」像輕功高手表演草上飛，父親的舌頭輕點問題的草尖，一掠一躍，轉進椏間葉縫：「小孩功課好不好？有沒有學壞？寫在她臉上和臉書上；先生的事業問題——正值顛峰或受挫低潮，懸在她心中。料理家務不說，還要當每位成員的心情主管：爸爸打擊失常——情緒失控、孩子控球不好——個性偏差，她要望聞問切，找出原因。不然，就會釀成問題或風暴。對媽媽而言，家庭失和就是嚴重失誤，不只是輸掉比賽，還會害她輸掉人生。」

孩子不語，隱匿在陰暗裡的臉部線條，像繃得太緊的弦。

「媽媽就像……」父親察覺異樣，睜開眼，煞住話頭。

「孩子需要照顧，但不一定想要二十四小時的防護員。」沉濁的聲音從前排座位傳來。一名白髮老先生緩緩轉身，露出靦腆微笑。

「啊！林爺爺，你也來了！」孩子的笑容，倏然綻放，像清晨的醉芙蓉，瑩白透香。

「你好哇！小朋友，我們總算打照面了。」老先生伸手，感覺不對，又縮回：「沒想到你竟然認識我。」

「認識啊！你是說故事爺爺。」孩子的表情，是舊識重逢的熟稔。

老先生赧顏一笑，偷瞄父親一眼，父親的眼神複雜，嘴角紋動，像是用單薄唇線懸吊重物。

他早就發現老先生的蹤影。在夜市，突來乍逝的灰影，像跟蹤也似追隨，錨鉤般貫穿他的心悸。在電影院，老先生尾隨他們進場，隔三排座位，不時拋來窺伺的眸光。來到棒球場，屁股還沒坐熱，他已瞥見那抹灰白微駝背影，忸怩，祟動，豎耳偷聽父子對話，又強忍著回頭的衝動。

父親的「複雜」，他自己明白，而不能明說：一種徵象，他一直逃避的關口；也是真相，不堪聞問的印記。

「啊！你爸爸說的那些事，都是精采的棒球歷史。」老先生又瞄父親一眼，好像在說：對不起喔！我不是故意偷聽你們說話。「小朋友，你想不想再聽聽其他故事。」

「要！要！Give me five！」小傢伙伸出爪子，和老先生擊掌。

「你要聽五個故事喔？我找找看有沒有這麼多？」老先生低頭，彎腰，真的在腳旁的藍色小包裡翻翻找找。

父親笑了。煞不住車的笑意，從嘴角弧線溜竄而出。他提氣，輕吐，努力回復原先的表情。

「哈！有耶！你看！」老先生手裡變出一枚蒙塵斑駁、縫線脫落的小灰球。「猜猜，這是哪一場比賽的紀念球？」

「紅葉隊打敗日本隊？」孩子大聲說。

「呵呵！你知道那場比賽？很好！但甭說你，連你爸爸都尚未出生呢。」老先生莞爾。

父親瞇眼覷探，覺得那球眼熟，又想不起究竟——罷了，棒球不都是一個樣？

「陳金鋒的全壘打？」孩子又問。

「郭李建夫在巴塞隆納奧運的超級大暴投？」父親也來湊熱鬧。

「哇！你怎麼會想到那一記史上大烏龍？厲害！厲害！」老先生瞠目，拊掌，咧嘴大笑。

「什麼大暴投？什麼啦？」孩子捉著父親衣角追問。

父親定定看著老先生，那眼神像一記內野傳球，老先生眨眼，彷彿在說「收到」，清清喉嚨，不疾不徐地說：「一九九二年，巴塞隆納奧運首度將棒球列入正式項目。當時的列強——古巴、美國、日本和我們台灣無不摩拳擦掌，全力奪金。郭李建夫是中華隊王牌投手，靠著他連勝日本隊兩場——」老先生、父親和孩子同時補上一句：「又是日本隊。」然後笑成一團。

老先生笑得咳聲連連：「是啊！咳咳！小日本是台灣棒球史上的陰魂，一直和我們糾纏不休。想嶄露頭角，得先過她那關。靠著郭李剋日本，中華隊才有機會奪得銀牌。不過呢，說來奇怪，球迷對這位巨投的記憶，不在英勇表現，而是那記烏龍演出：史上最不可思議大暴投。」

老先生回看父親，一記外野回傳，父親接下話題：「我記不得那是第幾局、幾人出局、有沒有人在壘上？郭李盯著捕手暗號，狠瞪打者，舉臂，右手伸進手套，肘臂上青筋凸起，好像要將球捏爆，一個不自然抬腿，僵硬甩臂，用力投出——」

「挖地瓜？」孩子問。

「沒有落地，是地對空飛彈型暴投。」老先生搖頭。

「什麼？」

「還有一種說法：消失的魔球。我不記得看過那一球的飛行路線，小小的螢光幕，框不住想飛的翅膀。」父親跟著說：「只聽到全場譁地一聲，主審、捕手和打者一起轉頭，朝向本壘後方觀眾席。」

「有啦！小白球和指尖告別時，白影一閃，就飛出螢光幕，應該是飛向打者後方。」老先生說。

「擊中觀眾席護網。」父親說。

「是嗎？我聽說破網而出，直飛場外，擊落兩隻飛鳥，嚇跑一架七四七呢。」老先生轉動手中灰球，像展示戰利品。

「就是這一顆嗎？」孩子伸長脖子，想去摸那顆球，又遲疑不敢動。

「當然不是！這顆球的樣子很古老，連我都沒見過。」父親趨前，瞪大眼睛審視：「看縫線的織法，就知道是老阿公時代的球。該不會是一九三一年嘉義農林遠征甲子園的比賽用球吧？」

「內行！你爸爸很厲害，不愧是校隊王牌投手。」老先生對孩子豎起大拇指，沒注意到父親臉上閃過一絲痛苦，「這顆球大有來頭，但還沒老到嘉義農林的時代。小朋友，我告訴你，她曾經讓台灣球迷絕望，教全世界觀眾瘋狂；她是一支三分全壘打，掠過天邊，變成閃電，落在外野後方的斜坡，被我搶到。一九七一年最艱苦、漫長的比賽，她差一點就改寫了台灣棒球史……」

「什麼比賽？說啦！說啦！」孩子哀求著。

「一九七一年？難道是第一代巨人少棒隊遠征威廉波特的冠軍戰？」父親脫口而出：「這球是李居明、許金木還是李文瑞擊出的全壘打？」

「哇！你爸爸真是一名球痴，做足了功課，連他出生前的棒球史都能倒背如流，」老先生的微笑夾雜著難以分辨的意味，眼睛還是看著孩子：「那支全壘打出自一名可敬的對手，叫作『麥克林登』的小黑人。」

「啊！我知道了，學長曾說，那位麥克是一九七〇年代難得一見的好手，既是全壘打王，又是強投。」父親露出恍然大悟的神情，「那場比賽的第一局，他就從許金木手中敲出石破天驚三分砲，而中華小將幾乎打不到他的快速球。完了！完了！所有人都以爲中華隊輸定了。」

「後來呢？我們贏了嗎？」孩子問。

「呵呵！少棒打六局，中華小將打到第六局才追平比數，挺進到延長賽，第九局一舉攻下六分，擊潰對手。那一役，應該收進棒球教科書『反敗爲勝篇』。她告訴我們，人生如果是一場球賽，該有多好！因爲球是圓的，生命也可以翻轉或圓補；在球場上，沒有『不可能』這句話。」老先生說。

「林爺爺，你說話的口氣跟我爸爸好像喔！」

「是嗎？」老先生的眼角餘光，從父親的眉睫間快閃而過：「我是年紀大了，愛講大道理，也深信：講道理就要講大的，那些小善小惡我懶得說，但我深信天網、天道、天意和天命。啥？蒼天有情，滋養萬物，天下之大，無奇不有，永遠不要放棄自己。」

父親忽然問：「麥克那麼強，我們爲什麼會連得六分？」

老先生說：「投到第九局了，不換投行嗎？他只是個小學生呢。我在現場看得很清楚，那位鶴立雞群小巨人——他比其他球員高出一個頭——下場時哭得淅瀝嘩啦，他知道，自己的球隊已經和冠軍盃擦身而過了。」

「那不是很可憐？」孩子苦著臉。

「世事就是如此。有人笑，就有人哭；我們的成功，有時建立在他人的失敗。哎唷！

我怎麼又在講道理。」老先生敲敲自己的腦門，居然敲得咯咯響。「我是爲那小巨人感到不忍：特立獨行或才華出眾的人，總是生錯時代或擺錯地方。若是一對一，巨人隊沒有人是那位巨人對手。可惜，他的球隊就他一人獨強，其他球員不是太過平庸，就是扯他後腿。」

「扯他後腿？」父親問。

「是啊！麥克林登的球太強太快，中華隊球員打不到，他的捕手也接不到。」

「接不到？那壘上有人……」父親張大嘴。

「所以中華隊只要想方設法上一壘，利用保送、對方失誤——他們的內野接傳很接近中國人『聲東擊西』的哲學，不必連續安打，只要再等麥克投三球，就可以大搖大擺走回本壘了。」老先生說，「那場比賽經常出現讓人哭笑不得的畫面：麥克一出手，捕手、主審同時閃身，有時同一側，有時分兩邊。那枚通過好球帶的快速球繼續昂揚前進，怦地一聲，直挺挺砸在本壘後方的護牆上。」

「主審和捕手一起閃？」孩子抓住了笑點。

「你若是主審，不會呆站著當肉靶吧？不只如此。那位捕手叫作『必死魔』，他的阻殺傳球據說可以打下飛機。」老先生伸手，輕觸孩子的額頭。「全世界都知道，中華隊只要站上一壘一定會盜二壘。有一、二回，必死魔竟然接到麥克的球，然後一個……怪怪！豪邁超長傳，比天邊彩虹更壯觀，他的二壘手兄弟『背死魔』練成旱地拔蔥也接不到。」

場內也在上演「連續暴傳」戲碼：黃隊跑者盜向二壘，綠隊捕手抓球快傳——球太高，飛越二壘上空，直落中外野。撲上二壘的跑者趕忙起身，衝向三壘；回傳球幾乎同時到達，卻打中跑者臀部——高高彈起，蹦出壘線，滾進三壘休息室。那位跑者一瘸一瘸、一手揉著屁股回到本壘……

孩子捧腹大笑：「哈！必死魔，背死魔。哈哈！」

父親搖頭：「小朋友玩球無所謂，但職業級比賽竟是這種水準。唉！」

「比賽強度不夠，就磨不出好手。成功球員都是苦練出身，尤其你……」老先生忽然吞回就要說出口的話，將掌中小球遞給孩子：「哪！送給你，麥克林登全壘打紀念球，好不好？」

他必須加倍努力，才能達到一般人的基準。

「好哇！好哇！」孩子開心鼓掌，或者該說，右手食指敲擊左手拇指基節骨，過短指頭碰觸指根，發出骨骼磨擦的悶響，像是拿著斷槌敲擊破鼓。

孩子伸掌，屈縮的手指像不對稱的三腳支架，接住老先生遞過來的斑斑球體。孩子不動，直視光影閃爍的渾圓；父親、老先生也定格，六隻眼睛睖著夜明珠般的傳奇。

「孩子，你讓我想到『棒球癌先生』。」老先生說，「這禮物是寶貝，不可以拿去賣喔！」

他說，這顆球價值連城……

「你是說，職棒初期，在老台北市立棒球場右外野九號入口販賣全壘打紀念球的先生？」父親突然說。

「你也知道？我還以爲只有我知道這件事。」老先生坐直了身子，音調提高了八度：「那男人用津津蘆筍汁的空罐當基座，排成保齡球瓶狀，一顆顆汙黃漬紅、斷線蒙塵的棒球安置其上。他自己不叫不嚷坐在一旁，靜待願者上鉤。」

那些真是全壘打球嗎？爲什麼沒有球員簽名？回憶中的對話，在父親耳畔響起。酷熱的午後，靜候球場開門的長龍隊伍。人潮中，佇立不語的少年被一旁的活體雕像吸引：清瘦、黝黑的男人，像坐禪般，靜坐不語，腳跟旁十顆斷線破損的灰球，排成三角形羅天大陣。

「那傢伙不答不辯，拉起褲管，捲起衣袖，敞開衣襟，露出瘀青紅腫的傷痕，好像在說：這就是簽名，全壘打在我身上留下的大名。你能想像，驚虹過後，那男人和其他球迷在外野看台翻滾撲抓，爭搶全場焦點，一只流星降世的小白球？」

「這顆球，真的是那支全壘打？」父親一臉狐疑，以小指腹輕觸縫線，凝視球面上磨損不清的字樣，搖頭說：「一九七〇年代的少棒用球我沒見過，只是這顆球……」

「你碰過？」老先生露出神祕的微笑：「小朋友，棒球的價值是什麼？在網路上開價百萬、千萬的簽名球？那是商人的想法。真正的球痴，會捨不得手上寶貝。我有位美國朋友，家裡的簽名球多到讓人咋舌：有A-Rod、基特、邦斯、漢克・阿倫、狄馬喬……甚至貝比・魯斯的手跡。當然，這不是他一人珍藏，而是好幾代的傳家之寶。一直有人出高價收購，而他一顆也不肯賣。」

「爲什麼？」孩子問。

「小朋友，回想看看，你有沒有特別懷念的人或東西？」

孩子偏頭凝思。父親也沉默不語。

「難忘的事情，我們會記下來，永遠刻在心裡，叫作『紀念』。」老先生說，「所以我們有紀念日、紀念球、紀念碑、紀念館……大聯盟的指標球星，最後會進入『棒球名人堂』，爲什麼？因爲他們的傑出表現、偉大成就，已成爲大家共同的回憶。」

「我只有我自己。」孩子忽然開口。

父親揉撫孩子的臂膀。老先生觸摸孩子手中的球，輕聲說：「當然囉！我們每個人唯一擁有的，就是自己。痛苦、悲傷和快樂只有自己能體會。這是我們的孤獨，也是獨特。但你一定要記得，當你痛，你的父母比你更痛；你只有自己？你的爸媽也只有你。你覺得自己不傑出也不偉大？可在父母眼中，沒有人可以取代你。你的一切也許和大家無關，但肯定是家人間獨一無二的回憶。」

「嗯，爸爸說我是王牌投手。」揚臂，抬肘，三叉戟握球法。

父親輕拍孩子的肩背。

「看得出來，你的球一定比小麥克更快更強，沒有人打得到。」老先生朝父親眨眨眼。

「世界上最快的球有多快？」小傢伙一手抓著父親手腕，一手撐椅背，好像真的想站起身。

「好像是一位古巴投手，時速一七〇公里，超越了萊恩的一六四。大名嘛……呵呵！記不得了。」老先生搖頭晃腦，語氣不是很篤定：「曹錦輝在二〇〇四年雅典奧運投過一六二公里，中華職棒紀錄是一五六公里。當年郭泰源的極速是一五八公里，被封爲『東方特快車』。你呢，小朋友，你想投多快？」

孩子閉上眼，又緩緩睜開，沼色的天空閃過一星異芒。

「跟光一樣快。」孩子吐出一口大氣。

他喜歡陽光。每當晨曦穿越百葉窗簾，在他的眉眼之間落腳……

「你認爲，光有多快？」老先生笑了。

「爸爸，光比捷運快嗎？」小眼珠骨碌碌轉動，像一枚闇黑彗星在深邃太空寂航。

「比捷運快，比火車、高鐵、太空船都快。」父親點點頭，「人類最快的球速大約一七〇公里，如果太陽會投球，用公里數來衡量他實在……我們的快速球從投手板到本壘不到一秒鐘，同樣時間，太陽投手隨手一擲，你知道可以繞地球幾圈？」

老先生接著說：「繞幾圈不重要，科學家一直在推測，也希望能實驗，萬一真有人投出光速球，會是哪番光景？」

超強光。大爆炸。蕈狀雲。無堅不摧衝擊波。消失與滅絕……

「什麼？」孩子噘嘴，搖頭。

「石破，天驚。相當於投下一枚核彈。」父親悶聲說。

「那麼厲害？為什麼？」孩子追問。

「你爸爸不愧為反核鬥士。」話一出口，老先生臉上，交閃著懊悔與憂傷。他清清喉嚨，努力讓自己回復到說故事的姿態：「我們都知道，世界上沒有任何一種速度比光速快，接近光速都不大可能。正因為光速球太快，一球擲出，周遭一切形同靜止——每小時數百英里幅度來回振動的空氣分子也一樣，凝結在空中，閃不開，逃不了，等著被『球吻』。」

「喔！那一定要戴頭盔和護具。」孩子嘻嘻笑著。

「喔！那種吻不要比較好。」老先生也笑了，「砸在身上，不是眼冒金星、抱頭倒地就可了事。那種撞擊之強，會引爆伽馬射線和散射粒子，那些細屑以投手丘為出發點，迅速向四周擴大，扯碎空氣分子，使原子核中的電子剝離，形成一枚不斷變大的灼熱電漿泡、球形閃電，朝打者轟隆隆壓去，而打者可能什麼也看不見。」

「什麼也看不見？」孩子張大嘴。

「看不見。或者這麼說，當球抵達本壘板時，在打者眼中，球尚未離開投手的指尖。」

老先生的食、中指併攏，拇指微彎，模擬握球狀。

「哇！」圓形小口蓋張得更大，變成不規則形狀的凹洞。「太厲害了！爸爸我想練這種球。」

「不行哪！殺傷力太強了。」父親搖搖頭，又摸摸孩子的頭，語氣凝重地說：「那種球投出來，連高熱核能反應爆炸所產生的巨大能量都不能攔截或延緩她的衝擊；簡單說，核子彈都阻止不了她。嚴格說，她已不是『球』，而是爆裂、飛散和一連串聚變反應。老爺爺說『細屑』，科學家說是一團彈頭電漿雲，將打者、本壘、捕手、主審一起捲入漩渦，分解成碎片，再衝向護網、看台甚至整座球場。如果你在很遠的山丘上眺望比賽，會看到什麼？超強光，電火球、蘑菇雲，一聲巨響……」

「爸爸會接住嗎？」孩子提了個異想天開的問題。

父親和老先生同時「啊」了一聲。老先生說：「小朋友，那種球誰接得住？」

「當然可以！」理直氣壯的口吻：「爸爸不是說，比光速快，就可以跑到過去或未來？」

「那是一種科學假設，至今還未得到證實。」老先生解釋。

「我不管！爸爸一定要接下來，爸爸說願意爲我做任何事，對不對？」孩子瞪大了小眼睛。

父親點頭，正要說什麼，老先生忽然插問：「對了！你們進球場後，一個摀耳，一個閉眼，爲什麼？」

孩子瞇眼，微笑：「我本來不懂棒球，林爺爺一定知道，我不可能看過棒球。」

陪孩子時，他會帶著收音機，收聽棒球轉播。久而久之，孩子對「安打」、「三振」、「失誤」、「盜壘」等狀況會有反應，甚至會提前反應。

妳是說，播報員還未說明戰況，他的身體已做出正確的反應？

老先生頷首：「你可以請爸爸當播報員，說給你聽啊！」

「那樣不好玩。我『看』，爸爸『聽』，才過癮。」小傢伙居然吐舌頭。

「可是，小朋友，你不是……？」老先生露出疼惜的表情。

可是，他的聽力已經嚴重退化……

「孩子說，他要幫我看，請我爲他聽。」父親開口了，「拼起來，就是完整的棒球故事；合起來，我們就是完美的父子搭檔。」

「啊！」老先生的驚呼被突來的激烈掌聲淹沒。

再見三振。投手振臂歡呼，緩緩走向展臂迎接他的捕手。比賽結束。兩隊球員湧出休息室，排成弧形或直線，向觀眾席鞠躬謝幕。

或者比手畫腳，或者牽手依偎，球迷們紛紛起身離席，踱向出口。也有人且走且停，目光一直不離球場。

父親沒動，孩子也不動。亮如白晝的球場燈光一盞盞熄滅，碗狀宇宙漸昏漸闇。

「好棒的比賽，過癮，太過癮了。」老先生一手扶椅背，勉強撐起身子，試探地問：「你們還會去哪裡？」

沉默的父親依舊沉默。孩子忽然掙扎著站起——父親托著他的肘臂，攬他的腰，將他扶直——單手指天，掌中明珠熠熠生輝：「爸爸一定要接住喔！」

「什麼？」

「我要投出一顆流星，爸爸記得要許願喲！」

章末

「人哪！有時候有眼無珠，有些事充耳不聞。」

「他爸爸和其他父親一樣，道晚安時一定要親親抱抱。只是……他不只是親額親頰親下巴親耳朵，親含羞草般的手和腳，而總是一吻再吻，沾黏廝磨，捨不得『鬆口』。他說，那是焗烤海鮮，溫熱而綿長；也是夏午雹雨，密匝而有聲。像甩炮，似刺拳，每一點觸都是安全觸擊，落在幸福的壘線，而不宜擾動孩子的夢。假使孩子是地雷區，他願奮不顧身踩爆每一響驚雷；如果他是啄木鳥，整株樹幹就會布滿精『叼』細『啄』的吻痕——喔不！他說他是流星雨，捨盡光華，綻放火花，撲向窮山惡水、眾靈護守的神國。」

「這一切，匯成所有參與者即時感動的核爆。」

「聲音不會騙人，但人話常是謊言。」

「色即是空？諸象皆幻？」

「他對自己的期許：永遠的中堅手，默默站在宇宙邊緣，護守孩子的世界。」

「不管那是一記暴投、一捧飛絮或滿天流星。」

「他說，那一球，那不可思議的失蹤，像一扇巧門，開啟了新視野……」

「他就坐在右外野看台，看著右外野手強肩回傳，看著那道白光以一個下墜弧度閃進捕手手套。然後呢？轟然一響，不是本壘攻防的衝擊，而是一道翻轉、一步躍進，一種謎樣對撞……」

「喔不！是幽靈破土而出。」

「你說他曾是校隊王牌投手，冠軍戰的預定先發？」

「他說，一場比賽、一座獎盃算什麼？為了生命，他願意放棄一切。」

「懷孕期間，我的身體好像變成一架彈球機，叮叮咚咚，發出異響。那枚火球，一直在五臟六腑間竄動。別人只須『帶球走』，靜候預產期。我呢，被形容為『活體炸彈』……」

「他必須加倍努力，才能達到一般人的基準。」

「他說，這顆球價值連城……」

「他喜歡陽光。每當晨曦穿越百葉窗簾，在他的眉眼之間落腳……」

「超強光。大爆炸。蕈狀雲。無堅不摧衝擊波。消失與滅絕……」

「陪孩子時，他會帶著收音機，收聽棒球轉播。久而久之，孩子對『安打』、『三振』、『失誤』、『盜壘』等狀況會有反應，甚至會提前反應。」

「妳是說，播報員還未說明戰況，他的身體已做出正確的反應？」

「可是，他的聽力已經嚴重退化……」

第四章　捷運

章首　呼吸

昂首，深吸一口氣，想像自己是吞盡整面海洋的座頭鯨……

視界決定識界？適界形成嗜界？思想成形前，愛恨定絕前，鼻子是奇異點，讓世界通過我們的皮囊，交混激盪，再如洩洪般奔瀉而出。每一口氣，都是氮、氧、氬、氦和二氧化碳的集結政變——我們的身體王國，每一秒鐘都在改朝換代，也是肺活量大閱兵：命數高低、健康狀況、憂歡吐納、喜怒起伏的「普紐瑪」（Pneuma）[2]。

你想追求親密的極致？要怎麼做？跟好友肝膽相照？和戀人水乳交融？或者，登高又潛深，往古且來今，與寂天寞地氣體交換？

穿透肺泡的氧挺進血液，深入循環系統，帶來生氣、活力或人世汙染。竄出血液的二氧化碳湧進肺泡，彌散體外，也帶出鬱結，悶騷或鬧動情緒。用分子移轉的概念看待

2　古希臘詞語，意思是氣息。根據古代醫學的說法，是生命器官系統機能必不可少的循環氣體。

生命體，我們既是細屑、塵埃、微粒子的共生鏈，也是昂揚、卑怯與脆弱的螺旋體；渾然天成，化身萬物，從不落單。沒有一種關係可關住人的知覺喜怒，沒有任何詞鋒能將你切割解體。

我們懂得遮陽、躲雨、避風頭，也深諳視而不見、選擇性失憶和裝聾作啞，但逃不過氣味軍團的侵蝕包覆。一陣熟悉的暗香，會將你牽往快樂過去？幽懵從前？一抹突來的異味——臭油、敗草、鼠屍或食物發餿，教人掩鼻、閉氣或掉進嗅覺泥淖，在楔形、圓盤形和桿狀分子間，練習密室逃生。

《舊約聖經》記載：「耶和華神用地上的塵土造人，將氣吹在他鼻孔裡，他就成了有靈的活人，名叫亞當。」

我們的鼻子，是生命的入口，也是出口。我們在呱呱墜地時吸進第一口氣，而在撒手人寰時吐出完結篇。其間每一次吐納，你感到從容無懼？氣急憂心？

鼻孔上端的嗅覺區，是豐腴（脂肪）的黃色溼地。顏色愈深，鼻子愈靈敏。人類是淡黃色，貓咪的黃，像是偷沾深芥末醬而忘了擦嘴。狐為什麼多疑？因為牠們的鼻色深褐偏紅，那是極度神經質加上偏執狂的成色：咦？前方風吹草動，利爪暗伏，不宜探進；嗯？纖秀而帶著濃郁脂香的腳印，是發情母獸的邀請函，就在西洋杉、猢猻樹的後方，霪雨霧霧，喔不！是動情素伴隨芬多精，匯成玫瑰花瓣雨……

愛美女人未穿上香水「內衣」——擦在腋下、胯下、頸部耳後，武裝性感區和敏感帶——不願出門。據研究，「瓶裝體味」是可欲性代名詞：讓女人塗著野獸分泌物在街上行走，就是在城市森林一路埋下費洛蒙陷阱。

麝香撩引性欲？花香使人衝動？前者屬氣味性暗示，後者為裸露性器官加上強烈性刺激——五百萬個神經末梢細胞的性狂歡。你聞到的香氛，竄進鼻梁後的鼻腔，由布滿纖毛的黏膜吸收，然後呢，像搖動風鈴般喚醒腦中嗅覺區的神經原——向日葵草原、小雛菊花園、黃沙惡土的荒原。你皺起大鼻子：哇！好香！媽媽味紅燒肉；啊！超噁！這頓豪華大餐是公園廁所混合停屍間的大鍋菜。

我們對刺鼻氣味——如口臭、狐臭——的反應，如此強烈，是因大腦中有一方古老、神祕、極度情緒化的邊緣系統，操控我們的喜怒愛憎。而氣味是超快直達車，不假思索，未及整編，便勾起排山倒海而來的狂情或恐懼。

普魯斯特用他的鼻和筆印證了這種「追憶似水年華現象」。只是呢，芬芳不一定撲鼻，腐壞經常藏在光鮮的內裡；人類的嗅覺能力隨地位的高升（萬物之靈）而逐漸低落，和其他大自然室友相比，像半聾的耳朵、深度近視的雙眼、遲鈍的舌、麻痺的四肢。

山豬為什麼長出長鼻子？用來嗅聞深埋地下的麥蕈。鮭魚如何返鄉？用超長途嗅覺，辨認遙遠的出生海域。獵犬的狗鼻子，比人類靈敏四十四倍；「蝶戀花」一詞實屬人類偏見，正確說法是「蝶戀蝶」：雄蝶能聞到數里外的雌蝶氣息，立馬赴約，緊跟不放，扮演「護蝶使者」。

至於人類，只有在嬰兒期具有超感應：在眼前仍是一片混沌的懵初，「媽媽味」是生活導引，也是存在指南。

不信？只要媽媽一進房，孩子便會豎耳、綻唇、掙扎轉身、停止哭泣或咿啞相迎。那氣味，濃稠金黃的暈輪、模糊多汁的甜蜜，是擁吻開關，也是餵食保證。

我們的孩子和當年的我們自己，漂浮在天堂夢境：聲、光、觸、味的溫柔逐浪，而嗅覺正是揚起的帆。

有人說，離海上岸的生物，為了獵食或避開追捕，發展出優良視力和聽力；抬頭挺胸的人類，脫離貼地嗅聞階段，而能登高、望遠，搜尋敵影或芳蹤，更需要眼觀四面、耳聽八方的本事。

即使如此，即使我們因重感冒而鼻子不通，氣味的影響力——我們稱之為「不明力量的驅使」——依舊不滅：閨密的經期常在不知不覺中同步。戀愛中的男女，毛髮滋長，內分泌旺盛。有時，我們感應到莫名殺氣、森森陰氣。有些人言談舉止盡是酸氣；有人眉眼嘴角一團和氣。有人散發傲氣，有人洋溢朝氣；有人永遠稚氣，有人一身骨氣。

大氣層以內，三界之中，生氣勃勃，暮氣沉沉，是各種人氣、妖氛的氣場，我們的每一口氣，都是晦暗、明朗、沮喪、歡笑的分子移轉。小心！抑鬱正與陰祟密謀，痛苦悄悄和傷害結盟；快樂分子稀薄且珍貴，容易揮發，難以保存。你說英雄氣短？你想氣吞山河？哈！五百毫升潮氣量，吐不出嚥不下，整個暗黑時代的風起雲湧。

我們是有氣靈體、無鰓的魚，泅游苦海，上不了岸，只好深潛——用力吐氣，深深深呼吸，化身蜉游，轉乘自體捷運：航向血液，航向回憶，轉進每一道隘口與關卡、浮沉或漂流、密集微血管網、一息尚存的氣囊……

捷運

「爸爸，你聞到了嗎？」

你聞到了嗎？

「嗯？什麼味道？」父親深吸一口氣，忽然覺得氣滯、胸悶，不得不將胸腔內的氣體緩緩吐出。

介於苦杏仁和樹脂之間，一種沉澱、澀苦的包圍；虛無縹緲，卻又無所不在。那是體味？還是氣息？凝結在嘈亂的車廂空間，像覆壓曠野的厚重烏雲。

如果嗅覺可以轉換為圖像，浸身氣味的汪洋，他將讀到六億六千萬毫微米的紅波震動？楔形薄荷、蝌蚪狀花香的紛然兜落，如夏日暴風雨的塵埃？

再嗅、細聞，白鷺鷥俯首貼耳，聆聽水波魚訊，就有一絲熟透的蘋果香了。過熟與初腐，腐爛初期的圓滿，成長與釋放的循環。

一個女人，坐在輪椅上的女人。

「噁！汗酸，狐臭，還有口臭……啊！有人放屁。」孩子捏著自己的小鼻子。

車門大開，人潮蜂擁而入，瞬間塞滿車廂，像甲板上鼓脹的漁網倒出滿滿的漁獲。有風塵僕僕的上班族、濃香撲鼻的粉領族、穿登山裝的銀髮族、推自行車的中年人，以及發出強烈汗味的學生族。

「嗯，男子漢的味道、狐狸混進凡塵留下的氣息、政客嘴裡的垃圾……這些都是活生生的氣味。你知道嗎？中世紀的歐洲，是一個被惡臭包圍的黑暗大陸，那裡的每一種氣味，都比你現在聞到的臭一百倍。生活在那裡，你會覺得屁是香的。」父親淡淡回應，眼睛一直瞄向停放輪椅、自行車的車廂尾端。

「我才不要！咦？爸爸在看什麼？」孩子伸長了脖子，像是要拋出視覺的曲線，繞過橫阻在前的重重人牆。

「看風景。」父親的鼻子微皺，趨前嗅聞，彷彿正從腐臭沼澤中救出即將滅頂的一縷芬芳。

味道還在：既幽淡又沉濁，像一枚潮溼的方糖。父親感覺不對勁，對那異味狐疑，也對自己的鼻子納悶。

「外面暗暝摸，有什麼好看？」孩子亦不解。

車身在黑域裡潛行，嘈雜，陰祟，震顫；一尾不安游動的深海魚，頂著幽微光芒，穿越城市最壓抑的岩層。車廂裡的人，像魚腹裡的泡沫，船艙內的牲口，斂眉，垂首，不停滑動手機或轉動眼珠，四下張望，留意他人的囊袋、背包和眼神，好像那是一條巨鯊，藏著凶狠的尖齒。

捷運，快要變成劫運了。

誰說的？捷運是在兩個明亮之間的黑暗移動。

「看人啊！人就是最好的風景。」父親抬起下巴，掃視車上的陌生人：「每個人都有自己的故事，輝煌的，辛酸的，平凡的，曲折的……告訴爸爸，你看到什麼？」

嘰嘰嘰！嘰嘰嘰！電腦語音用四種語言緩緩報出即將到站的名稱和轉乘導引。車停，大批乘客湧出車廂。

「疲倦、無聊……還有恐懼。」孩子不假思索地回答。

「恐懼？誰在恐懼？」父親定住視線：對面整排座位，依序為穿紅T恤的老婦、白襯衫的年輕人、腿上放著深棕色大提包的中年婦女，忙著滑手機的學生，各自低頭或恍神，沒有人將目光投向這對父子。

「嗯，很多人在害怕，不知怕什麼？」篤定的口吻。

父親點點頭，前陣子發生的捷運慘案，讓所有市民心有餘悸，也對陌生人產生極度不信任感。每日逾百萬人次的運輸量，是一團混沌夾纏的集體恐懼，蓋頭滅頂的土石流。

這種心理，要對孩子說嗎？

父親又搖頭，忍不住偷瞄車廂尾端，雪被般的淡定存在：輪椅還在那裡，女人——應該說是老婦人——戴著灰色圓頂帽，銀髮雪絮般岔出帽沿。頭顱低垂，看不見容顏（好像閉著眼），聽不到聲音（她的姿態像是在凝神傾聽），辨不出形體（他不確定「老」這個字適合她）——她的身軀披上一層厚厚白毯，像雪地裡的一株山櫻。

老婦的身後，站著一名黑衣黑褲的高壯男子，濃眉大眼，貌似凶惡，但動作溫柔：雙手輕扶椅背，抿唇不語，眼神是一種若有所思的定著：不會瞻左顧右，而是凝結在某個定點，像神遊，又似正在執行某項祕密任務。

那男子不時低頭，彎腰，環擁老婦人雙臂，或輕拍她後肩，貼近耳垂，嘴角紋動……說悄悄話？

同一瞬間，腐香和苦味又來糾纏嗅線，蜿蜒的細芒是自體迴繞的蛇，在空中閃舞；隨即，那道氣體，伴隨微不可聞的分貝（那男子的耳語？）竄進鼻腔深處，像化不開的瘴氣。

父親睜眼，豎耳，又不得不閉口、憋氣，想要驅逐那動魄驚魂的五感交混。

「爸爸，你怎麼了？」兒子的手宛如急流中的浮木。

這種情形，好像愈來愈常見。那一年的靜坐抗議活動，我親眼看見他「發作」……

「我……」父親想說：我的錯覺嗎？他看見老婦人微微抬頭，像是應和身後男子的動作，眼皮微掀，光鑯一閃，對他投來銳利的一瞥。

父親握緊孩子的手，敲敲自己的腦門：「太久沒坐車，頭昏眼花。你剛剛說害怕什麼？」

「嘻嘻！媽媽說爸爸害怕坐雲霄飛車。」小傢伙的眼眉鼻口擠成一團。

「魂霄飛車。」父親說，「魂走九霄的事情，爸爸都怕。」

孩子偏著頭，斜睨大人。嘰嘰聲又響起，空中傳來「轉乘四號中和新蘆線的旅客……」聲音。

「爸爸，『轉乘』是什麼意思？」兩隻小手握住父親的大掌，像是在掌舵。

「般若波羅蜜，智慧到彼岸。」父親喃喃念著。

「什麼？」

「從來處來，是『乘』；往去處去，是『轉』。直達不成，迂迴前進，叫作『轉乘』；今生未竟，來世續緣，名為『乘轉』。」父親的話，像繞口令。

「什麼啦？爸爸你在說什麼？」孩子猛拽父親的手，像抓狂司機急轉方向盤。

「所謂『捷運網』就像是一面漁網或蛛網，涵蓋整座城市。你想從A地到B地，一班車到不了，怎麼辦？轉乘，而讓我們換車的站叫作『轉乘站』，也就是網眼。你從新店出發，要往淡水方向，就得先坐松山新店線，然後在中正紀念堂站或中山站轉乘信義淡水線。如果要去三重或新莊，就要在古亭站換車。」

「我們正在坐什麼線？」

「淡水信義線。台北市有綠色松山新店線、棕色文湖線、藍色板南線、紅色淡水信義線和黃色中和新蘆線。五大線路交錯成網，貫穿、遍布各個角落，像城市的大動脈。

美國紐約、日本東京、大陸北京的線路更密集，交通更便利。」父親伸出五指，代表五條線路，一一點數：拇指螢綠，食指灰棕，中指寶藍，無名指泛紅，小指鵝黃如小雞羽毛。孩子箍著大人手腕，瞪大眼睛，研究魔術手指變色秀。

潮紅，深紫，枯黃，烏青……最後整個人發黑。他還自嘲有一天可以仙人指路，點石成金。

「哇！好厲害！難怪爸爸會投七彩變化球。」孩子未察覺大人的苦笑，又說：「那我們要坐去哪裡？」

他眼中的世界，早就和我們不一樣。

或者說，那是我們無法想像的地方。

他們會去哪裡？

九霄雲外？三界十天？父親不自覺瞄了輪椅方向一眼，黑衣男子又在低頭耳語，好像在說：「○○站到了」。他們要去哪裡？做什麼？

天地霍亮，彷彿暗夜驟然翻轉，白晝降臨。電聯車竄出地底，像綽綽夢影滑出夢境，變成真實血肉。父親以手遮眼，擋住穿窗而入的陽光，昏重的頭顱、疲憊的身軀，反而有種蒸騰、灰化的輕飄感。

「爸爸，那是什麼？」孩子的手箍著他的腕，堅實的線繫緊就要飛離的風箏。

橢圓運動場結構，綠色鋼架內紫藍相間、紅黃交錯，像織錦。運動場外，搭起五彩八花的帳篷，人潮穿梭流動，像市集。

「花博。以前是中山足球場，群眾運動場，現在變成觀光景點、大人小孩的遊樂場。」父親的視點，卻落在右前方高處，一棟深紅色宮廷式建築，宛如立於高寒之巔的瓊樓、深色佛掌上的一顆明珠。入夜後，燃引燈火，便是無垠星空的亮點。

光點代表希望。他說，神會帶領我們，前往希望之地。

他從什麼都不信，變成什麼都願相信。

也從什麼都知道，變成一無所知。

就像孩子一樣？

「哇！爸爸，好大的輪子。」孩子伸直身子，跪在座椅上，面朝窗外。

「摩天輪。舊兒童樂園的設備，現在已經廢棄不用了。」

飛天椅、碰碰車、咖啡杯、旋轉木馬、五彩繽紛——喔不！是掉色斑駁摩天輪，合成一座廢墟、一瞥引人追憶的窗景。

「兒童樂園……」孩子咬著嘴唇，是在思索「兒童」？咀嚼「樂園」？「為什麼沒有人？兒童都長大了？」

父親很想說：「兒童」歷經數十年歲月，不只是長大，已經變成老人了。不過，還有一間「新兒童樂園」，就蓋在劍潭捷運站附近。

劍潭站到了。要帶孩子下車嗎？聽說，捷運站和新兒童樂園之間，有接駁公車可搭，只需不到十分鐘的車程，就能帶領孩子進入一個人造歡樂世界，衝高，急轉，墜落，張口，結舌，傻笑，或發出不算驚險的驚叫。

「爸爸小時候喜歡去？」孩子的口氣酸澀滯黏，像一顆過熟的檸檬。

「爸爸……從來沒去過。」他覺得自己的口腔鹹腥臭苦，像腐壞的魚罐頭。

他曾經是孩子，可能現在還是，但這名小孩從來沒有童年。

「那不好玩，我也不想去。」那是冰水潑上烙鐵，迸出冷熱衝突的嘶響。

「你想去哪裡？」父親捏捏兒子臉蛋。

「林爺爺為什麼要下車？」孩子突然問起十餘分鐘前的事。

「他已經到了要去的地方。」父親也拐了彎，給了個不是答案的答案。

「我們為什麼不下車？」孩子好像聽懂了玄機。

「因為……」父親沉吟著，或者說，遲疑著。

「還沒到站？」孩子揚了揚眉。

「嗯……」一臉困惑，或者說，困頓。

「爸爸不知道是不是已經到站？」寶貝噘了噘嘴。

是沒有童年？離不開童年？還是，不能沒有童年？

「不知道。爸爸不知道的事可多了。」深呼吸，吸進酸臭氣味、憂傷分子，吸進這世界正在循環汰換的生機或廢氣，也許，轉變就在那一口氣。「生下你之前，爸爸不知道自己在哪裡？是什麼？能做什麼？有了你，才發覺自己一直活在世界上，背負著重要的使命。」

「媽媽說爸爸是重要的人物，只是爸爸自己不知道。」孩子仰望父親，小鼻小眼小眉小嘴扭成一張笑臉。

「是啊！因為你，爸爸才知道自己的重要。」是錯覺嗎？父親嗅到一絲薰衣草的氣味，像一抹凜冽的笑意。

有了孩子後，他才驚覺「沒有童年」的可怕。

孩子呢？反過來想，擁有這樣的父親，孩子是什麼感覺？

「嗯，坐捷運比坐雲霄飛車好玩，我們一直坐，不下車，好不好？」孩子勾動大人的手腕。

「當然好！不過到了某一站，爸爸必須下車……」

「不要！我不要！」撕心裂肺的吼聲，引發一陣顛盪。車廂裡爆出驚呼聲，整列電聯車也在搖晃中放慢速度，幾近停止。

幸好，下一站近在咫尺。列車顫巍巍地進站，門一開，超過三分之二的乘客浪湧而出，邊走邊議論，嘈亂的車廂頓時清靜不少，那波震動也漸漸平息。

你感覺到了嗎？

嗯，每一次提到爸爸的……都會這樣，是巧合嗎？

黑衣男子未動，輪椅不動，當然，這對父子也不動：父親緊握孩子的手，不言不笑的五官線條，繫著一絲倉皇，像困守魔界大門的老獸。

時間變成石之間。某個瞬間，人類感覺不到的微妙剎那，時間被偷走，朗朗乾坤僵止不動，或者說，消褪匿形。

「不要急！爸爸還在這裡。爸爸不會離開你。」冰岩消融時的第一滴水響。

「打勾勾。」彎翹的中指像一枚倒反的問號。

「好！打勾勾。」肢接瞬間，父親突感指尖發麻，心頭一震，好像觸動，或者說，啟動了什麼。勾連的指頭宛如兩截扣連的車廂，穿行暗夜，駛向不知名的遠方。

車身震動，緩緩前行、加速；這世界也像電腦斷電後重新開機，恢復了光點、數碼、形狀和色澤。

「爸爸……」

「嗯？」

「坐捷運也是旅行嗎？」兒子的視線，定在車門上方的字幕板，一團紅黑暈輪。

「當然是囉！」父親抬頭，望著「劍潭↓士林↓芝山」的閃爍字樣。「帶你逛夜市、看電影、觀賞棒球比賽，也都是爸爸最喜歡做的事。你喜不喜歡？」

「喜歡。」小手搖晃大手，彷彿在盪兩人鞦韆。

「在遠古時代，親友一起外出獵食，共享冒險犯難，就叫作『旅行』。做喜歡做的事，開開心心吃喝拉撒睡，就是最棒的旅行。」父親止住搖盪，以唇為印，親吻孩子手背。

「睡？睡覺也能旅行？」

「你沒聽過夢遊嗎？」父親摟著孩子的肩膀，「不是做夢喔！」

「在夢境中遊玩？」調笑的口吻。

他說，我們的世界，不但有外太空，也有內太空；內外之間，有個類似奇異點的連結，就像車廂與車廂間的通道……

「應該說，進出現實和夢境的悠遊。有一種人，晚上睡覺時會突然爬起來，行走、攀爬、吃喝。若是門窗沒關好，讓他溜出屋外，搞不好還會逛街、慢跑、飛簷走壁、坐……」

父親想說「坐捷運」，孩子卻突然接口：「坐月子？」

我知道，那生死一線的難熬。別的女人可以安心坐月子，妳卻在傷心絕望中度過生不如死的一個月。

嗯，別人請喝滿月酒；對我們而言，滿月就是天長地久。

腔內一陣鼓盪，介於心悸、間停呼吸的灼窒感。父親搗著胸口、低下頭，不知如何排解這突來的痛苦。

「爸爸！爸爸！」孩子焦急地搖晃父親，像在喚醒高空走索的夢遊症患者。

輕吸氣，緩吐氣，父親輕握兒子的手：「爸爸沒事。只是……」

只是辨不清時空分際、生死界線。

不知哪兒來的聲音，突然在耳邊爆炸，像是被人誤轉到最大的音量鈕。

他抬頭，愕視著對座的陌生人，站立的乘客，窗外花亂的光景……甚至，車廂尾端的輪椅。

「爸爸想要回去嗎？」兒子放開父親的手。

父親搖頭：「爸爸不想回去。爸爸很寶貝跟你在一起的每分每秒。」

孩子笑了：「爸爸每分每秒都想跟寶貝在一起？」

「是啊！」父親又捉住兒子的手，「在小寶貝的夢境裡遊玩。」

「喔！」兒子露出好奇的眼神，「可是，那些人知道自己在做什麼嗎？」

「你是說夢遊者？」見孩子點頭，父親說：「也許知道，也許不知道，但醒來後全忘了。」

「忘光光？那不好玩。」孩子搖頭抗議，「爸爸說過，說過……」

不記得去過哪裡，不知道身處何方，就是白過。

「爸爸的想法改變了。」

「哦？」孩子抬頭，睖著神祕微笑的父親。

「不論活在哪裡，都是生；只要生下來，就得活。」父親以指尖輕點孩子的鼻骨，「專家說，夢遊行為發生在深睡期間的無夢階段，也就是說，船過水無痕，夢遊者不會夢見什麼。這麼說來，這種『遊』什麼都不是？」

孩子搖頭。

父親呵呵笑著：「有一句古話：『至人無夢。』我以前想，沒有夢的人生還算是人生？現在明白，人生就是人生，不論你有什麼或沒有什麼。而且，『無夢』可能是指良好的睡眠品質、透澈的內心世界。那種境界，只是到過的人——至人——才能領會。」

孩子不說話。

「你還記得，林爺爺下車前說的那句話？」

心裡心，天外天……

孩子沒反應。

天色漸暗，窗外忽忽閃閃，這將夜的風景有種浮光交媾掠影的無盡黑沉：漸漸被抹黑的光不斷、不斷墜沉，金色的錨沉向黑漆海底。

夢的顏色？我們這群夢遊者，七彎八繞，彳亍迷途，會在何時、哪裡醒來？

搖搖頭，他想避開「人生如夢」的陳腔，寧可思考「人生茹夢」的可能：我們當如何咀嚼、消化轉瞬一生的幻夢？鯨吞？蠶食？牛飲？虎嚥？

那枚「茹」字，是指茹毛飲血？茹素？抑或茹苦含辛？茹火茹荼？

或者，你想茹古涵今，吸納天文地理，日精月華，當個孤獨老學究？

你有厭食症的吞嚥困難？暴食症的無盡貪婪？悲傷來反芻？歡樂求回味？蘸著七情

六欲醬汁，入口即化為宴饗、珍饈、轉瞬幻夢的一生。

幻夢。換夢。他想偷天換夢，在另一個宇宙醒來。

「爸爸在想什麼？」小爪子又爬過來。

「想你說的那句話：『在夢境裡遊玩。』」父親努力壓抑就要脫腔而出的嘆息。

「怎麼玩？」興致高昂的語調。

「桌遊，手遊，砂遊——媽媽一直想陪你玩的遊戲。雲遊，壯遊，郊遊——男子漢的憧憬，爸爸最想看你做的事。」父親仰看遠端紅位移：「漫遊，遨遊，神遊——爸爸能帶你做的事。」

「悠遊。」小傢伙突然笑出來。

「幽遊？」心頭一驚，他瞄見輪椅上的老太太對他頷首。

「悠遊卡啊！爸爸不是說，坐捷運要用悠遊卡？」小朋友又擺出小學老師教訓學生的神情。

「喔！是哦！」父親也笑了，「一卡通行，我們的城市變成卡通世界該有多好？」

「爸爸是說，全世界都變成捷運站和捷運車廂，大家都來坐捷運？」孩子眨了眨眼。

「可以啊！北捷在推『親子一日遊』，我們來玩『父子一世遊』。」父親則是擠眉弄眼：「以前啊！我和你馬麻喜歡上山下海趴趴走，陽明山、奧萬大、北投溫泉、淡水老街……到處都有我們的足跡。後來爸爸……力氣不夠了，馬麻還是會攙著我坐捷運遊台北：士林夜市、饒河街夜市、松菸文創、永康街商圈，這座城市能吃能玩的地方，至少去過一遍，我們稱之為『掌遊』。」

「掌遊？」孩子低頭凝睇自己不伸而展的手掌。

「是啊！」父親托著兒子手背，用指尖撩畫掌心上的稀疏紋路：「在中和新蘆線、松山線、信義線蓋好前，台北捷運網像英文大寫字母H，Hand，意思是手，而那些縱橫交錯的線路就像我們的掌紋。」

他說，台北盆地是佛掌，托起城市生活，也在冥冥間交織我們的命運：膠著、流轉，興旺與崩解。

「喔！」孩子縮手，試圖握緊握不起來的拳頭，童禿的手指，宛如圍住盆地的小山。

「你看！貫穿台北心臟，紅色淡水新店線，像不像生命線？」不理會孩子微弱的掙扎，父親的指甲像興奮的車頭，在蒼白的盆地快速移動，線路一觸成體，繽紛光紋、流竄光軌織成光纖世界，像沉埋地底的神殿破土而出：「板南線是藍色理智線。文湖線，深棕鬱結，糾纏迷亂，接通南港後又形成封閉的方圓，像不像人類的感情？兩者連成一氣，便是斷掌。還有啊！中和新蘆線剪不斷理還亂，當初分期施工，分段通車，全線完成後才跟南勢角路段接軌……呵呵！分斷又復合，分分合合。」

「這麼多條線，不會迷路嗎？」孩子問。

「沒關係！遇到麋鹿，就會有驚喜。」

「咦？」

「哈！聖誕老公公會帶來禮物啊！」父親炸裂的笑聲，像鯨魚噴水。

「嗯。」孩子淡淡的回應，如焚風吹過石縫間乾萎的野草。

「呃……你是指坐錯車？下錯站？七彎八拐到不了目的地？」噴笑變成苦笑：「譬如說，你在台大醫院站，想去小南門或大直……」

「爸爸是說林爺爺？」小傢伙變成捕蛇獵人，一擊，就是七寸。

父親當然記得：老先生佇在月台，前瞻後顧，一臉茫然，一會兒看標示，一下子瞧地圖，最後，兩眼直勾勾瞪著上下滑動循環不絕的手扶梯。

當時，孩子幾乎捏腫父親的虎口：「林爺爺不跟我們坐下去？」

父親感覺兒子的小手正揪緊他的心口。

「都一樣。每個人都有找不到出口的時候。重要的是，你知不知道自己所處的位置？下一步，要往哪裡走？」父親說。

迷途於世，迷惘在心，迷亂於情；迷離於……睜眼張口豎耳鼻嗅膚觸的瞬間。

「爸爸知道？」孩子豎起小尖耳。

知道什麼？鐵道？步道？地下道？

「爸爸不知道，但爸爸必須知道。」父親搖頭。

他喜歡淡水線，卻有些畏懼木柵線。

「為什麼？」小雷達努力捕捉閃爍光點。

淡水線的前身是北淡線鐵路，和他的學生記憶有關。還有，車廂不同：高運量的淡水線車廂節節相通，中運量木柵線則是各自孤立，彼此隔絕。

「爸爸害怕錯過珍寶——尤其是你這個小寶貝。」父親盯著對面窗玻璃裡模糊疊映的光影，「如果什麼都不知道，我就是個懵懂之人，失去了與寶貝相處的機會；但是，假使什麼都懂，我又會自以為是而錯失重新認識一切的趣味。你明白爸爸在說什麼？」

不就像是人與人的關係？

像寶貝和世界的關係。

他深信，孩子是神的傑作。

「所以爸爸真的知道？」孩子又問一次。

知道什麼？魔道？仙道？人間道？

「寶貝呢？你知道我們在什麼地方？」父親的心忽然鼓盪起來。

燈光一閃一跳，前進中的車廂暗淡了幾分。

「芝山站到了。」孩子對父親眨眼睛。

芝山站——昏濛空氣中的混濁廣播音。

奇怪？從士林站到芝山站，什麼時候變得如此遙遠？父親納悶著。

「我是小孩子，怎麼會知道？」孩子嘟起嘴：「你和媽媽知道的事情我一概不知，其他小朋友到過的地方，我也沒到。」

「啊！」父親感到迎面一拳擊中鼻梁。

孩子明白什麼？他和其他孩子的不一樣？活蹦，亂跳，任性，胡鬧，他真的「一概不知」；遊戲，歡樂，尖叫，嚎啕，更是一竅不通。他到過哪裡？遊樂場？動物園？水世界？如果上幼稚園，會是什麼模樣？念小學背大書包，會不會壓彎他從來直不起來的背脊？孩子明白，自己到得了哪裡？

明德站到了。嘰嘰嘰嗚叫聲變成穿腦魔音。

父親愣愣望著跑馬字幕：明德↓石牌……

石牌榮總，雙連馬偕，木柵萬芳……曾是孩子的他早就明白，自己是捷運網上各大醫院間的移動紅點。

輪椅動了動，宛如艨艟拔地，星艦飛空，目炫神搖間，兩團光暈朝他疾駛而來，像小朋友滾鐵環，滾過他迷亂的視線、顛簸的時空。輪迴六道的生命翻轉。他本能後縮、閉目，想止住暈眩；再睜眼，看見黑衣男子將輪椅推至車門前，準備下車？

車停。石牌站到了。

父親挺直腰，屁股就要離座。

「爸爸，我們要下車嗎？」孩子勾勾父親的小指。

車門大開，游魚般的乘客湧出又湧入。這時，輪椅忽然僵止不動，黑衣男子前推，側彎，還是不動；彎下腰，在老太太耳邊低喃，隨即拉著扶手後退，退回車廂角落。

不下車？

「爸爸！爸爸！」孩子搖晃父親的手腕。

嘰嘰聲響起，車門閉闔。

「嗯？」父親勉強擠出笑容。

「你在看什麼？」孩子問，「爸爸一直在看那邊，到底有什麼好看？」

「看故事。」父親知道，孩子「看見」的事物，他不一定看得見；他在意的事情，孩子不必然能察覺。「看……懸疑小說的謎底。」

「喔！爸爸是那種會偷看結局的讀者？」孩子的口吻，像個不以為然的推理迷。

謎底。結局。多重謎底？開放結局？自己呢？身處歧亂網絡哪一條線路？

父親不答腔，腦中迴盪著自己、孩子和老先生並排而坐的畫面：淺藍色四人椅，一老，一小，一枯槁——孩子居中，大人倨擠兩側，映現在背景闇黑窗玻璃，成為忽忽反影。

後來有對父女上車，坐在他們身旁。父親不意間瞥見四人座位塞進五個人，心頭一驚：這是疊影？還是幻象？

看不清自己相貌，不忍看孩子容顏，不能面對老先生深刻卑微的笑臉。那對父女始終低頭不語，大手緊握小手，黯然堅毅，像泅游出海的偷渡客。

他想到輸送帶，輸往或送行，被迫停步，也是不得不前行；漸行漸遠，卻又亦步亦趨，一直墜向扶搖的快意，有時揚起崩落的恍惚。

再往前，就是暗夜。

離開棒球場，他以為就是告別，不料孩子開口邀老先生同行：「林爺爺，跟我們去坐捷運？」小鉤錨拖著擱淺的大郵輪。「喔！我……」毅然跟隨的腳步，踩下躊躇的刪節號，填補了有口難言的空洞。一段平穩滑動但內心顛簸的旅程於焉展開：朝東，向西，往南，航北；無定向，不出站，不斷轉乘，像無頭蒼蠅追逐羶腥，追一種……介於本能、本心的幽微氣息。

東行國父紀念館，西遊龍山寺，南方有古亭和新店——當然都是過站不停，只是用眼耳鼻到此一遊。一樣節奏，重複開闔，形貌雷同的月台，孩子始終睜眼豎耳，努力吸取只屬於他的驚奇：「爸爸，你聞到了嗎？」「噁！好臭！」

兩位大人垂眉斂目，從車窗、鋼柱的反影，捕捉或逃避對方的眼神。光影交錯消融。時與空接連消殞。明或亮，交相傳染不能停擱無從挽留的消息。北返時，行經台大醫院站，老先生忽然決定要下車。

「我到站了。」人已離座，忽然回頭：「小朋友，喜不喜歡聽故事？」

兩位小朋友同時抬頭，仰望眼眶泛紅的老人。

孩子說：「喜歡啊！爺爺要說故事？」

「事情都有個結束，但故事總也說不完。」老先生淡然一笑：「其實呢，是我在讀你們的故事……」

半小時後，老先生的座位已經換過男女老少，當大人的注意力放在老太太身上時，孩子變成頻頻追問的小偵探：「所以林爺爺也是讀者？正在看爸爸帶我旅行的故事？」

讀者。讀著。分秒滋生，涓滴流逝。我們歡聚的時時刻刻，暢懷的瞬間絕美，皆是告別與訣美。若要強留，你便成為嗜毒者般的嗜讀者：瞠眼凝望每一彈指的幻生幻滅，生命化為氣流文字，驚鴻一瞥的同時霧隱無蹤。如果不捨，又要變身為舐犢者。

他，也是神的孩子。

「林爺爺這個人……爸爸其實不了解。」父親將話題列車開上彎道：「你覺得呢？林爺爺為什麼而來？為什麼離開？」

「我怎麼知道？我是小孩子，什麼都不知道。」耍賴的口吻。

「你看不出他特別關心你？說不定他就是為你這個小孩子而來。」試探的語調。

「說不定他就是為了『小孩子』而來。」孩子嘟噥著。

月台上的老先生步履膠著，舉目四顧，站成一尊霧色人形。車門閉闔，車動瞬間，回眸一瞥，焊上摟著孩子的中年父者的閃爍瞳神。

父親沉默了。

孩子又問：「爸爸！林爺爺看到故事的結尾了嗎？」

「也許，他看到了他想看的部分，開頭，中間，一段敘述，某個場景。」父親說，「也可能，他心滿意足地離開，反而一直存在，活在那齣故事裡。」

孩子搖頭：「我不信！沒有人願意那樣離開。」

那樣離開，沒有人會感到心滿意足。

那要怎麼離開？我們有選擇嗎？

黑衣男子俯身，在老太太耳邊輕語，那聲音卻是直擊父親耳鼓：「還想再坐一段？好！我們去看消失的夕陽。」

父親又握著兒子冷冷的小手，其實是試圖說服自己：「這世上太多事情不是出自當事人意願，而大多數人只能擁抱滿腔怨意。孩子，不論我們遭逢什麼，這就是人生。」

「我不要！」張裂的五官是七口復活的火山，裡面住著憤怒的巨人。「你們都說我『不一樣』，那我就要不一樣的世界。」

猛搖頭，急晃腦，父親要抱住孩子，突感天旋地轉。整列電聯車變成歪七扭八的蜈蚣，在搖盪將崩的高架路面顫行。

北投站到了。列車減速，進站。

父親懷裡的暴衝能量也漸漸緩減。月台上空歧錯森然的銀色鋼條，咿呀扭動，活像即將復活恐龍骸骨。緊抱兒子的父親總算明白自己說的話：只能擁抱滿腔怨意。

啊！又地震了。

是強震。

車門一開，擠在門邊的乘客奪門而出，像敗軍潰逃。原本坐著滑手機或打盹的人也不安離座，提前下車。黑衣男子卻是不為所動，雙手扶著椅背，像堅定掌舵的老船長。身旁那位父親，依舊箍緊女兒的手，發白指掌浮出蝮蛇般的青筋。

天上地下，猶在哆嗦。

主震？餘震？劇震？裂震？父子連心的共振？他感到很難受，孩子或許察覺而不能了解的悲痛：所謂悲劇，莫過於活在悲慘世界，能預知、目擊甚至促成災難降臨卻無法回天的不幸。

萬震同源。傷害源於心痛，酸辛孕育苦果；不足導致失足？護守會不會淪為禍首？抱緊孩子。就算抱著正在殞滅的超新星，也要死抱不放。

從頭頂、脖頸、背脊到腳趾尖的竄麻感。父親以為，地牛在自己體內呻吟。

鐵軌扭曲、電塔倒塌、山頭崩坍、大樓毀損……

我們經驗過的每一個地震，只是某個遠古崩陷的餘波；或者，即將降臨，毀滅性強震的前戲。

搖晃總算止息。倉皇竄逃的乘客，三三兩兩回到車廂。父親汗溼的手心貼著孩子手腕，輕聲說：「這世界其實很美好，而且分分秒秒都不一樣，全看我們如何發現。」他發覺自己的齒顎在打顫。

嘰嘰聲中，列車重新啟動。

「爸爸？」孩子輕撥父親的手指。

「嗯？」

「這班捷運會到哪裡？」

「淡水。一個天涯海角的地方。」父親的眼瞳，又浮現異彩。

「咦？」孩子當然不懂。

「淡水河的出海口，島嶼的西北端。爸爸和媽媽的定情之地。」

「喔！」孩子有點懂了。

「我們第一次約會，就是溜出醫院，直奔淡水，逛老街，吃阿婆鐵蛋，回程再去士林夜市。」父親像個炫耀彈珠的小孩：「爸爸的天地太小，沒喝過鹹水，只喜歡淡水，幾乎不離本島半步。看到海，就像看見世界的盡頭。」

「媽媽說，爸爸的故鄉就在汪洋大海中，有一個很美麗的名字，像一座藍色天堂。」孩子的注意力被拐進轉轍道。

「是啊！那是一個很棒的小島，有碧海、飛魚、月光森林和蘭嶼姬兜。如果不是惡魔降臨，那裡真的是人間天堂。不過，爸爸很小的時候就離鄉。長大後，只回去過一、二次，參加抗爭活動。」

「惡魔？」橫眉豎目，五官緊繃。「爸爸要和惡魔打鬥？」

「危害人類生命的魔鬼能量。牠已經傷害我們的故鄉，還要摧毀我們的島嶼，讓我們消失絕種。或者……」父親的眼神，變得空洞而暗淡：「變成怪物。」

孩子偏頭不語，那神情，不像是聽故事，介於愕然與茫然，像是傀儡師手中沉默的小木偶。

父親想：寶貝啊！你聽得明白嗎？最好是聽不懂。

禍福相倚？不！他說，是禍輻相倚。

「爸爸打得過惡魔嗎？」孩子問。

「打不過，爸爸不是超人。」父親不想哄騙孩子。

「超人打得贏嗎？」

「打不贏。只要是人，就一定會有克服不了的難題、戰勝不了的對象。」父親不願欺騙自己。

一陣靜默。孩子接下來會問什麼？既然打不贏，為什麼還要打？

「爸爸會不會害怕？」孩子突然問。

「我……」一箭封喉，父親幾乎開不了口。

關渡站。紅色大橋像流血不屈的巨獸，在黑夜中挺立。

「爸爸，我很害怕。」孩子的頭縮進父親臂彎。

「爸爸也怕，一直都在害怕。」摟著寶貝，用力嗅聞孩子身上隱隱的硫磺味。

他在怕什麼？他向來天不怕地不怕。

有了孩子後，他說自己變了一個人……

「願不願意告訴爸爸，你在怕什麼？」苦澀中帶著一絲酸辛，怎麼聞，都不像是孩童的氣味。

有人擔心前因，有人操慮後果；有人被過去羈絆，有人對未來惶恐。他……唉！瞻前顧後，又遭當下陰影攔腰一斬。像一役白頭的總教練，眼睜睜看著一敗塗地的賽事：先發一局爆，中繼連環爆，後援投手呢，提著汽油桶上場救火……

「我知道，爸爸不會一直陪著我。」微弱的稚聲如幼獸嗚叫。

「沒有任何一位爸爸或媽媽能陪小孩一輩子。」父親輕撫孩子後頸，那動作，是老猩猩幫小猩猩抓身上的虱子。「爸爸能帶你出來玩，聽你說這麼多話，已經很滿足了。爸爸一直有個錯覺……」

「什麼？」

「我是失去監護權而且領到禁制令的父親，只能遠遠偷看小孩。有時候，我又覺得自己是與世隔絕的死囚，你的出現，是我最期待的探監。」

「聽不懂。」孩子搖頭。是不懂？還是拒收？

「你說要逛夜市，爸爸立刻齒頰生香：大雞排、臭豆腐的味道泉湧而來。」空氣中飄起炸物的香氣。黑衣男子皺起鼻子，一臉不可思議，瞪著父子的方向。父親瞄到鄰座乘客放在地上的環保袋，裝滿大包小包重口味的食物。

「你說想看電影、棒球比賽，爸爸彷彿重遊舊地，或者說，重新觀看刻骨銘心的從前，連久違的肩傷都跑來寒暄了呢，哈！」車窗上的光影花閃糊白，像上錯檔期跑錯膠卷的默片。

過了關渡橋，粼粼爍爍的淡水河赫然浮出斑駁銀幕，倒映鎖碼的天光。河對岸的觀音山，低眉側目，隱身在更幽寂的黑色遠景。

「媽媽說，那些是爸爸最常做的事。」受到父親的情緒感染，孩子揚眉，眼珠滴溜轉動。

「爸爸最感激的是，你邀爸爸坐捷運……」

「咦？」這回是真的不懂。

「有人說，捷運就是『劫運』，打家劫舍的『劫』，在劫難逃的『劫』。爸爸說過，一般人對那個字的理解：災難，掠奪，壞事，噩運。前陣子發生的捷運傷人事件，曾引發大眾的恐慌。」父親停了停，看孩子的表情一眼，才說：「你可能不懂，但沒關係。」

「我知道，爸爸和媽媽都說過：『萬劫不復。』」孩子居然點頭。

「在佛家語中，『劫』是梵語音譯，指時間的最長單位。有多長?成、住、壞、空，就叫作劫。」

「到底是多久？」孩子一臉迷惘。

「想像一下，有一座很大很大，大到難以想像的城。」父親伸展雙臂，「長四十里，寬四十里，高也有四十里，繞一圈就要花好幾天。有人用芥子粒將城塞滿——芥子是一種很小很小的東西，三年取一芥，等到所有芥子粒都拿走，所花費的時間叫作『一劫』。你算算看，萬劫不復有多久？」

「我怎麼知道？我又沒學過算術。」孩子撇嘴，眼瞳卻瞠得老大。

你們怎麼教孩子？

他說，不用教，寶貝是異世界的主宰，就讓他活在沒有歲月流動的宇宙。

「永遠。那叫作永遠。有一句外來語：『永遠輪迴』，也翻譯成『永劫回歸』，人擺脫了生老病死的限制，卻是永遠活在某個輪子裡，重複一再降臨的浩劫或噩夢。」

永劫。浩劫。誰是宇宙最大數？

「你看，捷運的『捷』是快的意思，永劫的『劫』卻是緩慢，漫長到無法計算、接近永恆的久遠。」父親感到訝異，自己竟對稚兒發表長篇大論。

這一夜太短。暗影，卻曳長得讓永恆膽寒。

對時間的嚮往和恐懼，無以名狀，只好荒誕之，夸飾之，打造一座無遠弗屆的城，放逐時間，填塞我們卑微生命的芥子渴望。

孩子咬著嘴唇，仰望父親。這會兒，父親覺得自己是土丘上的投手，而孩子是看台邊扭舞吶喊的啦啦隊長。問題是，他有勝投的機會？或者，他只是敗戰處理投手，一盤殘局裡的棄子？

絕不放棄。

「但是呢，有一個問題，快捷運怎會是慢劫運？你知道關鍵在哪裡？」

孩子搖頭。

「時間。」輕聲誦念，像吐出一枚咒語：「時間會變魔術。讓我們感覺快、慢、久、暫；有人度日如年，也有人覺得一輩子短如一瞬。像一列光車，載我們前往不知名之地。」

「坐捷運就是時間旅行？」孩子揚眉，豎耳，表情像反抗軍領袖。

「你知道時間旅行？」輪到父親瞪大眼睛。

「媽媽說過，她想帶我去看爸爸的故鄉、爸爸和媽媽約會的地方、爸爸小時候的模樣。」

「喔！」父親啞然失笑。

「還有，爸爸三振對手的樣子。」孩子說得眉飛色舞：「媽媽說，看爸爸的超速球進入捕手手套發出的脆響，比打雷還爽。」

「你知道，爸爸其實不適合練棒球？」

不只一次，他在烈日下昏厥。

「嗯，我知道我不可能打棒球。」孩子點頭，「但我可以跟爸爸去看球。」

「啊！」父親啞口無言。

「爸爸在投球時，如果發現我在幫爸爸加油，會不會開心？」孩子的眼眉彎成一弧微笑曲線。

看他投球，你會覺得世上沒有過不去的難關。

如果意志和毅力能決定一切，該有多好！

但他說過，那也不好。

為什麼？

因為，你永遠搞不清楚，花花世界主持人，或主宰我們的人，叫作願念？還是怨念？

「當然……開心。」口氣有些微甜帶酸，「只是，爸爸更關心你的……」

這位恍神父親正在辨嘗時空深淵裡的光影流線：酷熱的午後，飛沙的球場，滾落的汗水，蒸騰的鬥志。舉臂，抬腿，扭腰：極速對決，熱血拋灑。三振或挨轟，擊倒且再起，渦亂宇宙凝為一畫到底的界牆壘線。隻身挺立，孤生奮戰，猛回眸，外野邊陲，落日時分，一具幼獸般的微小身影，兀自咿啞歡呼，為投手老爸加油……

「我的什麼啦？」小獸伸爪，長長的影子漫天而來，將父親揪回現實。

「快樂指數。」父親搖搖頭，像潛泳的人將頭臉浮出水面，掙一口久違的空氣：「來！我們來幫快樂打分數。如果從零算到十，指數愈高代表愈快樂，現在的你有幾分？」

「十分快樂。」想都不想就答。
「嗯，你適合練快速直球。」父親的心窩盪開酸澀帶甜的水漩，「媽媽說故事給你聽呢？」
「十分。」
「爸爸陪你聽蟬鳴呢？」
「十分。」
「爸爸在你耳邊說電影？」
「十分。」
「爸爸陪你在棒球場呢？」父親隱隱感覺，孩子的感知世界，沒有選擇題。
「十分。如果是去爸爸投球的那場比賽，哇！十二萬分。」非黑即白的答案。
十分瀑布。十二萬分飛白。一百萬道球影飛流直下——
父親抿唇，抑不住嘴角輕揚，孩子接著說：「可是，看了那場比賽，我好痛苦。」
「啊？」竄升的喜悅，變成斷線的風箏。
活生生，硬挺挺，砸出億萬孔荒岩心靈的白堊凹洞。
為什麼？父親不敢問。
「因為，大家都在為你歡呼，隊友搶著和你擊掌，後來，媽媽一直一直對我說那場她沒看過的比賽。可是，我知道——」小鼻小嘴小眼睛，瞳光霍亮。

「什麼？」脫口而問。

「我知道，爸爸很痛苦。」魔法師揭開謎底，一把寒鐵鍛鑄的劍直搗心窩。

也許，那是他痛苦的開始。

在那之前呢？

後來，他放棄了，喔不！應該說，在關鍵戰役棄賽，原因在於：他不想再孤身一人面對？妳知道他跑去做什麼？

……我知道，痛苦很難放下，而那場比賽，他放棄得很痛快。

刺穿心壁，也凍傷肺腑；異刃遇血急熔，沿血管神經縱火，融入器官皮肉，沾黏骨髓細胞，將艷紅靈魂燒成黑色岩漿。

紅樹林站。窗外只有黑魔法，不見紅色小精靈。

「爸爸……不苦，只是有時候很痛。」時間的煎熬，讓苦，也煉成了笑。

「痛苦指數？」孩子的口鼻擠成一枚問號，「爸爸，痛苦指數也可以從一算到十？」

「不！世上苦難太多了。」父親拚命搖頭，「我們需要痛苦止數。」

「可是，我不舒服的時候，媽媽會摸我的頭，揉我的肩，在我手心寫數字。」孩子瞇瞇眼笑了。

我會問寶貝，現在感覺怎麼樣？三？五？九？還是十？

數字療法？

我不知道。我就是用這種方法轉移他的疼痛。雖然他只學到個位數，但他爸爸說：「我們都是個體，降生為人，老天也只賜我們十根手指頭。」

「我……」父親不知如何阻止孩子。

「媽媽問我，等不到爸爸對我說電影，有多痛苦？」父親傻眼。「我回答：十分。如果那部電影是一齣傷心故事？」父親結舌。「十分。蟬鳴的時候爸爸、媽媽不在我身邊？」父親目眶泛紅。「十分。爸爸偷偷帶臭豆腐來給我聞香？」父親低頭。「十分。爸爸和媽媽為我的事爭吵？」父親吞下就要破喉而出的心跳。

「十分。爸爸你看，我認識的數字雖然不多，可是只要問我十個問題，我就可以得到小朋友都想要的一百分。」

見父親不說話，孩子輕扯大人的衣襬：「爸爸？」

「嗯？」父親用小指尖在孩子手背上寫字。

「其實，我比其他小朋友得到的分數更高。」眉開綻，眼溜轉，不像感傷。

「喔？」父親終於敢正眼看兒子。

「我有兩百分。」孩子比出不能收捲變化的三根禿指，「每一件事情，每一天心情，每一種感覺，都是兩百分。」

「啊！」懂。百分之二百了解。不明白的是，孩子為什麼會有這般體會？

「蟬鳴的時候，爸爸媽媽陪我，快樂十分；可是，我沒辦法說出心裡快樂，十分痛苦。」孩子搖身一變，活像個說書先生，用唯有父親聽得見的音頻，分說衷曲。

跟孩子肢體對話，感覺小寶貝最細微的反應，讓他十分開心；見孩子抽搐震顫而不明所以，或關門閉戶拒絕溝通，卻教他萬分沮喪。

他喜歡用指尖在孩子身上寫字？

現代版「畫ㄉ一ˋ教子」——不是荻草的荻，是ㄉ一ˋㄉ一ˊ的ㄉ一ˊ。別人看不見，不知道孩子知不知道他在寫什麼？

「每一次，爸爸趁媽媽和其他叔叔、阿姨不在，抱著我哭——嘿嘿！爸爸不知道我正在偷笑。」孩子扮了個鬼臉，「媽媽擠出笑臉對我說：『你會好起來，一定會好起來』時，可惜她……看不見也聽不到，我一直在哭。」

抽顫。父親的指尖敧斜凌亂，正楷變成狂草。

一分欣慰敵不過九分恐懼。二分快意擋不下八分傷心。三分天下——迷惘、沮喪、操慮分據天上地下，添嚇又如何？我們還有七日蟬的美麗。四分衛說，人生球場上，得分與失誤，六神無主，或六六大順，都逃不出六道輪迴的籠罩。寫一首五言長城，煉消五內俱焚，在五色撩亂、黑與白難以界分的時代。

從一寫到十，誰能圓滿？

「我很喜歡，又很怕看到爸爸難過的樣子。」孩子小聲說。

為什麼？父親很想問，但還是……不敢問。

空中傳來「終點站淡水」的聲音。列車減速，緩緩進站。天地沉默，觀音不語。

「爸爸的難過我都有感覺。那種感覺，會讓我好過，因為爸爸是為我難過。」孩子迷離的眼瞳，映著極遠處的迷濛水光：「可是，我害爸爸媽媽難受，使我自己更不好受；那是我的難過加上爸爸媽媽的難受……」

匯成一枚痛苦滾雪球，持續增生的難以承受？

快樂，可以分享？痛苦，難以分擔，只能加乘？

有難兄就有難弟。心有難關，口便難開。為難或難為，皆因難題。苦難和劫難，都很難測。難產誕下難子？子難就是母難？

「媽媽說，她還想教我加減乘除、分數和小數。我聽不懂，媽媽說，我雖離開她的身體，其實從未與她分開；因為，她是分母，我是分子。」孩子又變成埋頭演算的數學家，

「我喜歡當爸爸的小數，永遠跟在爸爸身後。」

孤單大數後面的循環小數，長不見底的列車，迢遙迴路的旅程。

車停，父親的思潮、情緒卻難平。

「還有，林爺爺也很難過，看他在球場外搶球就知道。我不知道是什麼加什麼，但好像比我們加起來的總和更多。」小嘴輕吐，受難名單上最後一個名字。

「嗯，因為他要面對生命中最難的一道關卡。」父親沒細聽孩子的話，邊措詞，邊想著自己也不確定的答案：「過去過不去，未來從未來……啊！爸爸也不知道……」

車門開，乘客陸續下車，除了這對父子——他們身邊的父女也低頭離開了，以及將輪椅推至車門口又止步的黑衣男子——那人昂首，遠眺波光粼粼出海口，嘴裡念念有詞，細碎模糊，好像在說：準備好了？要離開了嗎？

「是終點站嗎？」孩子問。

「是啊！這一站是淡水信義線的端點，但爸爸不知道是誰的終點。」

「我們要下車嗎？」孩子追問。

寶貝，你想下車？去哪裡呢？淡水老街？漁人碼頭？小白宮？紅毛城？還是，乘「輻」浮於海，放於浪，形如骸，無盡汪洋中兩具無名屍？

你想去哪裡？爸爸能夠帶你去哪裡？咦？這兩句話是出自我口？父親納悶著。

「爸爸！爸爸！」孩子搖櫓般搖晃父親手臂：「你在想什麼？」

海風的鹹味。夜黑的況味。聞盡的冷味。初始的滋味。

寂靜車廂會不會有暈船的感覺？消失夕陽會不會浮出海面，幫神佛人鬼，換一口天地正氣？有人上車。愈來愈多人上車。車身輕顫似嬌喘，隨即，嘰嘰聲又響起，門扉閉掩，反向滑行——乘著夜色出航？

「哇！車子又開了，又開了。」喜出望外的稚聲。

「你看，有時候終點就是起點，只需換個方向。」父親吐出一口大氣，指著快速換景的窗外，「怎麼樣？想不想再坐一段？再往下一站？」

「好吔！有爸爸陪，去哪裡都好。」孩子一頭鑽進大人臂彎。

黑衣男子冷冷的目光又直射而來，這對怪異父子的言行引他側目？

父親想到「父子騎驢」的故事：一對父子牽著一頭驢進城。兩人都不騎，被路人批評很傻；爸爸騎，被罵不慈；兒子騎，被指不孝。兩人一起騎，被批評虐待動物。最後，父子倆只好合力扛驢子進城，變成驢子騎人。

父子不能共乘，不好單騎，又不願分離，怎麼做，才能解決怎麼做都不對的難題？

父親明白，那頭驢，叫作「時間」；騎驢的「騎」，是「活著」的暗喻。

我還在想，他會去哪裡？

小寶貝好像也不在。

有沒有可能，父子同行？

黑衣男子從褲子後口袋掏出手機，滑按，貼近臉頰，摀著嘴說：「快到了，我這就陪她過來了……」

豎耳，像竊賊聆聽保險箱轉動聲那樣收聽神祕訊息。只是，「竹圍站」，嘈亂廣播聲扞插而來。再來的話語，有些不清不楚。他只聽到另一番對話，像讀到跳頁文字：

他生命中無可圓補的缺憾。

上天入地叫作空間突破，往古來今堪稱未來救贖。他的PO文、日記、在社團網站發表的創作，都可看出他這一生的執念……

這一生？一股莫名恐慌淹漫心頭：我已走完一生？此時此刻，我在做什麼？對話聲忽大忽小，但他已認出那些聲音的主人，知道他們就在不遠處。空間突破？

「爸爸！爸爸！」孩子的叫喚聲，像迅速抽長的蔓刺，破牆而入：「你看！」河對岸的上方，火線竄飛，光點爆散，天空瞬間布滿花形、獸形和幾何形圖案。幾何。曾幾何時。曾幾何物。曾幾何事。瞬生瞬滅。

「煙火秀，有人稱為『花火祭』，通常用在慶祝場合。」父親腦海湧現一〇一大樓火光噴濺的燦景。

「慶祝什麼？」孩子轉身，跪在椅上，臉貼窗，眼巴巴望著流轉萬變的絢影。也許看不清細節，仍是被那強悍的美麗震撼。

慶生？好奇特的方式。

「國慶日啦，台灣光復紀念日啊，跨年煙火秀囉。」父親也轉頭，被突來異象吸引。

「跨年？」小傢伙的好奇被時間的磁鐵吸住。

「很久很久以前，時間城的城門，每年開關一次，人們相繼跨過那道門檻，叫作『跨年』。跨一次長一歲喔！」

孩子微偏頭，好像聽得不甚明白。

「還有一種傳說，年是一種猛獸，每到新年舊歲交際時，就會出來吃人。」

孩子猛抬頭，神情驚恐。

「不要怕，那不一定是真的。」父親輕按孩子肩膀，「人們不想被吃掉，就躲在家裡，或敲鑼打鼓放鞭炮，嚇跑年獸。等到第二天出門，見彼此平安，就互道恭喜；而躲過年獸這一關，稱作『過年』。」

花火消散，歸於寂靜。孩子姿勢不變，一眨不眨睖著清冷夜空，像凝望戀人背景的情痴。

「後來呀！在每年最後一天的深夜，人們歡聚在一起，倒數計秒，迎接新的一年。美國紐約的時代廣場、台北一〇一大樓、全世界重要的城市都會辦這種活動。」父親也瞇起眼睛，覷望跨河傲立的關渡大橋。台北—上海—香港，東京—雪梨—倫敦。不同的花樣，相似的氛圍；同步聯歡或次第倒數，在狹仄螢光幕裡分割時間，占據空間。

你們沒參加過跨年？

他也喜歡人擠人……

「你看淡水河和關渡大橋，像不像『跨越時間』的走秀？」父親不自覺點頭，好像很滿意自己的說法：「如果是在黃昏，太陽掉進大海前，千絲萬縷映照河面和橋柱，你會驚見時光暴走。有位老人家說，消逝的光陰就像眼前的流水，日日夜夜永不停歇。」

孩子忽然問：「爸爸，『時間旅行』是真的嗎？」

「逝者如斯」的線型結構被重力彎翹打亂。

「我們……」父親被這枚無理數難倒：「希望是真的。」

「為什麼不是真的？」孩子一臉不服氣。

「因為那是人類的夢想。」父親說，「所謂『夢想』，是指難以實現或還沒做到的構想。」

「還沒做到？爸爸怎麼知道沒有人做到？」孩子又問。

「有位很厲害的科學家，叫作史蒂芬・霍金。他說：時光旅行從未成功，之後也不會成功。最好的證據：我們到現在還沒有被來自未來的旅人侵略。」父親耐心解釋，「真有人發明時光機器，宇宙法則會改變，歷史也將改寫。」

生死能夠反轉？

「怎麼發明？用悠遊卡可以嗎？」孩子鐵了心，要打破砂鍋。

「用神遊卡還差不多，因為那是神的交通工具，比神話動物更神奇的機器。」父親覷著遠天忽閃的流光，「過去一百年，科學界想方設法要找出那個天器。很容易嗎？當然不容易。不過，愛因斯坦的狹義、廣義相對論，替人類找到巧門：超越、等於或接近光速，就有可能追上時間；還有一種抄捷徑的偷吃步，不走直線，而是利用宇宙中的重力彎翹，像穿越哆啦A夢的任意門，偷渡到幾百萬光年外的星球。聽不懂？你想知道怎麼彎？」

點頭。黑茫星空鑲著兩枚閃亮星子。

「我們已經坐了一整天捷運，回想看看，從淡水到新店，是不是要經過很多站？中間還要換車？」父親指著貼在車門旁的行駛路網圖，「如果把那張路網圖拿來摺紙船，先對摺，讓新店站的圈圈貼上淡水站的圈圈，你猜會怎樣？」

搖頭。但翻揚的嘴角像在盪鞦韆。

「車子剛離開淡水，一眨眼，變魔術。」父親彈指，發出啵地一響。「我們已經到新店。」

「哇！」孩子的瞳孔放大，眼黑就要疊合眼白。「宇宙中也有路網圖？那要用多大的紙？」

那要用多少張紙？摺成多少隻紙鶴？

飛向九天十界每一個角落。

「呵呵！宇宙之大，大到讓人無法想像。」父親被孩子的表情逗樂了，滔滔不絕發表大論：「有人用滄海一粟比喻地球和宇宙的關係。但科學家發現，我們所認識的宇宙，只是更大的滄海宇宙中的一顆粟粒。也有人說，人的一生，只是生命這條長河裡的一滴水珠。知道自己的渺小，反而擁有無窮盡的可能。比大更大的不止於大，比小更小的不一定是小，有句佛家語：『須彌納於芥子』……」

「芥子？怎麼又是那個芥子啦？」孩子甩頭抗議。

「一座大山要如何藏進芥子粒？有沒有一道方程式，神賜天授萬鬼爭奪的宇宙魔方，可以破解大小、遠近、高低、愛恨、生死等問題？」父親愈說愈亢奮：「當然，也包括時間、空間之謎。寶貝，我的寶貝，跨越那道天險，爸爸就能帶你去更遠的地方。」

什麼地方？你是說，上窮碧落下黃泉？

你們看，是石牌站，那人果然是要去榮總。

「石牌站」——在父親耳中，迴盪空中的廣播聲像天降神諭，異常宏亮。

列車減速，緩緩駛進高架鋪設的樓台。一陣冷冽、一股騷鬧氣息伴隨著熟蘋果的腐味，漫捲而來。父親突感暈眩，不明所以的戰慄，不自覺抓緊自動伸過來的小手。

有反應了？

嗯，不知他正在經歷什麼？

「爸爸……」孩子欲言又止，短禿的指根穩定貼著大人汗溼的掌心。

「嗯？」父親的注意力，如上鉤的魚，被拽引到推向車門前的輪椅——不是輪椅，是微微偏頭朝向他，若有似無的白色笑意。

黑壓壓的人群占滿月台。父親的眼角餘光，瞄到企盼、騷動、攝影機。列車頓停，車門開啟如水壩洩洪，瞬間湧入閃光、喧譁和連珠炮的提問：「請問是李先生嗎？令堂……」「你們為什麼用這種方式……？」「那是她的心願嗎？」

父親的直覺：她是在趕車，沿網絡，繞祕徑，不斷轉乘，試圖轉換。

他想到在淡水下車的那對父女，黯淡的背景，沉重的腳步，踱向哪一種未來？

牽緊孩子的手，起身，聽見快要被聲浪淹沒的尖細分貝：「爸爸，我們要下車？」「也許是上車。」拉著孩子前行。「咦？聽不懂。」遲疑，拖滯，後退。

「也許是趕上故事的末班車。」父親的神情，像追查真相到底的偵探。

車門口水泄不通，十幾朵怒放的麥克風在搶灘，急著收聽第一手內容。警察和救護員在人潮中開道，接下輪椅，簇擁著，推湧著，前往殘障電梯的方向。記者群緊追在後，用人牆和音波，將黑衣男團團圍住：「請問令堂是什麼樣的人？」「她的義舉，會讓很多人感謝她。」「我們可以幫你們錄個專輯嗎？」「李先生，可不可以請問……？」

嘰嘰聲響起，光陰炸彈轟爆意想防線、感官壕溝。月台邊閃動的警示燈串成丹色溪流，千絲萬縷微血管，在空中形成暗赭光紋，一種赤色流動。世界變成紅花池，銀藍車廂的黑色背影拖曳而去；另一側列車進站，熠熠光罩，像銀色衝浪手，像長針飆過時間的沼面，劃出無盡暗幽的一線裂縫。

不可思議啊，竟有人用這種方式走完最後一程。

今晚的奇聞異事不只這一樁。

天下父母心。幫孩子慶生，再誇張也不為過；只是，帶著孩子去……

高架車站下方的石牌路，紅光閃動，是警車和救護車的聯合救援行動？

一滴痛子掉進深淵，將我們共有的心靈流域，浸染成玫瑰花紋珊瑚紅。

一個不斷轉動的車輪，將以永不停息的等速運動，轉進永恆，也盪向虛空。

父親瞠著眼，目送老婦人幽寂的背影。那兩圈金屬輪子，進入電梯，悠然迴轉，面對驚愕的他。銀色光環綻出淡金意象，一朵徐徐開展的地湧金蓮。又像風火輪，驚鴻一瞥，隨即捲走人潮、喧鬧和話題。不遠處的榮總，將是那艘「渡輪」的泊岸？黑海中的白色燈塔？

老婦人嘴角紋動，似笑，似吻，滿布斑紋的臉上刻畫石榴紅、乾草黃和一種冷冬無色的寂寞——她，一定有過花火燦焱的愛欲青春。女人頷首，喔不！是電梯下降，墜落霧灰茫白不知處。

深吸一口氣，九天十界的人氣、妖氛，大台北過半的氧氣，上百萬人的鼻息——羼雜苦杏仁去而不化的氣味、熟蘋果的腐香，同時通過肺腑。他漸漸明白：旅行，是一種履行，卻不一定是在足跡所至之地；而歸途，哀榮淒清，喜悅或悲寞，是分辨不清的歧路。可還是不明白，車軌、人跡和神蹟之間，如何迤繞？怎麼糾纏？

雙腳忽軟，天旋地轉，四肢百骸在虛空中幻浮。他像一具氣化上升的人形，瞥見另一個下墜的自己……這就是荒謬人生中解不開的虛數？兒子的小手，是羈留孤舟的繩纜，將他牢牢繫在現實的堤岸。

在台大醫院站，依依不捨的老先生摸摸孩子的頭，又比比耳朵：「仔細聽！有人在說：心裡心，天外天；生通死，死猶生。」

「爸爸。」細若游絲的氣聲。

「嗯？」重如沉船的嘆息。

「我們要去哪裡？」

章末

「你聞到了嗎？」

「對他而言，那是最刻骨銘心的氣味吧？不過，捷運又出事了。」

「捷運，快要變成劫運了。」

「誰說的？捷運是在兩個明亮之間的黑暗移動。」

「不是他，會是誰呢？他還說……」

「這種心理，要對孩子說嗎？」

「這種情形，好像愈來愈常見。那一年的靜坐抗議活動，我親眼看見他『發作』……」

「當時的情形？」

「潮紅，深紫，枯黃，烏青……最後整個人發黑。他還自嘲有一天可以仙人指路，點石成金。」

「他眼中的世界，早就和我們不一樣。或者說，那是我們無法想像的地方。」

「他們會去哪裡？」

「你們看！又放煙火了。聽說是在八里河岸，有位爸爸……」

「光點代表希望。他說，神會帶領我們，前往希望之地。真想讓他看這一幕。他從什麼都不信，變成什麼都願相信。也從什麼都知道，變成一無所知。」

「就像孩子一樣？」

「他曾經是孩子，可能現在還是，但這名小孩從來沒有童年。」

「是沒有童年？離不開童年？還是，不能沒有童年？」

「有了孩子後，他才驚覺『沒有童年』的可怕。」

「孩子呢？反過來想，擁有這樣的父親，孩子是什麼感覺？」

「啊！地震。你感覺到了嗎？」

「嗯，每一次提到爸爸的……都會這樣，是巧合嗎？」

「他說，我們的世界，不但有外太空，也有內太空；內外之間，有個類似奇異點的連結，就像車廂與車廂間的通道……就像，難產時的母子連體。」

「我知道，那生死一線的難熬。別的女人可以安心坐月子，妳卻在傷心絕望中度過生不如死的一個月。」

「嗯，別人請喝滿月酒；對我們而言，滿月就是天長地久。」

「心已豁然，只是辨不清時空分際、生死界線。」

「不記得去過哪裡，不知道身處何方，就是白過。」

「老先生說：『心裡心，天外天』……」

「他說，台北盆地是佛掌，托起城市生活，也在冥冥間交織我們的命運：膠著、流轉，興旺與崩解。」

「迷途於世，迷惘在心，迷亂於情；迷離於……睜眼張口豎耳鼻嗅膚觸的瞬間。」

「忘不了老火車時代的風情和風雨。直到現在，他喜歡淡水線，卻有些畏懼木柵線。」

「為什麼？」

「淡水線的前身是北淡線鐵路，和他的學生記憶有關。還有，車廂不同：高運量的淡水線車廂節節相通，中運量木柵線則是各自孤立，彼此隔絕。」

「不就像是人與人的關係？」

「像寶貝和世界的關係。他深信，孩子是神的傑作。」

「他，也是神的孩子。」

「但願如此。如今我們什麼也不敢想。就像老先生的離開……」

「那樣離開，沒有人會感到心滿意足。」

「那要怎麼離開？我們有選擇嗎？」

「啊！又地震了。餘波盪漾？」

「是強震。我懷疑是怪獸級的主震。」

「還記得九二一？」

「誰會忘記？鐵軌扭曲、電塔倒塌、山頭崩坍、大樓毀損……」

「他說，我們經驗過的每一個地震，只是某個遠古崩陷的餘波；或者，即將降臨，毀滅性強震的前戲。」

「如果又適逢人禍？」

「禍福相倚？不！他說，是禍輻相倚。」

「他在怕什麼？他向來天不怕地不怕。」

「有了孩子後，他說自己變了一個人。不！應該說不再是一個人……」

「有人擔心前因，有人操慮後果；有人被過去羈絆，有人對未來惶恐。他……唉！瞻前顧後，又遭當下陰影攔腰一斬。像一役白頭的總教練，眼睜睜看著一敗塗地的賽事：先發一局爆，中繼連環爆，後援投手呢，提著汽油桶上場救火……」

「你們怎麼教孩子？」

「他說，不用教，寶貝是異世界的主宰，就讓他活在沒有歲月流動的宇宙。」

「這一夜太短。暗影，卻曳長得讓永恆膽寒。」

「我要說，絕不放棄。」

「不論是練球、靜坐或遊行，不只一次，他在烈日下昏厥。」

「看他投球，你會覺得世上沒有過不去的難關。如果意志和毅力能決定一切，該有多好！但他說過，那也不好。」

「為什麼？」
「因為，你永遠搞不清楚，花花世界主持人，或主宰我們的人，叫作願念？還是怨念？」
「也許，那是他痛苦的開始。」
「在那之前呢？」
「後來，他放棄了，喔不！應該說，在關鍵戰役棄賽，原因在於：他不想再孤身一人面對？妳知道他跑去做什麼？」
「為了同鄉同病的小孩……我知道，痛苦很難放下，而那場比賽，他放棄得很痛快。」
「你們小孩痛苦時……？」
「我會問寶貝，現在感覺怎麼樣？三？五？九？還是十？」
「數字療法？」
「我不知道。我就是用這種方法轉移他的疼痛。雖然他只學到個位數，但他爸爸說：『我們都是個體，降生為人，老天也只賜我們十根手指頭。』」
「跟孩子肢體對話，感覺小寶貝最細微的反應，讓他十分開心；見孩子抽搐震顫而不明所以，或關門閉戶拒絕溝通，卻教他萬分沮喪。」
「他喜歡用指尖在孩子身上寫字？」

「現代版『晝ㄉㄧˊ教子』——不是荻草的荻，是ㄉㄧˇㄉㄧˊ的ㄉㄧˊ。別人看不見，不知道孩子知不知道他在寫什麼？」

「快樂，可以分享？痛苦，難以分擔，只能加乘？」

「我還在想，他會去哪裡？」

「小寶貝好像也不在。」

「有沒有可能，父子同行？還是，人各一方？」

「離開寶貝，會是他生命中無可圓補的缺憾。那次醒來，他……」

「上天入地叫作空間突破，往古來今堪稱未來救贖。他的PO文、日記、在社團網站發表的創作，都可看出他這一生的執念……」

「慶生？好奇特的方式。」

「你們沒參加過跨年？」

「他也喜歡人擠人……」

「生死能夠反轉？」

「那要用多少張紙？摺成多少隻紙鶴？」

「飛向九天十界每一個角落。」

「什麼地方？你是說，上窮碧落下黃泉？」

「你們看，是石牌站，那人果然是要去榮總。」

「有反應了？」

「嗯，不知他正在經歷什麼？」

「不可思議啊，帶著老媽媽的大體坐捷運，竟有人用這種方式走完最後一程。」

「今晚的奇聞異事不只這一樁。」

「天下父母心。幫孩子慶生，再誇張也不為過；只是，帶著孩子去跳海……唉！」

「一個不斷轉動的車輪，將以永不停息的等速運動，轉進永恆，也盪向虛空。」

第五章　我們的城市

章首　觸摸

雙掌探進恐怖箱，你希望摸到什麼？白馬非馬？情比石堅？一腳陷入流沙地，你害怕面對哪個？六禍滅頂？五感滅絕？

五感是比駟馬更難追越的生命華轂。登三界，凌九天，苦集滅道，轉乘流徙。聞香為導引，聽風來追隨；滋味是欲情轍痕，兩眼為前瞻軾木——拭目，以喜，以悲，以風雲萬變而眼不眨心不移的等待。你若想懷擁、掌控什麼，還得握有一項利器：爪子、蹄刺、羽翼、鱗片、毛髮……一層包覆全身的封膜，一雙纖細或粗繭的手。

握手為交際起點。牽手是感情許諾。投手必得熟諳投打心理，打手不見得摸透打臉藝術。額手就能稱慶？歌手最怕割喉。作手興風造浪，妙手換日偷天，巧手翻雲覆雨；高手呢？移山填海？喔不！他把填海移山之事弄得像反掌折枝。失手像在睡夢中莫名截肢，得手有如洞房時得到神助。拿手若是玩不出好戲，形同搬石頭砸腳；手到先生想得到情來小姐？你不但要到位，還得準點，人與人間的恰到好處最難拿捏。

擒拿，掐捏，壓揉，搓撫。光滑，粗糙，溫熱，寒冷。高興時手舞足蹈，氣急時扼腕跳腳。人與世界的「接觸」，始於觸覺；病床前的告別，終於撒手。手下留情是留給他人生機，也是收手的藝術。掌上明珠是明示自我生趣：瞧！仔細瞧！瑩光潤澤，滿室生輝，照亮你昏澹甚至頹喪自棄的人生。愛不釋手？但你終將修練放手的學分。

新手老爸如何見證愛子的誕生？看這段文字：「彷彿迷失在時間的洪荒，他，那位被你視為神燈巨人的他，伸拳踢腳，是恐懼滅頂？害怕離水？還是想一手撐起世界？」「世界太新，很多事物還沒有名字，要陳述得用手指去指。」魔幻寫實老手馬奎斯對新世界的指認。

我們這時代的母親，懂得重塑嬰兒的原鄉、舒適的仿子宮環境：襁褓、搖籃、懷抱……將剛出生的寶貝貼近心房，感應媽媽的體溫，傳遞彼此的心跳；不想讓孩子以為，離開母體海洋，就淪為漂泊無依的浪子。

肢連，指觸，唇舌糾纏，耳鬢廝磨。戀人間的肢體語言，也是觸摸文化中最緊密而閃耀的化學反應。有人說，盲人的十指長眼，兩耳敏銳如雷達。聽障者或可成為香水師甚至音樂家；失去味覺的人嘗不出鹹淡，但還能擁有其他感官。沒有觸覺呢？會怎麼樣？

失明彷彿關窗，失聽有如閉戶；欠缺味覺和嗅覺，從此過著乏味人生。但觸覺是無所不在渾然整體的知覺系統，少了她，形同囚禁隔離箱，世界離你遠去，雞犬不聞，老死也不相往來。你的三界天——表皮、真皮和皮下組織，因而絕斷，不再聯合行動。軸突岔散，脈衝密碼變成亂碼；那些呈分枝狀、螺旋形的神經末梢大軍崩解潰敗，分不清「愛」與「撫」的優美和弦。

震顫，梅納司小腳[3]在皮下彈簧床跳躍；衝撞，帕奇尼小體[4]在關節迴轉道飆技。進入人體探險，你會驚見小宇宙裡的科幻場景：黏膜大地上，布滿細微或隱藏的孔竅，汗腺、動靜脈和淋巴管纏錯，如大都會的地下水道。上方，鱗片或鱗苞狀的結締組織，構成驚奇鬧動的生命之旅：當尖刺或痛擊來臨，雷霆從天而降，強大壓力引發衝動，形成光瀑電流，竄燒含羞草般的神經草原。有時，綠野跳現仙蹤，飛碟般的感受體帶來異樣刺激；從深層冒出的柱狀體，宛如摩天大樓，標誌生命奇蹟。當我們遭受火炙、燙傷或熱情亢奮時忽感秋涼，那是溫度感應器，燈塔般的圓柱體，一閃一爍，發射過激或麻痺訊息。

屢見不鮮是視覺麻痺，充耳不聞是聽覺失靈；食不知味或味同嚼蠟，是味蕾不再芭蕾，或心有旁鶩導致舌頭罷工。觸覺呢？鈍感、皮厚、神經大條和麻木不仁呢？大抵和反應較慢或滿不在乎有關。

有過拔牙經驗的人難免心存餘悸：牙醫為你注射麻醉劑後，你的頰顎緊縮、唇舌發麻，下巴像危樓地板那樣崩落——但你仍有感覺，只是轉了向：痛變成痠（如果牙鋸鋸斷齒根直入牙齦，還是會有痛感，對折大優待的痛），冰水嘗起來是燙的，唯有滿嘴血腥味和心頭恐懼感不向藥力屈服。

其實，人體內也有天然麻醉劑：面對重大災難或極端疼痛時，自動分泌的腦啡能夠緩和我們的痛覺與心神。神經末梢也預留了竭盡缺口：癢！好癢！超級癢？放心！你的平衡機制會適應搔癢、奇癢、蚊蟲癢。什麼？手癢、技癢、七年之癢？喔！那是心理和欲望的問題，掛遍門診和急診，你望聞問切「心靈觸診」的療方。

幸好，再怎麼自戀或珍愛自我的人，也不能完全「體會」自身王國邊境偏鄉每一回的騷動或異樣，否則，我們的觸角就會永遠籠罩在知覺冰風暴，直到癱瘓虛脫，像龍捲風肆虐後的家園。

多愁，善感，過敏……乃至於通靈，在某種意義上，是沉重的飛翔，也是輕盈的匍匐。有人為軟枝黃蟬痴狂，有人因微風拂面而發瘋。

詩人的巧手，從事心智的勞作，不意引發靈魂的狂風大作；畫家的顏料，構築有觸感的視覺——如果他畫「痛點」，觀者你突感心頭一刺，宛如被沸水濺到。街頭藝術家、魔術師表演自殘秀——針插、電擊、割傷、刺破之類的，當場「痛暈」的人，不是表演者，而是觀眾。

有人說，身體是電功率轉送器，把一種能量轉變為另種能量；也是捷運轉乘站，將

3 上皮、真皮間，微小呈蛋形的神經被囊。

4 關節、深層組織、生殖器和乳腺附近，司壓力感覺的神經末梢。

痛苦端點的分子轉送療傷小站，從憂傷藍線轉往平和綠線或快樂紅線。天上地下，各種電磁波、超音波、腦波、熱感應、紫外線匯成洋流，沖刷我們的肉身，引起莫名悸動，也可能渾然無感，大多數不知不覺——或許，孤「漏」寡聞才是王道。我們的生命，多半是在模糊的安適中度過；幡然醒悟或午夜夢迴，是逆著舊痛攀岩；不能超越，便要墮入深淵。好奇，追究，大悲大喜或極地冒險，只是多餘精力在作祟；驚豔或戰慄，怕是睪固酮、雌激素在搞怪。

弱水三千，只取一瓢飲。我們的人生是一口倒數計時器，滴瀝碎響，秒秒分分傳來簡訊：時光有限，你不想緊擁家人、護守戀人？是啊！蜉蝣你我，泅游，只有一滴海的汪洋，一朵水花的花園。

我們的城市

忽然之間，他們就在那兒，手扣手，不知該前進？還是後退？像錯過最後一班車呆立月台的背包客。

或者相反，是「那兒」逼近眉睫：整個世界像一支閱兵部隊，肅立眼前，軍容壯盛，無邊無際，無聲無影，沒有動作卻也不像靜止。

再細看，沒有色彩，彷彿是默片裡的黑白城市。

彷彿有什麼，正悄然爬過理智的籬笆、心情的陷阱和視覺的藩界，棲息內裡，他或兒子的脈搏、心跳、躁亂的內分泌或程式。

「爸爸，這裡是哪裡？」孩子搖晃兩人的連肢，卻帶給父親暈船的異覺。

「你認爲是哪裡？」街巷縱橫，大樓林立，明明是生活數十載的城市，父親覺得，自己是棲息河底眺望岸上風景的魚，死瞠著眼，看一方永遠進不去的世界。隔著一層水幕、幾道波光，那裡的一草一木，又像是回憶中的事物，遙遠而模糊。

他夢見過孩子的世界。

他想像中的孩子世界？孩子眼中我們的世界？

「不知道！我又看不清楚，是爸爸想來的地方吧。」車頭鳴響，船身顫動，孩子牽引父親前行。

一動，像是啓動了骨牌機關。腳下的柏油路面，波浪般上下起伏；眼前的櫛次鱗比，忽然綻裂、傾頽，崩潰碎散，摧枯拉朽現在進行式。

一座宏偉、華麗的都城，在彈指間覆滅？

父親張大口，說不出話來。這個看似熟悉卻又陌生的世界，發生了什麼事？

沙塵漫天，石礫濺飛，嗆得他幾乎不能呼吸——他清楚感覺到沙粒像蝗蟲大軍竄入鼻腔沿壁搜刮就要將他解體消融的鼓脹感，趕緊停步，低頭彎腰，大口吐氣，又從摀緊口鼻的指縫間吸氣。

「爸爸。」孩子的禿指在大人掌心點畫，這回，輪到兒子向父親傳遞密碼。

「嗯？」父親不懂。對孩子的「指」示不懂。對當下炭筆速寫般的異變不解。對虛實際線的難解難分感到茫然。對身處幻境卻有著刻骨知覺惶恐。

蹲下身，撿起一枚碎石，握緊，粗刺的觸感讓他無從否認眼前「現實」，又想起夢中經驗：離開故鄉頭幾年，不斷夢回老家——不是成長過程中日漸破敗的半穴居，是縮在母親懷中，感受幸福微光的家。是啊！矮几、木門、竹編的眠床、新接的電燈泡，族人進進出出，撫摸、擁抱襁褓中的嬰兒。那是一幕超越一己視角、兼具多重觀點的奇異畫面。夢中的他，感受到每一雙手的粗礪、每一道目光的溫暖，同時又逸出自身，旁觀那個咿咿啞啞的嬰孩自我。他想閉眼享受早已荒冷的溫情，又忍不住睜眼逡巡小木屋裡的一景、一物、牆上塗鴉——是的，他按壓內心衝撞，指腹沿木紋前進，觸摸一個又一個蛀孔。那些清晰得足以割傷手指的色塊線條，譜畫凌亂的幼年；當他意識到自己早已離開童懵又捨不得退出夢境，一轉念，已被那「觸」目的斑駁痛醒。

抬眼，望向虛無縹緲的前路，被坍崩震成曲線的大道，除了亂石崩雲，便是劫灰。他想：如果這也是夢，他會希望漫步遍地開花的黑森林、冰珠兜落的雪原、風刀撲面的絕頂，或者，紫月低掛、鎏金鑲天，連電腦繪圖也描摹不出的幻美天堂。他牽著孩子迤行，一小步一小步，躡足前進，生怕踩碎紅葉、驚擾地縛靈，或嚇跑天堂鳥。孩子瞠大眼，吃乾抹盡五光十色；張大口，連番瑰豔化不出一句問號，只能吃驚。戀情的美味在口腔化開，帶著果凍的冷甜；耳內隱隱有鸝雀鳴叫，草尖上的露珠，在腳掌趾縫間撓癢。異香撩鼻，辨不清是媽媽味？情人味？引幽微星火竄升成焰，這不踏實的幸福或能將他救出虛無。

縮身，蹲伏，不語。眼神呆滯。彷彿這是道乾涸的礫石河床，他是苦尋樂土的浪人，駐足傾聽隱藏的水語；遠方清流款擺，隱約可見魚群的曼妙身影？或斷成轟沛瀑布，夜以繼日發出低吼？若能登高眺望郊土，無盡焦土微光閃爍，恍若繁華的遺跡、時流的殘痕。

「爸爸……」孩子又出聲了，小指撩過大人的手汗。

「啊！」大夢初醒的愕然。

粗線條天空，無輪廓大地；像是鉛筆素描、筆畫歪斜的世界。

艾略特筆下的荒原？

小朋友的想像？

他擔心，那不是想像。

父親呆望著兒子，並肩的兩人之間，似乎隔著奇崛天險，他朝對面山谷喚嚷：「你說什麼？」

孩子貼靠父親臂膀，大聲說：「爸爸不想待在這裡？」

「這裡是哪裡？」輪到父親發問了。如果可以，他想帶孩子逛四平街商圈、饒河街夜市，坐在濱江街草地看飛機起落，登一〇一樓頂俯覽繁華生滅；甚至，沿仰德大道仰攻時光之城。

「我怎麼知道？我又沒有去過哪裡，我哪裡也不能去，爸爸又不是不知道。」

我們所恐懼的那種未來？

父親凝視孩子的臉龐：小眼，疏眉，皺縮的唇，鬆垂的耳——像棚架上乾癟的絲瓜，塌鼻——鼻孔是兩口外翻的黑煤井。沒有變，既沒有長出天使翅膀，也沒有冒生惡魔犄角，一如過去十年，在病榻旁所見的一切。輕吐一口氣，眼角瞥到一抹冷光，殘垣石堆中「○○大樓」的碩大金字，映著灰濛空氣中微弱的光線，釋放就要消殞的色澤。撐著孩子的肩膀，緩緩起身，正前方的天空，懸著一輪酷似下水道鐵蓋的銅色落日——啊！傾圮的大樓，斷裂的馬路，荒煙的城市，昏暗的天空。

小惡魔電影裡的末日景象。

想像世界。未來時空。夢境邊緣。膠卷天地。當下、掌中、腳底、心裡的一滴浮沫、一點冰晶。

懷疑置身何處沒有任何好處，沒有任何事情值得懷疑，沒有任何地方可以容身，不論你活在水滴、泡沫或廣袤千里的「現在」。

他只須，也只想知道，手心傳來的體溫叫作熱切，孩子的殘狀碎形也是完美。

不但有手溫，還有熱氣，孩子的小嘴幾乎吻上父親的耳朵：「而且，爸爸又不是沒來過，你忘記了？」

「是嗎？」父親抿唇笑了，彷彿口裡含著一顆辣橄欖。其實呢，他正在咀嚼「來過」的衍生或歧裂：來是未來，過是過去？是未來也是過去？從未來回到過去？未來與過去的交會？過了未來，哪裡能去？

「視界決定識界，適界形成嗜界？」上回瀕危歸來，宛如經歷一場極地冒險，他奮筆寫下的文字。

妳會放棄？

妳想放棄？

我不知道。好像在打一場……

沒有勝算的戰爭？

搶救未來大作戰。

未來在哪裡？

「也許，走過這一遭，爸爸就什麼也不記得了。」父親說。

「連我也不記得？」小嘴噘起，像吃不到小蟲嗷嗷哀鳴的雛喙。

有一天，孩子問起過往，那對他而言不見任何意義的殘破宇宙。回憶比乾縮的胡桃更小，他是囚禁在胡桃核裡的亡靈。

有一天，淡漠造訪荒漠，那對任何人而言，皆是難以承受的遼闊。如果寂寞拒絕沉默，他會是拴鍊在精神病院、滔滔不絕的哲學家。

有一天，強光，只有一瞬的強光照亮黑暗，巨焰沿地平線竄燒，火舌吞噬世界的輪廓。水線、雪線和森林中的截線扭曲變形，萬物銷毀。

有一天，失落撿到遺落，小溪、河流和汪洋都將展臂迎接洗雨。縱使希望掉落、人性震落、災劫雹落，他以爲，生命流轉只是一幕繽紛錯落。

自在墜落。

「爸爸，你又在發呆，你還沒有回答我呢！」

世界棄你而去?不!舉目有親，而且是僅此一人。父親又笑了:「你會記得爸爸?」

孩子猛點頭:「當然會!我的身邊只有爸爸和媽媽，怎麼不記得?有時候，你們還沒進房，我就知道是誰來了。」

「如果爸爸變成一隻怪獸呢?你認得出來?」爸爸摸摸孩子的橘皮臉，彷彿在輕撫世上最曜奇的珍珠。

他其實明白，「認得」不等於「記得」，但都是得意之事。得子如此，此生值得了。

「認得。」不假思索的回答:「爸爸就算是變成一隻蟬，躲在樹上叫了一聲，我也可以從一千種蟬聲中認出爸爸。」

「喔!哈哈哈!」父親搗嘴，隨即捧腹大笑。

「其實，在爸爸還沒變成爸爸前，我就已經認得爸爸了。」

「喔?你什麼時候見過爸爸?」

好奇是一枚問鉤，探得夠深，便足以打撈回憶沉船。

「你自己看。」

朝天一指，一道流星劃空而過，像點燃的引線，像飛越大牆小白球。眼下景物倏忽翻變：轟隆錯動聲再響，已成廢墟的樓體、道路向下淪陷，捲進地底。飛沙的路面漩出一口黑窟窿，鋼筋、水泥、金屬和柏油攪和混湧，像飢餓的獸嘴，吞噬一切。與此同時，一幕綠草、紅土、狂風沙的球場，從煙塵，從視角的側翼、空氣的內面翻出，像雙重曝光。一眨眼，父親和孩子已來到幾乎不復記憶的賽事。

全國高中棒球聯賽四強戰，一個酷暑、熱情、地轉天旋的下午。他，瘦稜稜彷彿禁不起風吹卻是酷愛雨打的他，用再見全壘打將球隊送進冠軍戰。那是一頁傳奇，一枚枯葉，在墜落的盤旋中忽然揚升，像鵬鳥振翼，乘風飛翔，展現不服輸的頑抗意志。

揮棒，奔馳，接傳。吆喝，吶喊，笑鬧。兩校學生、追星而來的他校女生，各自組成不成隊形的啦啦隊，搞笑，怪腔怪調，隨興演出，彼此叫陣，或娛樂隊友。「嘻鬥嘻鬥紅不讓」、「三振他呀三振他」。而他，鎮守中外野，專注，執拗，奮力撲接每一顆想要親吻草地的飛球；不動時像頭石獅，踞守世間大門，不讓流星過境。

多年後的他和兒子，就站在「他」的背後──時空裂縫中的唯一支點，目擊咬牙苦撐的悸動：那一年，他以為自己不能參加同學邀集的跨年活動；那一年，他的身體像活動頻繁的地震帶，病發頻率飆到新高。那一年，「同瘡會」成員只剩他一人。那一年，更深人靜，拎著球具獨自在操場熬練，每一道豁命投出的白光，擲向黑牆，綻出緋櫻色球軌。若逢雨夜冷冬，紅瞳凜冽，赤手捕風，孑然一身宛如浸透血霧，嘴角一抹晶瑩朱痕。他是一夕敗光家產的賭客，一心一意，傾盡所有，然後倒落塵埃。

那晚，隊友們興奮失眠摩拳擦掌等待決戰，他接到一通告別電話，不告而別，離開冠軍戰、慶功宴（亞軍已是歷來最佳戰績），以及寄託了生命靈魂的棒球。

多年後的他，瞠目遙望宇宙另一端的「他」：最後一局下半，二出局，一壘有人，落後一分。搖搖晃晃站上打擊區——他還記得瀕臨暈厥的晃搖感，左手握右手，右掌箍左拳；而意志，握緊身體和視線，對準來球，轟天一擊。喔，等等，不要急著結束比賽。「他」其實眼巴巴看著兩記速球通過好球帶，想揮棒，竟比抓住流星許願還難。冷汗淌溼全身，沿額頭、太陽穴、眉睫串落，像直下屋簷的雨瀑。世界變成泥渦水漩。不容眨眼，看清楚：陽光的曲墜變化，風、沙、時間小腳和二縫線直球的進壘角度；不許遲疑，不可誤判，絕不退縮。「他」是風雲棋盤上最後一名卒子，足跡凌亂猶想匡正大局，喔不！是星球爆滅時最後一道閃光。

沙飛石走，只剩下一座球場。

後來，記者將半空中的「他」救回地面，問：「擊出反敗為勝全壘打，你有什麼感想？」

紅著臉，搖頭縮背，笑看滿場風沙與歡鬧，收不回三魂七魄。

「我想搶在世界末日前，將最後一枚種子送出地球。」這一頭的他喃喃回答。出棒剎那，或者說，莫名引力驅使他爆發最後能量的微妙一瞬，「他」感應到地平線那端，直透而來的堅定光芒——期盼他驚天一棒的目光，等待他奮力翻轉的凝視，像神來，如天助，凝固沙石，凍結時空——萬物靜止。那直撲眉睫的星體停步空中，兀自打旋，像滾雪球，收捲漫天碎瓣、微塵、夸克子……大千紅塵盡現眼底，天堂就在一瞥；像水晶體，映照生機與神蹟，寰宇無窮，生滅造化，無垠時光中的九死流離。

偶開天眼？自在觀照？他不懂。至少，年輕的「他」不懂，直到此刻還是不解。聖杯高懸聖堂；天機隱於眾生百相的肌理，和機外。機遇是緣，慟悲是源，渾然是圓，渾噩孽罪是原；球棒敲擊球心，是同心圓。當白色星球孕熟，撼震三界如升空火箭，「他」本能一擊，或者說，球棒指揮「他」的雙臂，旋轉「他」的腰身，親吻古往今來最甜蜜的瘢點，像發射訊號彈，將驚奇送往天外……

妳看見了？

我親眼目睹，他生命中最神奇的一刻。

而妳是快樂大結局中最開心的小女孩？

「他」，顫巍巍、氣吁吁，小碎步繞場一圈的「他」，被隊友高高拋起的「他」，在他眼中，非關英雄，就只是個奔過大街小巷、沿門挨戶高喊「號外」的小報童。雖然，門傾梁折，世界已朽，無人回應。

多年後的他，像隻驚蟄的蟲子，乍見迴圈、暗面、記憶死角和閃過時空褶縫的天雷：年輕人經過一壘時，忽抬頭，視線像套馬索，朝他拋擲而來。他感到手心一熱，是兒子箍緊的力道；那年輕人神情一愣，腳步一頓，險些顛躓跌倒。他知道，那個「他」看的不是他，是誰呢？怎麼想不起來？他恨自己，恨不得倒吊自己，倒掛苦澀青春裡的漏網回憶；沙一般的細節，倒流時間漏斗，淘盡榮耀，擣空傷悲。他從漩流深處撈起一張臉，憂戚瞪視五官模糊的童顏；或者說，一道晃浮影子，幼不成形，弱不禁風，掛在球場外緣的鐵絲網，像鯉魚飄，卻帶給他巨魔神的震懾力量。他看不清楚，也沒工夫細瞧；繞過二壘時，年輕人的視線掃過三壘後方，一群又叫又跳的女生，振臂飛吻，高喊他的名。羞赧低頭，腳步踩亂壘線，舛厄命運，歧錯未來壓彎了背脊。年輕人錯過了第一次接觸，四目交會也好，電光石火也行，一見鍾情的故事，像長效型散瞳劑，讓人畏光，眼前事宛如蒙上一層濾鏡，美麗的邂逅推遲到多年後的大球場觀眾席。而這廂的他，遙望客串歌舞秀——那群雀躍女孩中最讓他悸動的紫紅身影：跳躍，勁舞，自然散發的女性氣息，不曾見過的年輕的臉，合湊成動心駭目的青春圖像。

聚散離合不在表面，有時，最痛苦的別離，萌生於親密裂縫；有時，最甜蜜的交會，竟是在，只是在，人的眼界、心跡到不了的地方。

其實，妳看到的他雖然只有十八歲，身體衰敗的程度，已經像個中老年人了。

也許，他的靈魂更老。

按怎講？

老到可以蹲在任何一個時空角落，靜靜看我。

那一天，他沒有看見妳？

沒有。

有！我終於看見妳，隔著二十年的逆時鏡。他激動得想要前行，代替另個「他」繞圈，想多看一眼，再看一眼，清清楚楚的一眼；也許從此不見——他是真的沒把握還能看到她，或遭到遺忘，在所不惜。孩子勾著父親臂腕，阻止他的躁進，伸手一指，左外野全壘打牆後方，賽後延長賽正開打：一群小孩和一名中年人追搶那記驚鴻般的全壘打球。他愣住。心一凜，背一冷。不是因爲看清什麼，事實上，他什麼也不想看，而是清清楚楚感應到某個他不想知道的謎底。中年人一身華麗得近乎庸痞的銀色西裝，穿尖頭黑皮鞋（這身打扮不去吃喜酒，跑來球場做什？）動作笨拙，但心思靈敏：右手推倒一名小胖子，左腳絆倒速度最快的小黑個子，又用鞋尖將摸到球毛的小女孩踢得哇哇叫。那球是蜻蜓，點畫不輕停；點亮每個人的瞳火，也點染大小孩、小小孩的汗珠和淚水。球在空中彈，在地上竄，在欲望、渴望、盼望間浮滾，沒有一隻夢想的小手抓得牢。撥打。攔截。衝撞。翻滾。孩子「看」得眼笑眉開，嘴裡咿喔有聲；他看得手心冒汗：中年人的衣角被扯破，鞋跟折斷，落在一邊；整個人縮成一隻穿山甲，死抱著戰利品。包圍那人的小朋友苦無下手機會，只好悻悻然散開，小胖子好像趁亂踢了那人腰腹一腳。再站起身，膝蓋好像已不能打直。十指握球，雙臂抬高，抬到神奇手法、不擇手段都搆不著的高度，像名無畏的戰士，無視於周遭的冷眼和噓聲。

「哪有大人這樣和小孩搶球？要不要臉呀？」以及，嗆罵。

中年人翩翩轉身，笑得齜牙咧嘴。又像是緊握暗號，準備對遠方的他，投來超越光速的一球。

「哪！送給你，麥克林登全壘打紀念球。」在棒球場，老先生向兒子獻寶——兒子？哪一位兒子？誰憐誰子？

看清楚了，他想閉眼，卻慢了半拍。中年人瘦巴巴的身軀，活像他的前身；中年人蒼白而深刻見骨的五官，在時間妙手的魔術下，與現在——瀕臨「中年」大限——的他神似。是的，那張臉，幼時渴慕卻無緣一晤的面容，他以爲一輩子見不到的絕情象徵，在不可能的時刻，現身，不可思議的球場。

聚散離合非關時間。有時，邂逅是曾經滄海的重逢；而重逢，竟是無心錯過的初遇。他與她，與那中年人，甚至自己。

當年的他，現在的他，或者說，一直以來的他，從不孤獨。那記全壘打不只是驚天動地的傳奇，也是神鬼莫測的團聚：五度空間四人照面雙重視角超廣角攝影也難以盡窺的三代同堂。因爲孩子，他遇見「他」，他遇見她遇見「他」，而「他」不知有她。他遇見「他」，「他」也預見了一直以來欲見的中年人，卻渾然無覺；而那位如他一般急慌癲亂的中年人，也不知有他。他幾乎遇見一切，豫見、鬱見和不欲見的，不能一刀切。因爲孩子。

孩子，他和死神拔河的那根繩子。

「爸爸。」

「嗯？」

「那個人就是林爺爺吧？」

「是啊！年輕二十歲，還沒有成爲林爺爺的林爺爺。」

那人一瘸一瘸離開現場，銀灰色背影，比掠過頭頂隨即消逝的雁影更沉重。

「我們要去找他嗎？」

「不！我們不能。」一聲消跡匿，見或不見。

「爲什麼？」

「他還不認識我們。」

孩子，因爲有你，我們終於、首度或重新認識彼此。這交錯線路，和你目不能視的人生，相遇了嗎？

「我們可以等，爸爸。」孩子不放棄：「等到他認識我們。」

「爸爸不知道他是如何找到我們，也不知道怎麼找他。」父親單膝跪地，輕擁著寶貝：「尋找是一門艱深的藝術，比快速指叉球的擊球點還難抓。當我們不想找某人，那人就在眼前，等到驚覺不在，我們……已找不到他。」

「爸爸不知道林爺爺是怎麼找到你？」這個「你」，當然是指當年的「他」。

老先生也在場？

是啊！他來找我時，讓我既感動又驚愕。老實說，那天還有誰在場？誰不在場……

「不知道。爸爸和林爺爺間，有一百條岔路，沒有直達車。」父親茫然搖頭。

後來妳號召一票女同學，自製字板、海報、加油棒，去看冠軍戰，當他的專人啦啦隊？

可惜他缺席了。

後來不又「重逢」了？這就不算是錯過。

他說，人一生的錯過，可能比過錯還多。

「B叔叔說，再複雜的迷宮，也有出口，雖然只有一個。」孩子邊說邊點頭，彷彿對這番說詞很滿意。

父親明白，那是採訪線上的天條、記者的執著。

「有位醫生說，生與死之間，有一百種可能。」父親又握緊孩子的手，彷彿撲捉夏夜裡的螢火蟲。「爸爸認爲，『可能』就是從這座山峰到對面山頭的途徑：山路、石階、吊橋、纜繩……或者高空走索。有人一世坦途，有人三代崎嶇；也有人……寸步難行，只求，三生有『倖』。路線不同，方法不同，就會走出不一樣的人生。」

「一百個房間。」孩子突然插話：「爸爸，我算過，我們那裡剛好是一百個房間。」

一百種狀態。一百樣面貌。層演嬗變。不盡流轉。

四周的空間，也開始轉動：風沙倏止，形廓變換，球場碎解淡消，如皇陵逝煙；平地起高牆、造大屋，層立迭起，嵌扣櫛連，森然羅列，像惡靈越界？喔不！是瓊樓玉宇破土而出，一座城市瞬間誕生。

方框。矩陣。菱角。圓環。多邊形關係。流線形糾繞。不規則生活。木屋，鋅板，三角牆。圓錐屋頂，望樓，風向標。半現代半古典，加上半未來。所有齒輪都在咬牙硬撐城市的運作。那些下水道、承霤口與楨桿，都加裝了夢思流蘇、幻情綴邊和異想吊飾。

「那就有一百扇房門囉？」旋轉停止，千門萬戶林立：木門、銅門、鐵門、拱頂雕花門、水門、石門、沙門、朱門、寒門、奇門、巧門、偏門、旁門、法門、竅門、象牙門、牛角門、旋轉門、羅生門、凱旋門、病房門、手術室厚重如鐵壁銅牆的銀色鋼門……門戶之見，宮牆畢現，活像俄羅斯方塊的世界。每一扇門都有一枚鎖孔，門後，有什麼？

「爸爸想打開哪一扇門？」孩子興致勃勃，像是在玩戳洞尋寶的遊戲。

父親牽著孩子，走到正前方的白色木門前，另隻手轉開喇叭鎖——

昏暗的房間，灰白的牆壁、床褥和人形。形將銷，骨已毀；是吊影，也是詞根，或者說，一種攣手緊握的辭別。

一位枯瘦大男孩，一名乾萎小男生。

他最不願錯過什麼？

兒子的成長？

為別人，緊握不放；對自己，兩手空空。

按怎講？

你們也知道，當年的他，為了一名素未謀面的鄉童，放棄關鍵戰役和自己的棒球人生。

嗯，這件事，他一直不肯說明，到底是怎麼一回事？

天地滯靜，一夜無言，沉濁僵凝的空氣裡，隱隱流竄啜泣聲。大男孩的手，輕覆小男生快要併不攏的指掌；視線像鉚釘，緊盯，入定，龜裂小臉上每一絲抽動變化持續潰碎終至寂無的絕滅過程。

小男孩的父母，坐在床的另一側。低頭，落寞，不落淚，像枯坐庭園等待花開的老人，像即將起義的死士，安靜度過最後的時光。

醫護人員進進出出，拍撫大男孩抽搐的肩膀，輕聲細語安慰那對父母：「他很勇敢，撐了這麼久。而且，終於等到偶像哥哥來看他。」「是啊！看他投球，就能夠鼓舞小傑的求生意志——如果真能親眼目睹的話。我是說，小傑只能看報紙、相片或聽別人談他打棒球。」

那男孩叫小傑，同村小孩，和他一樣是輻射受害兒，離鄉背井來到台北求醫。

同病相憐？

他說是同病相連。

就在那一晚？

就在那一晚……

啊！

門外，他的目光像星光，向宇宙最荒冷的角落，傳遞殞滅信息。

孩子偏頭睨著父親，許久許久，突然問：「爸爸，他的病和我一樣？」

「有些相似，又很不一樣。不過，那時的他，年齡和你相同。」

病床上的小手不停抽顫，試圖反握大手；大男孩嘴裡窸窣有聲，像斷落的水滴，模糊不成詞。

祝禱？祈福？

「爸爸在說什麼？」孩子伸長脖子，像蝸牛爬出蝸牛殼。

「那男孩的父母一直向我道謝，感謝我來看他，而我悄悄對他說……」

「什麼？」

「謝謝你……」

「不懂。」孩子搖頭。

「爸爸也不懂。但爸爸曾以爲自己懂。」父親吐出一口大氣，像是滌清五蘊、淨化七竅，分說佛偈、天諭和神話：「我擊出全壘打的瞬間，愣了一下，差點忘記跑壘。爲什麼呢？順著球飛的方向，我瞥見鐵絲網外，一名小孩的身影。很模糊——那麼遠怎麼看得清楚？很驚訝——那麼多人爲什麼獨獨看見他？一種陌生又熟悉的撞擊，心口猶如炸彈引爆，鼻腔、耳道、大腦溝迴盡是轟響，險些承受不住，當場暈倒。」

「爸爸現在懂了？」小手縮成小拳頭，躲進父親的大掌，像小白球回到捕手手套。

重臨當年賽事，這對父子，牽手，並肩，卻是各自擷取努力回溯或捕風捉影的部分；而回憶與想像，是幻虛之境、大海中的孤島，也只能兀自想像或回憶，無從證實。

父親蹲下身子，和孩子面對面，凝視那雙幾乎看不出眼神變化的烏瞳，像守著黑暗狹道等候夜蝠出擊：「情況有些複雜，爸爸只能釐清不懂或弄錯的部分。真相是什麼？已經不重要。」

「喔？」惡龍浮出水面，張孔噴氣，引頸豎耳。

「當時的我，以爲是那男生溜出醫院來看比賽，因爲他不只一次來信，好想看哥哥打球。跑回本壘時，我想想不對，以他的身體情況……不久前，醫生特別吩咐要抽空去看他，怎可能來到球場？那天晚上，我接到他父母的來電，說他想見我一面——第一也是最後一面——我們眼前的畫面，而我，我，唉！不顧一切趕過來陪他。說也奇怪，當時我才十八歲，怎麼老覺得死掉的小男生，是我的小孩？」

他是怎麼認識那小孩？雖然出身背景相似，但來到台北，親如同鄉也變成汪洋中的小水泡。

同病相連同瘡會。

喔，我知道，輻射受害兒組織的小團體……

那些年，他一直是各大醫院的流浪病患。和其他孩子一樣，抱著希望，流離奔波，等待幻滅……

最後一名戰士？

也可能是先驅者。

「爸爸的小孩不會死。」孩子低頭，嘟噥著，聲音細微而巨大、滑忽且清晰，像糾纏耳畔一整夜的蚊鳴。

「當然不會！」一把抱起孩子，本想讓小傢伙跨坐後頸，感覺上卻像……攏起一襟枯葉。父親只好雙手伸進孩子腋下，懸在半空：「你是爸爸的希望、媽媽的希望，也許會成爲全世界的希望喔！」

門對岸，長夜漫漫，白日炎炎。那對父母不吃不喝，大男孩不休不眠，小男生瞠著眼，虛弱的手終於握成拳。只是，在某些關頭，時間，就是快速竄燒的引線。

第二天下午，球隊落敗的同時，病童也悄然離世，緊箍不放的小手鉤，像一枚頑固的棒球。

他，還是大男孩的他，神情一繃，五官岔裂，像電椅上的刑犯，在激焰中乍見冰華，然後低頭對小男生說：「謝謝你來看我，在我見你最後一面之前，你的靈魂，見證了我最後一場比賽。」

他，現在的他回想當年的他的想法：那神來一擊，不！應該說魂來一擊，是執念兌現狂熱的庇佑，彼此護守與回向。人的意志，是洞穿阻隔的力量；而力量，從來不只是一個人的意志。在球場，在人生，讓我們咬牙握拳、攜手並肩的動力是什麼？

生命，有沒有可能反敗為勝？

至少，在那一刻，還不是父親的他，所見所聞所感，只能作如是觀。

他常常用「如有神助」形容自己處境。不過，那個「如」的意思……

「我懂了，爸爸以為那個男生幫助爸爸轟出全壘打。」孩子笑了，澀中透苦，一種不屬於兒童的笑：「現在，爸爸還是這麼認為？」

「在棒球場看你變出那顆球，爸爸就知道自己錯了，錯得離譜。」父親放下感覺不到重量的兒子：「有些事情，也許爸爸永遠想不通、看不清；譬如說，魔術，是心魔？還是幻術？或者，冥冥之中，爸爸按照自己的意思，『看見』想見的樣子。有位詩人說：『我們真心喜愛的自己模樣，就是他人眼中的形象。』」

人的意志，是穿透阻隔的魔方；而魔方，從來不是人能夠了解的意志。

時間還早，世界猶新；道途尚未開通，點線就要成面、交織成網。人與人、與自己的連結，只欠時光柏油來鋪路。

年輕的他，絕料不到自己會有孩子，也無法想像，擁有子嗣後的自我模樣，以及在他人眼中的形象。

驀地，傷心大男孩變枯、變老，憔悴面容宛如長滿節瘤的樹幹，暴增皺紋像魚群穿梭的水影；病床上的屍身也開始收縮、變小，縮成一球畸胎、一核乾死的種子、一座環墟，像揉皺的紙團、手術檯上的腫瘤——留種？流失？那肉球退回生命最微末的初點、一枚顯微鏡下寂生寂滅的細菌，猶自翻轉掙動，尋找迷宮出口、那愈來愈窄的旋繞。愈來愈老的男人乾縮凹陷，化爲沙塵化成灰……

啊！父親驚叫一聲，拽著孩子的手，逃離那觸目碎心的床邊故事。

病房門關上。一轉身，父子倆面臨另一扇門——不停轉動的旋轉門。

鋼架，銀框，玻璃門面，黑色轉軸。沒有門把，無人進出，這盪向永恆的空轉，如何推敲叩問？

每次進出醫院，走過長長的廊道，他看著一扇接一扇相似的門框，掛著不一樣的字牌：一般內科、神經科、骨科、腫瘤科……就有一股衝動……

什麼？

打開門，走出去。

應該是走進去吧？

我懂，那些字樣及其代表的意義，他並不陌生，甚至是病歷表上的一行行紀錄，都意味著生死門關。每一道門，都通往內在，一個接一個痛苦的經歷。

不！他以為，打開門，就會看到、去到不一樣的世界。兩座對望的鏡子，就會形成層疊擴映、綿延無盡的宇宙；你在這端，遙望層出鏡牆裡的不窮自我，像水滴結成水鏈、串成溪流。

四扇玻璃呢？形同四面照鏡，正反向背，斜側邊角，曲突繞旋；流光閃爍，繁殖萬千。像運轉不息的六道輪迴，交錯史詩，暗伏天書，詞語難以完篇，故事訴說不盡。

顧視。左眄右睞，前瞻後顧，驚心一瞥，倉皇回眸。他看到什麼？

童年背影，少年側身，青年眉眼，當下容顏，像剪影——或者該說，錯縫亂織的四面臉相、三頭六臂的拼布娃娃；也似時空之窗上的雕花、櫥窗裡褪去衣裝裸現蒼白的模特兒人形，一種澹寂枯守——喔不！影子在哭，塑像在笑，每一張臉都在動：烈日下揮汗馳騁的自己。傲立峰頂揮灑極速的自己。街頭衝撞拒馬盾牌的自己。穿梭病房形容枯槁的自己。奔出醫院喘哮瘋狂的自己。那名自己，守在床邊輕撫男嬰（體溫是冷的）。挽著女友逛遍大街小巷的自己。牽著孩子尋訪十界九天的自己。坐在某扇窗前靜待日升月落的自己。另個自己，守在床邊親吻幼兒（肌膚是皺的）。躺在病床夢見月落日升的自己。站在老家門前巴望父親歸來的自己，茫然面海，不動聲色的童顏，窩藏整面汪洋的洶湧與鹹澀。這位自己，守著孩子聆聽蟬鳴（叫聲是雪的）；娓娓訴說的故事，一葉孵一念，一唧吐一禪，邇來四萬八千歲，樹上一瞬三千機，三世禪機一聲問，三千蟬聲問一生。

色寂，是空？

空極，是色。

有時差，無順序；異己諸我紛至沓來，也是並時萌發。

他要怎麼看？琺瑯花園的落英飄絮？

文字與思維，受限於邏輯因果。縱使一目了然，就算定睛凝視，也理不出那轟然亂碼而又晶瑩分明的畢現。所有事物、情節、時景齊聚叢生，歧出纏錯，各自接續相互輝映彼此滲透，如鑽石的閃爍切面。切片，如果切下諸時異空，抹片檢查，這世界的病源在哪裡？不在傷心處，而是善根、惡端皆迷途的迷宮：紊亂不堪的階梯逐步而下，一拐彎，變成拾級而上；通向地心的螺旋，竟從天空背面踅回。賜下疫疾的瘟神已死，臨終前，忘了給人類解藥。接受現實的人信什麼？不信什麼？選擇什麼都信的同時，什麼都不幸？沒有人相信宇宙會在瞬間夾縫的永恆崩毀，沒有人能用殘磚碎瓦蓋起輝煌的城市，或塵世，供人信奉。沒有誰能夠成爲誰。渴望成爲名流、政要、富豪、神人……終不可得，有時連自己都不是。我們把身體當寵物養，用食物餵養、感官刺激飼養、欲望豢養，經常忘記，靈魂也住在裡面……

在萬籟俱寂的極境，聆聽，萬籟聚集。

在萬里狂沙的荒漠，乍聞，萬年千秋，一場滅絕戰爭的錯動馬蹄、史詩韻腳。

混亂思緒像鑼鼓喧天的廟會、萬頭攢動的跨年廣場，像萬魔騷鬧的鬼樓。噪音、雜訊穿耳而過，透體竄流，辨不清哪些旁白充斥耳內，哪些畫面浮貼肉眼，哪些詞語繁殖暴增，野火燎原。轉速加快，門扉急旋如風吹書頁，幼年他、童年他、少年他、青年他……竟似駢肩合體，合成連環動畫，合演一齣無所不在卻是無關緊要的無可如何。

人之將亡，眼前會閃現蒙太奇般的過往畫面、快轉播放的一生剪輯？他不確定。無所不包竟似無有子虛的無極幻境？不，子須，吾有。有，手上一塊肉，可能是牲口，可以是子嗣。鏡廊深處跫音隱隱，熱感應掃描出紅色人形。寶貝兒子的手依舊繫緊他的手。指腹熱感傳遞不曾消褪的體溫，指尖行動——指名、指定或指向——勾動形體輪廓，觸摸對象本質。摸象。觀音。聽天。吃重。看著兒子，聆聽童語，嗅聞寶貝，懷擁心頭肉，就是他的全部。

不停旋轉的門，象徵時間對流？凝固？轉瞬即逝的光，代表空間膨脹？僵止？

當我無處可去，就變成，你，無迹可循。

孩子呢？如何看待眼前……不能一語道出一聆聞盡的一切？孩子看見他的五感所見？

低頭，旋轉頓停，但暈眩不止；或者說，門不動，變成四周空間三百六十度繞轉，宛如強震後的連綿餘震，更像是坐上快轉摩天輪。

「爸爸，你在看什麼？」彷彿沉眠了好幾個世紀，孩子幽幽轉醒，怯怯出聲。

坐在窗前靜觀日升月落。

他在等什麼？

孩子出生後，他一直在等孩子出聲。

叫他一聲爸爸？

叫什麼都好。像個嬰兒，會吵會鬧會啼會哭就好。

寶貝從不出聲？

只要咿啞張口，就會……

怎麼樣？地動山搖？

滿室蟬聲。

他知道，孩子一直都在。不論他正經歷什麼？曾遭遇哪樁？孩子始終與他同在。不免又想，斯情斯景真是我的迴光返照？不對！光影迴旋，照臨去返；那些畫面……好像也在重複：循環互生，煙消再現。悲傷招募喜悅，鬱挫結盟困鬥；化成飛灰猶未落定，輾轉三界不得其門，但沒有一處是絕境。

視角也有出入：不只是他的角度，還有他人眼中的光景。鏡頭兜轉，低頭親吻孩子的他，映現妻的瞳池，像蜷擁抽搐的穿山甲。昏迷在床的額臉，被床邊人影覆蓋，鏡頭推移——啊！竟是林老先生衰邁身骨，日夜佇守，直到他醒來前一秒，倉皇離去。當他豁命街頭，追求不屬於自己的未來，從未留意：攝影機裡的喋血背影、過度渲染的嗜血報導，以及記者小B的單眼相機中，被群眾推倒踐踏、險些粉身碎骨的骷髏模型。

目瞪。口呆。見他是他。見他不是他。他是何人？何人識他？不疑有他。捨此無他。

他是紅塵大千一片拼圖、繽紛碎瓣的黑數、難題險關的疑點，也可能是，末日浩劫的環眼，寡親寥友心目中的神祇——神奇，神的期盼，神龍行經人間的棋步，或歧路。

鏡頭拉高，瞧！地面人群如崇動螻蟻，聚散分合，輻輳推擠；有目標，無定向，牟利欲，尋情愛，求慰安。貼黏，啃齧，爭食，傷害。角色不斷更換，周而復始；行凶者忽成受害人，犯罪人卻非受刑者。分不清彼此，混淆了人我。這近神的視野，居高臨下——喔不！是忽上忽下高空跳躍，空間斷裂，時間傾斜，億萬幅快樂情景、腥殘畫面出現同一場景，活像一部無標點不分段卷帙浩繁文字沙數章節錯植而且一再重演的全史。所有場面又凝縮於同一地點，或者，地獄。而地呢，不分大漠、荒原、樂土、異鄉和極地，繼續崩陷內縮，廣袤凝成虛點，萬象皈依空無……

孩子出生前呢？他在等什麼？

等孩子出生，對他而言，噩夢兌現。

「爸爸！爸爸！」揪心一喚。一聲問蟬。纏問一生。

「爸爸被點穴了嗎？到底在看什麼啦？」窩心一刺。

那枚黑點，或者說黑子，一瞬靜滯，隨即震顫驚爆，迸出星火、星光、星塵、星體，甚至一整渦星雲。書頁翻掀，鏡像嬗變。殞滅、新生交閃，繁華、衰敗輪替；愛孽糾結，因果連體。宇宙輪盤上的骰子，滾到上帝找不到的角落。

瞠眼，覷賧，無垠星空中，一枚寂航夸克子。

「爸爸在看……鏡像神經元。」故意拋出專業術語，等待接傳球般的問句，讓他重回「父親」的感覺。

「什麼？」孩子的回傳，帶著不解的怒氣。

鏡頭急墜，像回航太空梭衝破大氣層，直落九天風雲、蒼茫暮色，下臨混沌人間——虛實不分？

如果時間和空間是不容分割的存在，那麼，內在和外在的區別在哪裡？我和孩子在哪裡？樹上蟬鳴、遠天灰雲和眼前光影的界線是什麼？

洞庭月。瀟湘雨。雁門關。巫峽雲。聖母峰。大峽谷。黃石公園。萬里長城。淡水夕照。玉山日出。羅浮宮。黃鶴樓。金字塔。五角廈。巴黎左岸。廣島原爆。尼加拉瀑布。金門大橋。

鏡裡乾坤。奇岩地景。迷霧巒脈。怪石古堡。玫瑰莊園。他看到傷心水壩每一滴眼淚，鹹澀滋味不在唇間舌下，而在鼻腔、喉咽、狂濤巨浪的腦海，以及乾旱得種不出愛苗的心田。目睹無情荒漠每一粒塵埃，風霜撲面，粗刺鯁癢，徒惹思緒的塵蟎。映照西窗最後一抹紺色，將回憶封印在永恆的黃昏。投射暗巷的斑駁陰影，流連打轉，封鎖匆匆去來的鞋聲。蛛網間的晨露，晶瑩而驚瑩，封埋昨夜春雨和殺戮。地圖上的絲路，迤邐且宜旅，鏈結商隊、烽火與流放，是千年歷史的封條。

「一『元』復始，一種神祕力量，比『芝麻開門』更炫更酷的開啓，你可以稱之爲『感同身受』。」

父親偏頭，想避開風嘯亂耳、沙飛遮眼，卻發覺正視側睨、張瞳閉目，那不盡流轉始終歷歷在目、粒粒在觸。

熱氣球。冰雪屋。黑森林。深海溝。經緯線。飛機雲。晴時雪。北極光。

久無人煙庭院深處，一隻螞蟻，顫顫攀爬佝僂老榕的欷欷氣鬚；凋落泥塗花瓣褶縫，一縷暗香，偷襲孤單老人的初戀銘憶。街上人們摀住傷口說笑，張著笑嘴喊痛；池底鯉影，擺尾洄游，錦衣瘡痍；或凝止不動，瞠視從天而降的鷹爪。

傾頹。崩裂。喧騰。靜謐。光暗慕影。影偷接光。

「嗯，我知。」小手一伸，鵲起鵲落，寒鴉驚飛。「媽媽常說，好想感受我的痛苦，也想我能感覺她的感受。」

「媽媽知不知道，她說的每一句話，你都聽見了？」

「我說的話，媽媽聽不見。」孩子搖頭，搖了又搖，像逃避阿嬤餵食的小孩：「爸爸說的話，我也不懂。」

以太。芥子。莫比烏斯帶。雷雨胞。木星環。大爆炸。脈衝軸突。神經元。

「呃……那玩意兒啊，是一面大得不能更大同時小得難以再小的鏡子，存檔我們腦中，一群可以反映外在世界的特別細胞，使我們能夠理解他人、感覺世界、彼此溝通，進而學習模仿。鸚鵡學人說話，就是一例。」父親用小指輕叩孩子囟門：「你在戲院看電影，看得目不轉睛、心迷神醉，爸爸看得魂不附體，叫作『感同』；爲之傷悲歡樂、恐懼興奮，恍如自身體驗，就是『身受』。」

「爸爸爲什麼魂不附體？」孩子抬頭，凝視大人雙眼，宛若攬鏡自照。

靈體出竅？神遊八荒？

「大開眼界啊！好像坐熱氣球環遊世界，踩鋼索跨越大峽谷，搭太空船穿行蟲洞，沿微血管流觴泛舟。五感六識、三心二意輪番上場仍不夠用。所以呢，靈魂蚯蚓鑽出現實土縫，那廂留一手，這頭湊一腳，鎮守一方絕豔窮奇——宇宙右外野。」

孩子眼瞳，閃現焱焱花火。

「這趟旅程哪！寶貝，因爲你，爸爸走到前所未至——爸爸沒去過，登山高手、探險專家也難以想像——的世界，喔！該說識界、嗜界、結界、租界。嗯，我們身體是租屋，七情六欲是借貸；而且呀！這一路上，不必帶相機、滑手機，我們的心，就是錄像機，就是……灰體紙面上不斷變換、有聲有色的繽紛動畫，比雪花屋、水晶球更玲瓏的天地、更極致的景點。」

他常引用一句話。

什麼？

瞧！哈姆雷特蹺著腿說：「啊！上帝，即使困在堅果殼裡，我仍以為自己是無限空間的國王。」

「可是，媽媽說我是關在屋裡的小孩。」孩子又嘟起小口蓋——一口非方不圓，宛如人形孔鐵蓋。蓋子下方撞聲隆隆、震動頻頻，有什麼要闖出來？

「媽媽說對了嗎？」

惡靈地。神祕島。月光森林。貝殼塚。

父親遙想面海的童年，一眼茫藍，不盡汪洋；自己是無垠沙灘的一粒沙，被風吹散，遭浪捲走，沉埋水底，遺落溝澗，化入虛空。

空間。空監。空無一人孤獨黑獄；或者，只囚他一人，全世界無罪開釋。

海面是水牢，大氣是氣罩，山巒築高牆，蒼穹是琉璃瓦頂的封界。五顏六色是光柵，鳥囀鷹翔是移監；狂濤暴雨警鈴大作，碧海青天恍若放風。白晝是畫布上自由幻影，暗夜在禁閉室摸黑自白。造舟充當逃亡工具，潮汐規畫流放路線，痴嗔怨駭收押拒見，飛魚越獄而出……

時間是獄卒。歲月消逝，是酷刑。

誰來探監？

搖頭。孩子說出一段匪夷所思的話：「媽媽用她的想法保護我，我用我的方法保護……媽媽。」

「喔！」淡然回應，父親沒聽出孩子的弦外急轉音。

「爸爸怎麼想？爸爸第一眼見到我，就知道是我，不是嗎？」

「第一眼見到你，爸爸看出寶貝是一隻熟睡的蛹，總有一天醒來，變成美麗蝴蝶，翩翩飛到爸爸眼前。」

他忽然想起自己說過的一句話，啞然失笑的笑話：寶貝好像被點穴了。

「後來呢？」孩子撩撥父親衣袖。

「你所說的『第一眼』？哈！不論是蝴蝶或蛹，寶貝就是寶貝。」父親捧起孩子小手，唇尖輕啄掌心：「後來呀！每一回看你，爸爸見到……」

話語一頓，話尾忽甩，父親神魂又開始遠颺：深海靜航的潛艇。噴焰待發的火箭，就要飛離地表，丟下兩個紅色引號，像丟棄包袱和皮囊。

一枚混沌不明超新星。一渦難探究竟不見底止急漩流。螺旋上升雷雨胞。一種沒有形式也無限制奔放能量。宇宙背景輻射。

全身僵不能動亦不願死百足之蟲。

豬籠草內的祟動。蛛網陣中的寂守。

集中營裡枯癟的囚犯，奄奄一息，等待救援。

蠟像館內瞠眼的人形，在暗無天日角落，偷偷練習呼吸。

地穴深處小草，瞞過黑夜，閃跳微秒、毫秒間的幽暗罅縫，羞怯探頭。

歇斯底里無理數，衝撞方程式、積分牆，攀越大數、極數，反寫天地不容的異數。
達文西手臂擒拿畸瘤，但抓不住激流與羈留。
刺蝟尖銳而脆弱。穿山甲只剩硬皮、嫩肉和軟骨；剖開的膛、破綻的腹，找不到大膽或小心，唯有窸窸窣窣的恐懼。
脫不了殼的金蟬。解不完羅裳的木乃伊。黃雀已杳，瞪著後視鏡發呆的螳螂。俄羅斯娃娃的憂傷外層、悲戚內裡。
古墓現奇賓，不爲盜寶，非關封埋，長眠半衰期，一盹，便是千載咒願。
諸神的魔子。惡靈的神棍——毀天滅地燃料棒。
永不出家門和自己的宅神。
大雪原的玫瑰種子。冰河紀的冷凍精子。枯水期的哭泣魚卵。
乾涸井底的蛙鳴，嘓嘓自語，敲擊迴盪，竟與木魚橐橐擦肩。
不盡深淵的呼喚，響徹時空，億兆光年後，仍在等待回聲。
迷路藏寶圖。私藏珠寶的沉船。私生掠影的浮光。
浮屠有夢，翻唱世音、萬籟與梵唄？
沉鳶待雪，爐煮黎白、冰焱或冷光？
他說，孩子像……絕世高手，被八大門派、天下人圍攻，點穴封印，鎖進深山、惡水或古墓，遭時間遺忘。

絕世？與世隔絕古墓奇兵？

孩子不吭聲，隨父親發怵而發愣。照說，他要發問：「後來呢？後來怎樣了？」後來是什麼？光河晶碎？微分時點？敘事發語詞。引頸企盼的望石。延續劇情的彎道。不論先來後到、後發先至，後知是懵然初識，後覺屬千帆過盡的乍喜。喜悅何妨延後？快樂是痛苦的後嗣。後設往往推翻前情。後果能夠顛倒前因？如果久候是稍後延長線，後續如何？那些後人、後世、後時代，便似黑霧遠天直撲而來的蝗蟲過境。

後來，不分何時、哪處，爸爸看到什麼都是你；只要一想到你，彷彿正看著你。

「爸爸……」孩子似乎聽見父親心聲：「以後你看著我，會不會想起我？」

「想起你什麼？」父親好像不解孩子心思。

「帶我去旅行。」小朋友揚臂低呼，像登山隊插旗攻頂。

旅行，是一種履行。你呱呱落……喔！爸爸捨不得讓你落地，用藍色印泥在嬰兒手冊上留下你的足跡——辨不清是釆形指爪，但無可否認，那是來到地球的證據。一月能開眼？二月頻回眸？三月與我對焦，瞳神依舊飄忽不定——爸爸想像中的視覺初旅。七坐八爬九長牙，過程太瑣碎，你一概跳過。週歲那天，我想帶你去散步——爸爸的大肚路，你當然不會走，必須撐著爸爸臂掌當拐杖；只要一步，便是乾坤挪移，四時忽變，冰融的天降下皚熱的雪。三歲怎麼樣？要不要去爬山？爸爸盼你三歲而立，逃出平面牢籠，變身彈上躍下蜘蛛猴。只是，你可比迅猛龍？爬上我的椅，登上我的腿，攀岩上肩，一手掃過心事重重的下巴，還想直搗爸爸的靈魂？七年之養，七年之氣，七日蟬編綴二千五百枚閃亮，每一天都是紀錄刷新、奇蹟再現，你讓自己活出一尊莊嚴法相、玻璃娃娃。你應該上小學，肩背給書包壓彎，手腳不小心就碰碎，眉眼鼻耳遭同學嘲笑——可老天連這點恥辱都吝於給你。十年生聚，十年聲聚，不忍離席的床邊故事，聲聲句句皆是啞劇。

如果可能，你們想帶孩子去哪裡？

父親彎下身，睖著兒子，臉上擠出不規則笑紋，輕聲說：「想要旅行？爸爸隨時帶你出發，想去哪兒就去哪兒，好不好？」

迪斯奈。動物園。糖果屋。遊樂場。

我不知道寶貝的想法，但明瞭他一定有想去的地方、想做的事情。也許，他只想吃完一整碗爸爸煮的麵；也許，他想縮進我懷中撒嬌。

也許，他有千言萬語想說，一直在尋找與你們溝通的方式。

像鋼鐵人？

鋼鐵人？那個動漫英雄？

是啊！金屬厚殼包覆的肉身，機動，強大，飛天遁地變異人種。外人窺不透究竟，但他並未與世隔絕，甚至可能拯救世界。

哈！我說小B兄，你的休閒活動只剩下超人打鬥和妖精打架？

我是說真的。那層硬殼，是他的堡壘，也是牢獄。

這麼說有幾分道理：他體內的核能，像鋼鐵人胸口的機械心臟——利用導彈中的金屬鈀元素和破銅爛鐵，做成小型方舟核反應爐——既是五感束縛衣，也是維生發電廠。

孩子點頭，搖頭，隨即又點頭：「爸爸，我哪裡也不想去了，我會待在爸爸帶我去過的地方，陪爸爸。」

啊！劃過天際燦爛一瞥，是流星許願？回憶重霾層層消散，翻出另面天空。想起來了！那場比賽最後一擊，搖搖晃晃的他絕望站上打擊區，抬頭，乍見他以為是飛機雲的白色弧線；視線盡頭，就是那張如星河遙隔又似近在眼前的童顏。神蹟？神祕預兆？他心想：神哪！請讓我集中畢生能量，創造奇蹟，我願付出任何代價。

神明保佑？接受祈願，與他達成祕密協議？他不知道。孩子一直都在，而他有時竟未與孩子同在，像虔誠卻盲目的信徒，渾然不覺神蹟。

也是爸爸的夢中小孩？

夢中小孩？什麼模樣？是寶貝嗎？

他認為是。但他不認為是夢境。

那是哪裡？

天知道。

「爸爸……」父親瞇覷著快要糾成問鉤的眼眉，歧亂的視線，行至水窮處，遭逢大霧。他說不出半句話。

如果站得夠高，眺得夠遠，他會看見阡陌縱橫、街巷棋錯、水流蜿蜒、峰谷綿延，以及長路盡頭，一對牽手同行父子身影。

握得夠緊，兩隻手結成魔術環、卍字形。2，完美自然數，偶數的起點，如何成形？人云：1加1等於2，他認爲，人與人的關係並非互加爲友或爲親，而是引力、情感、基因的相乘。2的平方根是無理數，開了根號的2，難容於世：標價、人口、分數、百分比、期望值……都找不到她的蹤跡，但只要和鏡像般的荒謬另我糾合，像孤單之人擁抱自己影子，就是絕配雙人行。

「爸爸想不想回去？」孩子偏頭，仰望父親，眼窩凹陷，神情釋然，散發詭異光采。父親注意到，孩子說「回去」，而非「回家」。

浪子終將返鄉？鮭魚不忘溯游。噩夢陸續回籠。

回去哪裡？

光迷離，色撩亂，神魂俱喪，形影破碎：人間風情翻轉重組，萬象花園變回廢墟地景。

怎麼又是廢墟？

他一直以爲，墟景只是虛景，一種夢徵、暗喻，假借未來，警示現在。

傾廈林立，危樓叢生，宛如墓碑。黑無塗銷一切，灰霾葬天。

他發現，被塗銷的不只是樓宇、景觀，還有風吹、草動、興衰流變。

如果空間在此受困，這裡就是八方終點？如果時間在此停步，此刻便是億載盡頭？

他訴說過夢中景象？

他的遊歷，一如經歷，愈來愈豔異。

豔遇？春夢？啊！事如春夢了無痕，夢如春逝無遺痕。

小B兄，你又想到哪裡去了？

色是活的，而香，猶似媽媽餵他的第一口粥，栩栩如生。

「爸爸，這裡爲什麼沒有人？」

「因爲，這裡……」父親只能順著直覺回答：「沒有人來過。」

「我們呢？爲什麼會來這裡？」孩子咬著嘴唇，不放過任何疑點。

「不是你要來嗎？不是？」見孩子搖頭，父親也失了主張：「因爲這是一趟時間旅行，只有爸爸和你，別人跟不上。」

「坐高鐵、飛機也跟不上？」不滿意的反詰。

「跟不上。」父親跟著搖頭。

「可是我沒有動，爸爸也沒動。」孩子舞動雙臂，兩腳卻如落地生根。

「你以爲你沒動，在他人眼中，我們動如閃電，快得看不見。」

父親還想說，只要速度夠快，什麼都有可能。有些人一見鍾情，有些人未曾謀面而頻率互通、靈魂相牽，像吻合度百分百的指紋辨識。

「夜市那些人看不見我們？」孩子眨眨眼。

「看不見。」搖頭。

「棒球場和捷運上的人？」孩子揚揚眉。

「看不見。」父親懷疑自己吃了搖頭丸。

「我們為什麼看得見他們？」借題一轉，直抵迷陣中樞。

「因為……」父親愣住，伸手，捧著一把冷空氣：「那些人是因為我們的想像或懷念而存在，也可能，我們是因為他們的想念而……活在這裡。」

孩子不語，父親繼續說：「寶貝，當你全心全意想一個人，就會看見他站在眼前。」

「嗯，媽媽和小B叔叔他們正在想念我們。」孩子點點頭：「所以……」

「怎麼樣？」

「我們就會活下去？」小眼睛滴溜轉。

活下去？子活？父活？一起活？活在各自的監獄？

刺破意志護罩的一問，一時間，崩坍又起，連綿焦土震盪不已，沙塵漫天。

父親摀著胸口，蹲下身，抱住孩子——對他而言，唯一真實的骨血肉身。

啊！又來了。這回震度特強。

希望不要傳出災情。

崩壞。快要總統大選了，這是崩毀的前奏。

我們常說時光飛逝，什麼也沒總統大選快，怎麼一眨眼又要選了？我聽到一種說法：選嫌與能……

真是這樣，他們不回來也好。

他們究竟去到哪裡？

「爸爸……」孩子好像不害怕，反摟父親：「爸爸說我們正在時間旅行。時間很快嗎？比我們更快？」

「快得看不見、摸不到。」父親苦笑：「時間是摸不著水滴的河流，看不清車輪的光車。」

「那我們是？」孩子兩手扠腰。

「水滴。載浮載沉，朝巨流匯聚、河口出海，往無垠汪洋盡頭後方的天堂瀑布前進。」父親站起身，聆聽，轟沸無聲。

「喔！也許我們和時間一樣快，他也摸不到、看不見我們。」孩子瞪大眼珠，活像死咬骨頭的餓犬。「而且啊！時間願意讓我們搭便車，對不對？爸爸！說不定，我們待在這裡，是因爲時間想念我們。」

是嗎？此刻的我們，被心靈藩籬包圍，變身水化石，自混沌初開以來，就靜止不動。時間的盡頭。他說，他最想去的地方。

「真是這樣……寶貝開心嗎？」試探的問句。

「開心！爸爸不是說過，我都已經開過膾、開過胃、開過屁屁，甚至開過腦，還有什麼不能開心？」

啊！父親發覺，孩子「進化」的速度，接近神的腳步：不過是一趟旅行，心思、用語、身體反應，已和過去十年他們護守的寶貝大不相同。彷彿彈指間，突觸動物蛻變成精靈神族。

再來呢？生命自有出路？命運怎麼鋪展？孩子真能開口，該有多好！他會不會和媽媽分享他「晦眼獨具」的所聞所見？要求我帶他實地旅遊？我做得到嗎？

記得有位父親，每年寒暑假帶念小學的兒子徒步旅行：北海岸、中横、南迴、花東縱谷、溪阿縱走……送給孩子的畢業禮物叫作「環島一周」。父子倆不刻意規畫路線，背著行囊、睡袋，走到哪裡玩到哪裡，看到什麼欣賞什麼。

還有個罹患罕病「心手症候群」的媽媽，一出生就缺少雙臂，過著以腳代手的生活。堅強長大，勇敢戀愛、結婚；生下因遺傳缺陷而同樣少手的兒子。雖傷痛欲絕，但她仍感謝上蒼賜她美滿家庭——她覺得有人愛就是美滿，竭盡所能教導孩子獨立：用腳拿刀叉、游泳、打跆拳道；這位媽媽也能自己化妝、縫紉（包括穿針引線？），幫孩子繫鞋帶。

我，做得到嗎？

萬一，目不能視，耳不能聞，舌不能嘗，肩不能挑，足不能行；親人擁我觸我而我毫無知覺，要如何告訴孩子，生命是怎麼一回事？如果，最美好的回憶，也忘了回家的路，我的一生，還有「美好」可言？

那些逝去的點滴，要不迷失在沒有時間概念的空無，要不流失於毫無空間意識的時光；要不，喪失在欠缺歷史感的世人記憶，一種集體遺忘。過目即忘和過目極望，有時只是一樣心情兩種表現。

這既不美好也不知怎麼一回事的迷宮，孩子還是跟來了，不是嗎？因爲什麼都沒有，反而能夠享有一切？用看不見的眼、聽不到的耳、遲鈍的鼻和動彈不得的身，或者，超感官？這一點，讓孩子擁有一項異能：肯定一切，否定一切，懷疑所有同時混淆一切。

天生我才必有用。

他相信，每個人都是上帝的零件——要說「靈件」也行，為感覺世界而設計出來的感官。

記得有人說過：但願天國存在，即使要我下地獄。

因為「下地獄」是個人遭遇，「上天國」是人類嚮往？有了嚮往，遭遇就不算什麼了？

按照「零件」邏輯，天國和地獄，都可以拿來炒地皮，只是裝潢、訴求不同——都是神的房間嘛！

笑了，嘴角像昂然艨艟，也似三尺童蒙，揚起大帆，航向酸甜辣苦海。

「爸爸！爸爸！你在聽什麼？那麼入神？」喔不！孩子搖晃的力道，是親子划龍舟：舞臂，扭腰，挺胸，抬頭，奮力衝刺，和光競速，與時爭鋒，奪下神旗。

抿唇不語。父親側看寶貝兒子，心裡插播一段話：我們死後，就和另個我或很多很多我融而爲一，變成他；我們哀憐他者逝去，亦正默默賡續那人的榮耀風華、磨難傷痛。那些我們以爲消散的細節，兜轉，重組，串連，拼接，像百萬拼圖碎瓣、琳瑯萬花筒，缺一不可，合成無邊無際繽紛大我。

看著兒子，他忽然明白，爲什麼會有攬鏡自照的錯覺。

「爸爸又在碎碎念了。常常，你坐床邊，一直咭咭咕咕那種媽媽說是夢囈的話。爸爸沒注意到我使盡全力移動小指想挨近你還是聽不清楚嗎？」兒子的小眼珠，是暗夜斗室乍亮的明燈：「我一直在聽爸爸說話，也喜歡聽媽媽說。這一次，好不容易找到爸爸，我也變得特別愛說話。」

這一次？是啊！同樣的境域：一個三光盡掩、萬象流離的詭異空間，他以爲是夢境；一顆怦然的心，猶糾著放不下的堅持與深憶。一直有個模糊的孩童身影，在他四周徘徊。「這一次」，孩子怯生生走過來，握住（肢端禿短，有指無甲，其實是握不住）他的手，迸出咭咕似蟲鳴而他竟聽得懂的話：「爸爸想去哪裡？帶我去好嗎？」

啊！那極爲熟悉的粗礪一握、冰涼觸感。

呼——吐出一口大氣。那不是夢境，三界九天也覓不著的奇遇。

「你真的……一直在聽爸爸說話？」

「也一直在跟爸爸說話。」孩子連連點頭：「以前這樣，以後也這樣，只是……」

「只是什麼？」父親湊耳過去。

「爸爸以前沒聽到，以後可能聽不到了。」孩子頭顱低垂，聲音更低微。

父親豎起耳，睜大眼：「那……你都說些什麼？」

「爸爸媽媽對我說什麼，我就對爸爸媽媽說什麼。」孩子頭一偏，嘴一撇，又綻露害父親心亂如麻的笑意。細薄瘀紫的唇線，像兩根焦壞的乾煸四季豆。

「有時，爸爸聽得入神——像剛剛聽媽媽他們說話那樣，嘴巴咕咕咕咕，我還以爲爸爸在和我聊天呢。有時，我怎麼喊怎麼吼，爸爸就是不理我。爸爸都沒注意到我的叫聲？」

什麼聲？

風聲。雨聲。鳥鳴聲。腳步聲。車行聲。號叫聲。

鐘聲。琴聲。鼓聲。簫聲。血流聲。骨頭磨擦聲。

救護車嗚嗚聲。防空演習警報聲。

獨立沙灘聆聽海浪聲。靜坐街頭傾聞心跳聲。

枕畔呢喃。床邊泣禱。窸窸窣窣如電視雜訊又似美妙和弦的低頻聲。

原來，所有聲音皆是交響，他也非孤掌難鳴。

深吸一口氣，父親幾乎閉上眼睛。

孩子挽起父親手臂，父親感覺，自己是被某種力量划動的龍舟：「爸爸，回家吧！」

他說過，家不是我們來自的地方，而是創造的去處。

自來處來，往去處去？

哈！不論身在何處，我其實都在家裡，或回家途中？

一個人愈是迷失在遠方，也就漸漸了解，爲抵達這裡所須經歷的其他地方？他回溯過往階段，一步一蹭，扭轉踅繞，逐步前進竟也逐漸改變過去，能到這裡，好像不是偶然。

「爸爸又聽到了？聽得清楚？」見父親點頭，孩子划得更起勁：「爸爸只要睜開眼，就可以和他們聊天了。」

斷垣之間，一扇白色木門赫然浮現。

門！又是門？如此老調、古樸而難脫笨拙的意象，讓人想到「任意門」。

打開門，就能抵達不一樣的乾坤？

如果不是門，而是一道龍捲、一口漩渦、宇宙深處球狀蟲洞，或空氣綻裂，冒出邪氣翻湧黑窟窿，他會覺得，自己是發現超新星的科學家、代表地球探訪外太空的星際旅人。

時間，不懂選擇彰顯自我的道具。神諭，總是出於愚鈍人類的言傳。

框陷。套疊。翻剝。嬗遞。層層鏡牆。重重關卡。億門萬戶、千窗百孔交映眼前；

或者，坐上時空滑水道，墜落深淵。在星光、晶芒、以太、微粒間衝破重力彎翹。九等級曲速飛行，可以穿梭古今？封閉式類時間曲線，能偷渡到銀河彼端？人人都在尋找方便門、大宅門、潛規則巧門，拐彎抹角往往比直來直往更容易達到目的。向上帝借宇宙弦，將時間之箭射回大霹靂之初——人之初、歲之初、愛之初、生之初。因果纏綿，兩情繾綣，無始無終同心圓。瞧！門戶洞開，邀我們昂首挺進——那根一柱擎天、拖曳時空一起前進的螺旋狀長圓柱體……

是這樣嗎？

如果孩子開口，或用任何方式傳遞身體訊息，會說什麼？

爸爸媽媽對他說什麼，他就對爸爸媽媽說什麼。

啊！是這樣嗎？如果不是門，還能是什麼？

孩子一生，活在一扇白色窄門內，不是那門，是什麼？

生在門內，長在門內，關在門內，也可能老死在門內。

此生僅有的門關，能不能打開？沒有人知道。

孩子就在門邊，仰脖，瞅著父親。

彎下身，彎到和孩子一樣高，凝視孩子，也讓孩子正視他。

禿頂，疏眉，招風耳，無梁鼻，蝌蚪眼。扭擠五官。倔氣神情。

囟門——啊！蒼白窄門內，乳灰如黎初，感覺、思想、信念、偏執的脆弱溼地。鬱藍血管交錯延伸，沉默的音叉，譜寫不知名的曲調。蛋殼之下藏著什麼？奇幻宇宙？妖魅幢幢探險小說？

血液早已封凍？寫意無能封存？說不完的故事，欠一篇轉譯文字；解不開的密碼，缺一枚開鎖指紋。

撫。吻。貼。靠。聽不清楚……比滴答更沉默的滴瀝。

額頭生寒。唇線發紺。臉頰冒冷。過短右手救不了左心室微弱搏跳；左瞳，一道封埋待勘的冰河，讀不出水紋、藻影。另一隻眼呢，結繭，結痂，結成黑色蠶寶寶、幽窔命運節骨眼。

雙掌探進腋下，繞到頸後，廝磨背脊，輕輕摟著兒子，像抱起紙紮風箏。孩子低頭，不扭動不掙扎，關節因磨擦而錯響，宛如狂風吹奏骷髏骨架。

放開兒子，又擁黏寶貝；不得不鬆手，還得忍住緊抱不放的衝動。

孩子身上幾乎聞不出體味，也就容蓄了花香茶毒、氣躁性烈。容許寄情和想像。願念或怨念，皆已容身不得。分說酸辛呢？好不容易？不好易容？父親感覺麻痺的舌磚，滋長澀苦的青苔；凝固於心的時光，吮指，就能回味？移走悲傷之花，接上歡樂之木——目光或暮光，永遠照耀我們崩毀的城市。

上帝打了個盹，何時醒來？時間在做夢，正夢見我們。

我們在等什麼？

等他歷「劫」歸來。

孩子就在眼前，在身邊、懷內、苦集滅道、夢境深處——人類父親到達不了的極地，以及視線和指尖千迴百轉的咫尺天涯。神情靦腆，滿腹心事，站著，一雙赤腳紅腫瘀紫，生不出翅膀，沾染不可能沾上的泥土，堅持站著，不捨離去。

拉拉灰色袖襬，理理泥黃衣襟——那原是一塵不染病袍、超齡襁褓，何處惹塵埃？撫平皺褶、毛球、脫線。撫不平乾癟龜裂的肌膚。肌膚之輕，肌膚之清，膚色清透如蠟。父親嘴角微揚，慢慢做，細細描，密密縫；那動作，像在引線穿針織羽衣，喔不！是為嬰兒換尿布、幼兒戴圍兜兜，幫剛上小學的孩子整理書包帶。所有未曾有過來不及做的事，一氣呵成，痴嗔愛怨悲喜怒哀樂恨。

彷彿，經由父者的魔術指掌，變出完美的孩子，或變給孩子一個完美世界。

章末

「他夢見過孩子的世界。」

「他想像中的孩子世界？孩子眼中我們的世界？」

「粗線條天空，無輪廓大地；像是鉛筆素描、筆畫歪斜的世界。」

「艾略特筆下的荒原？」

「小朋友的想像？」

「他擔心，那不是想像。」
「我們所恐懼的那種未來？」
「妳會放棄？」
「妳想放棄？」
「我不知道。好像在打一場……」
「沒有勝算的戰爭？」
「搶救未來大作戰。」
「未來在哪裡？」
「有一天，強光，只有一瞬的強光照亮黑暗，巨焰沿地平線竄燒，火舌吞噬世界的輪廓。水線、雪線和森林中的截線扭曲變形，萬物銷燬。」
「沙飛石走，只剩下一座球場。」
「妳看見了？」
「我親眼目睹，他生命中最神奇的一刻。」
「而妳是快樂大結局中最開心的小女孩？」
「其實，妳看到的他雖然只有十八歲，身體衰敗的程度，已經像個中老年人了。」
「也許，他的靈魂更老。」
「按怎講？」

「老到可以蹲在任何一個時空角落，靜靜看我。」

「那一天，他沒有看見妳？」

「沒有。他沒有看見老先生。」

「老先生也在場？」

「是啊！他來找我時，讓我既感動又驚愕。老實說，那天還有誰在場？誰不在場……」

「後來妳號召一票女同學，自製字板、海報、加油棒，去看冠軍戰，當他的專人啦啦隊？」

「可惜他缺席了。」

「後來不又『重逢』了？這就不算是錯過。」

「他說，人一生的錯過，可能比過錯還多。」

「他最不願錯過什麼？兒子的成長？」

「為別人，緊握不放；對自己，兩手空空。」

「按怎講？」

「你們也知道，當年的他，為了一名素未謀面的鄉童，放棄關鍵戰役和自己的棒球人生。」

「嗯，這件事，他一直不肯說明，到底是怎麼一回事？」

「那男孩叫小傑，同村小孩，和他一樣是輻射受害兒，離鄉背井來到台北求醫。」
「同病相憐？」
「他說是同病相連。」
「就在那一晚？」
「就在那一晚……」
「他是怎麼認識那小孩？雖然出身背景相似，但來到台北，親如同鄉也變成汪洋中的小水泡。」
「同病相連同瘡會。」
「喔，我知道，輻射受害兒組織的小團體……」
「那些年，他一直是各大醫院的流浪病患。和其他孩子一樣，抱著希望，流離奔波，等待幻滅……」
「最後一名戰士？」
「也可能是先驅者。你知道，這些年，我一直在尋找『超越』的可能……」
「那就要問神的意見了。他常常用『如有神助』形容自己處境。不過，那個『如』的意思……」
「他喜歡神奇的徵兆、數字，例如，一百扇門……每次進出醫院，走過長長的廊道，他看著一扇接一扇相似的門框，掛著不一樣的字牌：一般內科、神經科、骨科、腫瘤科……就有一股衝動……」

「什麼？」

「打開門，走出去。」

「應該是走進去吧？」

「我懂，那些字樣及其代表的意義，他並不陌生，甚至是病歷表上的一行行紀錄，都意味著生死門關。每一道門，都通往內在，一個接一個的痛苦經歷。」

「不！他以為，打開門，就會看到、去到不一樣的世界。」

「色寂，是空？」

「空極，是色。」

「在萬籟俱寂的極境，聆聽，萬籟聚集。」

「坐在窗前靜觀日升月落。」

「他在等什麼？」

「孩子出生後，他一直在等孩子出聲。」

「叫他一聲爸爸？」

「叫什麼都好。像個嬰兒，會吵會鬧會啼會哭就好。」

「寶貝從不出聲？」

「只要咿啞張口，就會……」

「怎麼樣？地動山搖？」
「滿室蟬聲。」
「孩子出生前呢？他在等什麼？」
「等孩子出生，對他而言，噩夢兌現。」
「虛實不分？」
「如果時間和空間是不容分割的存在，那麼，內在和外在的區別在哪裡？我和孩子在哪裡？樹上蟬鳴、遠天灰雲和眼前光影的界線是什麼？」
「靈體出竅？神遊八荒？」
「他常引用一句話。」
「什麼？」
「瞧！哈姆雷特蹺著腿說：『啊！上帝，即使困在堅果殼裡，我仍以為自己是無限空間的國王。』」
「他說，孩子像……絕世高手，被八大門派、天下人圍攻，點穴封印，鎖進深山、惡水或古墓，遭時間遺忘。」
「絕世？與世隔絕古墓奇兵？」
「如果可能，你們想帶孩子去哪裡？」
「迪斯奈。動物園。糖果屋。遊樂場。」

「我不知道寶貝的想法，但明瞭他一定有想去的地方、想做的事情。也許，他只想吃完一整碗爸爸煮的麵；他五歲生日那天，竟然張口吃下一根爸爸煮的麵……也許，他想縮進我懷中撒嬌。」

「也許，他有千言萬語想說，一直在尋找與你們溝通的方式。」

「像鋼鐵人？」

「鋼鐵人？那個動漫英雄？」

「是啊！金屬厚殼包覆的肉身，機動，強大，飛天遁地變異人種。外人窺不透究竟，但他並未與世隔絕，甚至可能拯救世界。」

「哈！我說小B兄，你的休閒活動只剩下超人打鬥和妖精打架？」

「我是說真的。那層硬殼，是他的堡壘，也是牢獄。」

「這麼說有幾分道理：他體內的核能，像鋼鐵人胸口的機械心臟——利用導彈中的金屬鈀元素和破銅爛鐵，做成小型方舟核反應爐——既是五感束縛衣，也是維生發電廠。」

「也是妳的『可能』之一？」

「也是爸爸的夢中小孩？」

「夢中小孩？什麼模樣？是寶貝嗎？」

「看不清楚而感覺深刻。他認為是。但他不認為是夢境。」

「那是哪裡？」

「神遊之地，神奇之處，天知道。」

「他訴說過夢中景象？」

「他的遊歷，一如經歷，愈來愈豔異。」

「豔遇？春夢？啊！事如春夢了無痕，夢如春逝無遺痕。」

「小B兄，你又想到哪裡去了？」

「色是活的，而香，猶似媽媽餵他的第一口粥，栩栩如生。」

「啊！又來了。這回震度特強。」

「希望不要傳出災情。」

「崩壞。快要總統大選了，這是崩毀的前奏。」

「我們常說時光飛逝，什麼也沒總統大選快，怎麼一眨眼又要選了？我聽到一種說法：選嫌與能……」

「真是這樣，他們不回來也好。」

「他們究竟去到哪裡？」

「時間的盡頭。他說，他最想去的地方。」

「我，做得到嗎？」

「天生我才必有用。」

「他相信，每個人都是上帝的零件——要說『靈件』也行，為感覺世界而設計出來的感官。」

「記得有人說過：但願天國存在，即使要我下地獄。」

「因為『下地獄』是個人遭遇，『上天國』是人類嚮往？有了嚮往，遭遇就不算什麼了？」

「按照『零件』邏輯，天國和地獄，都可以拿來炒地皮，只是裝潢、訴求不同——都是神的房間嘛！」

「他說過，家不是我們來自的地方，而是創造的去處。」

「自來處來，往去處去？」

「哈！對我這種宅男而言，不論身在何處，我其實都在家裡，或回家途中？」

「是這樣嗎？」

「如果孩子開口，或用任何方式傳遞身體訊息，會說什麼？」

「爸爸媽媽對他說什麼，他就對爸爸媽媽說什麼。」

「我們在等什麼？」

「等他歷『劫』歸來。」

第六章　真實的虛線

螢幕上的線條虛虛閃閃：直線，斑點，圓弧，波紋，不規則圖案……時而清晰，時而模糊，忽然靜止，偶爾跳動。有時翻湧激盪，呈鋸齒狀；有時急起直墜，如高空彈跳。有時低迴淡消，似深谷跫音……

敧斜筆畫？端正素描？彷彿有隻看不見的手，正在楷書或草寫，生命跡象、生存故事。

點連成線，四道直線繪出平面，六面拼成一體；體旋面轉，交織萬象，映現大千。上帝的骰子，扔進找不到的角落；人類的魔術方塊，永遠欠缺最關鍵的框格。

線段連續不斷：這廂牽絲，變出線索；那頭接引，自成方圓。破體而出，延伸爲脈，勾勒方正房間、雪色牆面、長形病床、閃光螢幕和一扇木門。

門扉緊閉，像咬緊的牙關、封鎖的城牆、囚禁的牢籠，死守祕密，隔離恐懼，阻斷異足入侵——那些看不見的時間腳步、命運轍痕，正一滴一點、一刀一斧，齧食病體與人生。

如果曦暮也來湊熱鬧，明室燦亮，異形妖物辦趴勁舞。百葉窗簾截下萬縷千絲，縫製黑夜禮服；光筆速寫疾痛原身、傷苦本貌。

毗連病床上，並躺著兩具人體，一大一小，枯瘦不成人形，比水漬更淡，比耳語更輕。連續數日夜，陷入昏迷，或者說，掉落沉眠不醒，深進渾亂夢境，到達五光十色六欲七情都不曾去過的地方。

像紙風箏，飛越無垠蒼穹，就要消散蒼茫大氣，而欲走還留。千鈞一髮的關鍵，是脆弱堅強結髮同心；一絲相連的網眼，是十界九天遙思隔念。

那一線，就繫在床邊人的眸池、心海……

●

「他又失蹤了？」戴金邊眼鏡的胖先生問。

床上男人一動不動，緊閉的眼眉唇鼻，像海嘯來臨時的堤防。

「是啊！孩子也一樣。我反而希望孩子跟他爸爸一起……」坐在床邊的女人，垂首，凝視男人旁邊的男孩。

「離家出走？離『枷』出走？」

「那是他們父子間的祕密。」

「祕密？你是說他們的溝通方式？」胖先生扶了扶眼鏡框，貼近男人的臉，反覆端詳。

「他常說，自己和孩子的相似度，幾近百分百。譬如說，對食物的強烈渴望。不久前，他神經兮兮找你傾訴……」

「嗯，他不但魂飛九霄外，還能大嘴吃四方——所有感官化成味覺，湧進體內。羨煞我這個大胃王。」胖先生點頭，伸手輕觸男人嘴角，再搓搓指尖，湊到鼻下嗅聞，彷彿在做偷吃檢查。

「還記得嗎？學生時代開始，他就有個怪毛病：睡著後嘴角一直在動，好像白天沒吃飽，只好在夢中大吃大喝。」女人頻頻搖頭。

「最近他常這樣？」

「經常離開，不告而別，『回來』後不發一語。」

「孩子的情況？」

孩子——不如說是迷你版骨架、上了十八道鎖的保險箱，躺在我們稱之為「床」，對他而言雲深不知處的異境。從出生開始，一直待在那裡。

胖先生將視線搬離男人，掃過孩子一眼——大雁飛掠荒漠的急掃而過，腦海快速放映過去十年的殘亂疊影：畸胎、怪嬰、閉鎖兒、含羞草借體、穿山甲轉世……

手臂舉不起手指，腿膝抬不動趾踝，眼皮瞠不開視野，牙關撐不住瘀紫薄寒的唇；嗷嗷的嘴，費勁尋找，生命中第一口奶水。荒禿的腦顱崎嶇不平，宛如巉岩和獸角；尾椎尖凸，背脊暴起，形似芒刺。囟門裡糾結的暗青線路。深紺色身體，細紋交錯，像披魚鱗，像是在染劑裡浸過，一朵血豔紅孩兒。

出生為骸——他不忍卒睹、不敢回想的第一印象。

「不穩定。或者我該引用孩子爸爸的話：不確定。老實說，這孩子在想什麼？我們這對爸媽都不清楚；孩子的心思，比顯微鏡下的單細胞更細……」女人糾結的眉線，比大楷狼毫更粗。

「他……會回來吧？」胖先生的小眼睛，一眨不眨盯著三十多年交情的小學同窗。

「我也不知道，他什麼時候回來？回不回來？你是他老同學，看得出來嗎？」

看不出來。胖先生搖頭，不語。從七歲認識「老」同學開始，很多事情，變得奇詭多變，難解也難辨。譬如說，失親與飽受毒害，同時降臨本該無憂無慮的幼子；瀕危和求生，竟是無邪稚童的日課。課外活動呢？練習呼吸，模仿快樂，夜裡盼望安睡，清晨禱告醒來——見證自己又過一天；茫然看海。

當年小胖子陪伴身乾癟顏蒼邁的同學兼玩伴，不敢相信，對方能活到小學畢業。一眨眼，來到大學畢業典禮、街頭盛會、新婚之日、喜獲「鱗」兒……胖先生忽然憬悟：人人都在祈求神蹟，而時間，就是上蒼賜予的神祕禮物。你，想一窺究竟？

「啊！等等！有情況……」胖先生指著心電圖上的躍動。

床上男人依舊深眠不醒，女人也不為所動，好似見慣了某齣劇哏、某個拙劣把戲。

「咳咳！我一直覺得啊，我們所經歷的一切，不一定是壞事，也許是否極泰來的徵兆喔。」胖先生清清喉嚨：「小時候他就愛搞怪：故意失蹤，讓全院師生找他，還會在我桌上留紙條：『我，就在這裡。你會來找我嗎？』」

「嗯，他說過，這世界是怪象、異兆的相合虛構。我聽不懂。不過他經常見人所未見，目擊怪事……」

「譬如說？」

「世界崩毀，滿目瘡痍。他在殘垣瓦礫中行走，一轉身，瞥見自己躺在幻沉幻浮的白色方框上，我們圍著他，守著他，不斷對他說話。他猛敲門急叩窗，想提醒我們大難將臨，可惜我們聽不見。」

「那是夢中所見？」門開了，一對中年男女進房，臉上布滿疣粒、曬斑的男人問。

「好奇特的夢境。」中年女子著一身黑衣，聲音沙啞，咬字清晰；不施脂粉，容貌略嫌憔悴，但眉眼間透著一股自信。

「啊！標哥、雨姊，你們也來了？」胖先生的大圓臉擠出牽強的笑容。

「不是夢境。他特別強調不是夢境，雖然他不確定那裡是哪裡。」女人說得篤定。

「親眼所見？真的嗎？實在讓人太難過了。」中年女子低吟似泣訴。

「聽說，得道之人，一瞥天堂盛景，了悟於胸，從此不必再見；對人間，也不再留戀。」中年男子搖晃著短髭大平頭。

「是喔！入魔之徒，喜見地獄殘酷，眉笑眼開，今後毋須自虐；任古今，都不想逗留。」胖先生模仿中年男的搖頭動作：「照這麼說，還有什麼事情，值得他再看一眼？」

「你……記者小B，你還是這麼頑皮。」中年男的大頭搖得更厲害了。
「他說自己不會計算，不懂價値，活得値得就好。」女人淡淡回答。
「如果所見爲真，真有世界末日？」中年女子問。
「三天前，也就是最後一次和他說話，我問過同樣問題，他告訴我，他會睁大眼睛。看下去，哪怕這世界消失不見。」
「只要懷抱希望，就可以絕處逢生？」中年女子又問。
「也可能是……生逢絕處。」女人睇著男孩不語，目光深沉而哀怨。
「啊！」胖先生和中年男忍不住低呼。
「妳呢？怎麼看？」中年女子盯視女人。
「我也會看，更要說；這十年來，我不斷對孩子說話。不像爸爸，那次回來後，變得什麼也不說。」
「沉默是他的本色。在我印象中，他很少笑。就算勉強咧嘴或揚唇，也只是苦笑、傻笑、自嘲的笑。」中年男偏頭，遙想一段被媒體、世人遺忘的往事。
「他的微笑，唉！一枚無微不至的笑葉，揚飛廢墟。」胖先生嘆了口氣。
「咦？什麼意思？」中年男皺起一字眉。
「你要是看過他小時候的樣子……怎麼說呢？」胖先生比畫雙手，像是要草繪奇珍百怪圖：「廢墟、枯葉只說對一半。他的神情，活像張翅枯立的鳳尾蝶標本，栩栩如生，一觸即碎，化爲飛灰。」

「喔？看不出你貪吃好色的腦袋裡，裝著詩情畫意。」中年男握拳，抵著胖先生下巴。

「我差遠了，這傢伙才是文藝少青中年。」胖先生指著床上男人：「說什麼人生如電、如幻、如光、如影。」

「嗯，電光幻影。生澀故事。糖漬的酸辛。美化的悲劇。」中年女子的眼瞳綻放亮彩。

「悲劇如何美化？」中年男撓著腦門問。

「祕密。他說是祕密。」胖先生手一攤，肩一聳。

「祕密是什麼？我只知道，政府不能有祕密；我們要揭穿國家機器的不公不義。」中年男突然激昂起來。

「祕密是什麼？他一直在尋找的答案。」女人苦澀一笑：「祕密就是生命。所有生命都隱含著天啓、神諭和象徵。總而言之一句話：『活下去。』」

「活下去最重要？」中年男問。

「是啊！只要活著就好，我不在乎他怎麼活。」

「不過，他真的很特別……」中年女子伸手，想觸摸男人眉宇，忽感不妥，抽回手：「這種人，是生是死，都教人動容。」

中年男走近男人，觀察好一會兒，說：「他知道孩子就在身邊，會感到安心吧？妳刻意讓他們靠在一起？」

「是他的意思。」女人抿唇：「死生一線，天人永隔，人就是這麼奇妙的悲劇動物。」

「孩子知道爸爸的想法？」中年女子忽然問。

「我……不知道孩子知不知道。」

「妳一定要對孩子說：『你爸爸，他，一直跟你在一起。』」中年女子輕輕拍著女人臂膀。

「我倒希望，孩子永遠不知道自己的出身、命運。」又是苦笑：「他也很矛盾：幻想孩子萬能，又祈盼寶貝無知，懵懵懂懂，渾噩生死。」

「萬能？」中年男眉梢上揚。

女人低頭，不說話。胖先生嗯哼一聲，代答：「為人父母者有個通病：相信自己孩子是天才兒童，就算實際上是個笨蛋也一樣，對不對？」見中年男女齊點頭，繼續說：「如果你的孩子什麼都不能呢？你希望……？」

「孩子能吃能喝能哭能笑。」中年男不假思索回答，瞥見孩子身上纏錯的維生管線，驚呼：「這麼多年了，他還是什麼都不能？」

「標哥，你太少來醫院了，竟不知這孩子比他爸還奇葩。」胖先生雙手扠腰，語帶譴責。

「十年前見證孩子的『誕生』，對生命，我就再不敢有定見了。」中年女子低聲曼吟。

沒說出口的是：怪誕降生。

那一天，黃昏光浪潑灑大地，交纏織繞，層層幻變。醫院外的大道，被人群占滿；擴音器透出的喊聲，震天價響。

「誓死保衛家園！」「建立非核家園！」

「還有沒有人志願加入？保衛咱的土地咱的厝，人人有責。」穿牛仔褲的中年男，站在宣傳車上高喊。

「差你一人，就圓滿了。趕緊跳出來，拜託！拜託！」戴斗笠的中年女子手持擴音器，接著出聲。

醫院內，人馬雜沓，人語沸揚：「有心跳嗎？」「氣息微弱，而且，全身發紺。」「糟糕！四肢好像被切斷，右手只有三根指頭。」「沒有食道，內臟缺損，啊！肛門發育不全。寶寶連奶水都不能喝。」「他的後腦……那是角嗎？」「之前都沒做產檢嗎？」「媽媽說，他們沒錢，而且……害怕。怕詛咒附身，回不了故鄉蘭嶼。」「天哪！只有神能救他。」……

「當初以為活不了一天，醫生說拖不過一週，專家表示能滿月就是奇蹟。冠涒，妳還記得嗎？他們一直勸妳放棄？」

「直到現在，還是軟硬兼施逼我——」女人咬著嘴唇。

「拔管？」胖先生拔高了音調：「乾脆教這對父子『放氣』。難怪我來了半天見不到醫護人員，這算什麼？等他們嗝屁？再來辦追悼會騙版面？」

「不能怪他們，我們這齣歹命戲，拖了太久，戲棚拆散，觀眾走光，還沒演到完結篇。誰不會失去耐性？媒體也懶得聞問了。」女人笑得認命，也笑得堅強。

「是嗎？沒有新聞價値的命就不是命？」中年男氣呼呼瞪著胖先生：「記者小B，這就是你們的職業道德？」

胖先生聳聳肩：「這十年來，我爲老同學寫的報導、專訪、特稿、評論、深入分析不下百篇，但只有孩子出生那幾天的稿子被採用。而且，大家只關心孩子還能撐幾天？何時看得見？聽得見？吃得下一整碗麵？之後呢？自動丟進『畸形兒遺忘名單』。對我一再強調的『核心』問題，置之不理。」

「核心？以核爲心？你是指週刊披露的新人種？」中年女子的眼睛又亮了。

「新人種？啥米碗糕？」中年男不解。

「輻射變種人。最近談話性節目的超夯話題。」胖先生撇撇嘴。

「幹麼？拍X戰警、鋼鐵人還是台灣隊長？這種怪力亂神你們也信？」中年男皺起了眉頭。

一陣晃搖，像地震又似暈眩。胖先生扶著牆，中年女子倚著床腳，中年男一個踉蹌，摔倒在地。

「你看，你再亂怪神力吧！不要小看小道消息，這類說法，在核災區傳得沸沸揚揚。」胖先生露出一抹詭異的笑。

「好吧！請告訴我何謂『神力』。」中年男望著床上孩子。

「我聽說，人類滅絕——喔不對！人類不會滅絕，而是置之死地而後生，蛻變成匪夷所思的新人種。」中年女子搶著說：「一種人形動物，或者說，有動物外表的人。勇猛強悍，百毒不侵——已有人目擊這種『異人類』：身負異秉，轉生超能。他們是回歸自然的未來人種，不！掙脫界門綱目科屬種的網罟，奪胎換骨，破繭而出，越界而來。頂犀角，披錦鱗，揚蛇足，踞高岩，仰天，狼嗥虎嘯猿啼。有人在災區附近的森林，驚見一雙雙人類的獸眼，在夜裡，發光……」

「嗯，我聽過『人皮骷髏』的傳說：那些被放逐到隔離區等死的人，怎麼看，都是一張薄皮包著骨架，走動的骨頭，跳跑的骨頭，搖晃的骨頭。人數一多，就像是厭食症病患的聚會。」胖先生接著說：「以輻射為能量，核廢料為食；舔唇，咂舌，鼓腮，磨牙，伺機攻擊文明世界。忘棄人的欲望，揮別愛心情苗，像野獸，喔不！像原生菌那樣頑強地活。」

「真有這種人？」中年男還是一臉疑問。

「上帝關上你這扇門，會為你開另扇窗。」中年女子笑得夢幻：「我們反核一輩子，痛苦、失去、迷惘一世人；來生，也許投胎到瘦癟的媽媽懷中，死力吸吮微量奶水和大量鈀元素。在那個世界，漿果遍地，繁花錦簇；菇蕈長得和雨傘一樣大，野莓的體積不輸拳頭。猴子流著黃色體液；猩猩將樹枝編成桂冠，用花朵求愛。玫瑰長出了名字。蘋果修復了芳香和甘甜。玉蜀黍和紫羅蘭，忙著尋回自己的原色。」

胖先生點頭：「哈！我喜歡這種帶有奇幻色彩的夢樣告白。有人說，這批怪胎是未來人類的先驅者。」

「這……有科學根據嗎？」中年男還是搖頭。

「有神話根據。」胖先生擠眉：「開天，闢地，移山，塡海……哪一樁不是超限運動？標哥，你難道不憧憬一個更美好的世界？這些人，說不定是咱們後代子孫的神話源頭。」

「我相信他活在另個世界，不論那是神國，還是魔域。」女人忽然開口，用溼紙巾擦拭男人冒著冷光的額頭。

「他，好像困在某處。我不是指身體，而是——」中年女子欲言又止。

「靈魂？」女人眉梢揚起。

「不進？不退？不棄？不離？不捨？不忍？不甘心？」中年女子說，「動彈不得，又不能停步。趑趄徘徊，是爲了孩子吧！」

「他常呆坐床邊，看著孩子，不發一語，一坐就是一整天。」女人說。

「不說話？他應該有很多話要對孩子說吧？」中年男愣住。

「他有說不完的故事，關於自身、族人和這個島嶼。」女人聲音愈來愈低：「但……又不想讓孩子知道自己的出身來歷，那齣一直在延續的悲劇。」

「啊！父母以爲留下愛，其實是愛上加仇；當孩子長大，身歷其境，愛如飄絮。仇呢？愈滾愈大，時光巨輪滾雪球。」中年女子起身，走向窗邊，眺望窗外樹影。

「我們不能決定自己身爲什麼，但可以做主成爲或作爲什麼。」胖先生雙手合十，模仿僧人說法。

「是喔！我們不能決定自己高矮胖瘦，但可以做主要吃什麼、不吃什麼。」中年男朝胖先生吐舌頭。

「那一天是關鍵日。他，從此變了個人。」女人說。

「是啊！一聲咆哮。一種崩潰。一串喘不過來的氣聲。我從未見他如此憤怒……」胖先生點頭，恢復正經表情。

「那一天的動亂狂躁，我也不敢看。喧鬧而冰冷的長廊，只聽到夾七雜八的議論吁嘆聲：『天哪！只有神能救他』、『願主保佑』……」中年女子湊近床上男人，偏著頭打量。

「你們怎麼看他？」女人幽幽地問

「第一眼印象：濃眉深眼，嶙峋身姿，剛毅唇線。」中年女子說：「驅惡靈、擁魔繭、自爆彈、照『天』鏡——他的存在象徵。荒謬的尋訪，悲涼的探問——我聽說的他的故事。身體熱衰竭，心靈冷結晶——他給我的感覺。」

「說得真好！小雨不愧是女詩人。」中年男咂咂嘴，露出詭異笑容：「聽說小雨在他念大學時就力挺支助，還教他吟詩作對、親近文學？」

中年女子臉色倏變，眼神不安流轉；床邊女人一逕低頭，凝睇男人。胖先生趕緊接話：「我覺得老同學是悲傷最慢板、痛苦濃縮篇。」

中年女子點頭，女人蹙眉沉思，中年男卻問：「怎麼說？」

「唉！災厄疾難像一把刀，凌遲他的身心。」胖先生嘆口氣：「他的痛苦，有如集一切痛苦之大成，又像是整個島嶼的濃縮反影。我是說，他正痛著其他人曾經、一直、即將經歷的苦，從小就有這種跡象。」

「跡象？那又是啥米碗糕？」中年男問。

「不只一次，他病發昏厥，奄奄一息；說巧不巧，有些可怕事情，亦同步發生。」

「譬如說？」中年男刨根究柢。

「九二一地震。」胖先生淡淡回答，又加重語氣：「那回地震，你們記得嗎？一九九九年九月二十一日凌晨一時四十七分，我爲什麼那麼清楚？因爲那晚我們埋首書桌準備考試，而在一點四十六分，我望著掛鐘恍神，他忽然劇烈顫抖，倒栽，倒地，昏迷不醒。就在我搖晃他，試圖喚醒他——媽呀！地動天搖，他顫我也搖。我分不清是他在動？我動？全世界在震動？瘦薄如紙的他，恍若狂風暴雨中的風箏。」

話語乍停，環顧眾人，眾人不語；胖先生繼續演說：「因造就果？果倒推因？孰先孰後？誰果誰因？因此果然？果斷了因？小時候在孤兒院，只要他發病瀕危，附近大街、後巷或田裡，就發生車禍、意外甚至慘案。你問這有何相干？告訴你們，他會突然驚叫，嚇大家一跳；幾秒鐘後，窗外傳來撞聲或爆響。我曾親睹他的病容上浮出死印般的血紋、黑線，感到不解；後來有人在田裡發現某命案的屍身，我跟過去湊熱鬧，伸長脖子一看，靠！黑線索、血圖紋，死者臉相竟和他一模一樣。」

「他說過，孩子的臉是一面鏡子，讓我們看到千真萬確的未來。」女人說。

「我讀過他的PO文：滋味，光影，聆聽，呼吸，觸摸。」中年女子深吸一口氣：「九天十界，五感旅行。那麼敏銳、跳動的文字，我想不是筆下功夫，而是胸內奇樹、心中顫苗；不是敘寫聲香觸味，而是，在飛灰中捕捉燼頭，眨瞬幻變，萬千流逝。」

「我……可以體會他的心情。」中年男勉強擠出一句話。

「他說過一句最讓我驚悸的話：最怵目驚心的灰，叫作『父燃死灰』。」胖先生吐出一口大氣。

「死灰復燃？要怎麼燃？」中年男又在吐舌頭。

「父親的『父』。」中年女子睨了中年男一眼，搖搖頭說：「這話，貫穿兩代絕望。意思是說，做父親的，拚死也要點燃香火，讓孩子活下去。」

「是父燃，也是媽媽豁命以赴的『婦燃』。」胖先生伸手，輕拍女人肩胛：「若能如願，創造生命奇蹟，就回到復燃——向悲慘命運報復的燃燒。」

「我喜歡『賦燃』，詞賦的『賦』，也是天賦。不論死灰、活水，上蒼賦予、人間賦情而燃燒。」中年女子輕柔的吟聲，藏著不甘示弱的銳利。

「喂喂！你們是在咬文嚼字？說文解字？火燒厝了啦！」中年男抗議，同時將手伸向中年女子：「真要飛啥米灰，小雨我告訴妳，妳就算化成灰，我還是認得出來。」

中年女子側身，閃開粗短結瘤的手掌，對女人說：「他好像說過，孩子並非全盲、聾啞，有時會對特殊光線、聲音有反應？」

「寒流驟降，日影偏移，陌生腳步接近，爸爸讀文章給孩子聽：天是灰的，地是褐的，樹幹是鐵鏽色，枝葉是焦黃的，風是霧白的，雨是絳紅的，臉是五色的，聲音是七彩的……或興高采烈訴說往事——尤其是棒球，孩子身體會跟著抑揚頓挫一抽一顫。有一次，聊到那場預定他先發的冠軍戰，孩子竟翻轉半邊身子，讓耳朵更靠近我們，小手指開闔伸握，像是……」

「什麼？」兩個男人同時問。

「接球。」女人臉上露出難得的欣慰，笑說：「喔！還有蟬聲……」

「蟬聲？蟬聲最是亂耳，高潔只因無名。」中年女子也笑了，「妳是說，窗外的蟬鳴？」

「是啊！他說過，鬱躁的蟬鳴，是孩子這一生的背景音樂。蟬聲亂耳？我的小寶貝鼻翼紋動、口蓋微張，像唱和，又似吞食。」女人的面容愈發燦爛，「有一次孩子出聲，唧的一聲，你無法想像他的反應：手舞足蹈，大叫狂笑，到處奔跑，逢人就說：『我的寶貝會說話了，我的寶貝會說話了。』只是沒人聽得懂。」

「但他說過，妳能看透孩子。」胖先生的手依舊停在女人肩上。

中年女子的眼眸透出一抹奇異色澤，冷冷地問：「妳真的了解孩子？了解……他？」

「我知道寶貝餓了、痛了、冷了、熱了、傷心了、苦惱著……」女人語調也轉趨淡冷。

「苦惱著？」輪到胖先生發問。

「孩子後來漸漸懂得運用聲帶：嘰嘰咕咕，有長音、短音、顫音、斷音，數長一短，悠長乍短，忽長忽短，長短交叉……寶貝一定有話要說，愈來愈多感覺想法，不知如何表達。」

「他呢？他說的話，妳都懂？」中年女子的話尾，像撲向眉睫的鷹喙。

女人好像不爲所動，輕聲說：「不懂。尤其是那句：『不能天長地久，只想遞酒天償。』」

「也許，他想說：無悔的是自我消殞的成全，而在求全過程中，猶見一步一回眸的不捨。」中年女子快速回拍。

「我也不懂。聽起來像夢囈。」中年男用力搖頭。

「如果孩子一直活在夢中，孩子的聲音，就是亂囈？」胖先生一問一轉：「也會讓妳意亂？憶亂？其實，妳可以不必承受這些。」

「有差別嗎？照顧者與被照顧者？救難者和罹難者？先驅者或未亡人？」女人起身，

繞過眾人，踱到窗邊，對著遠天說話：「他說，在未來某個不知名的年代，每個人都會像一家人，爭食或分享為數有限的殘餘物資。而在除歲迎新那晚，大夥兒圍爐——有核反應的最後火爐……」

「那是何年何月？什麼光景？」胖先生也望向窗外。

「天地失色，山河無界，彷彿立身夢魘邊緣。」女人呵出一口氣。

「天地詩色，山河吾界，站在水墨意境。」中年女子回以三諧句。

「天哪！原來要先學會繞口令，才有可能把到搞文學的女人。」中年男以掌覆額，連拍三下。

「人哪！有時候有眼無珠，因為只看見自己；有些事充耳不聞，端賴不想聆聽。」中年女子眉一挑，又是一刺。

中年男撇嘴，聳肩，起身，一副想逃離現場的模樣；又坐下，偷瞄中年女子一眼，訥訥開口：「孩子不說話也好，至少……呃，我是說，孩子爸爸在他身邊，除了發呆，都做些什麼？」

「孩子爸爸和其他父親一樣，只要看見孩子，臉上就浮現笑容。離開醫院會依依不捨道晚安，道晚安時一定要親親抱抱。只是……」女人走回床邊，彎腰，親吻孩子臉頰：「他不只是親額親頰親下巴親耳朵，親含羞草般的手和腳，而總是一吻再吻，沾黏廝磨，捨不得『鬆口』。他說，那是焗烤海鮮，溫熱而綿長；也是夏午雹雨，密匝而有聲。像甩炮，似刺拳，每一點觸都是安全觸擊，落在幸福的壘線，而不宜擾動孩子的夢。假使孩子是地雷區，他願奮不顧身踩爆每一響驚雷；如果他是啄木鳥，整株樹幹就會布滿精『叼』細『啄』的吻痕——喔不！他說他是流星雨，捨盡光華，綻放火花，撲向窮山惡水、眾靈護守的神國。」

「哇！我沒小孩，不懂，這簡直像是……」中年男找不到恰當的形容。

「熱戀。」中年女子噘嘴。

「像引領孩子前往神許諾之地。他 PO 在臉書上的文字，我拜讀過，沒想到冠涒背得滾瓜爛熟。」胖先生晃腦讚歎。

「對！我正要說，很像我們為反核而聚集、打拚的日子。」中年男的聲調提高了八度：「這一切，這一切，這一切……」

「這一切，匯成所有參與者即時感動的核爆。」中年女子甩甩燙染得亮黑鑲金的長髮。

「說得太棒了！還是小雨了解我。」中年男作勢要撲向中年女子——只是擺擺樣子。

「我不了解你，也不相信臉書。」中年女子皺眉。

「為什麼？」中年男傻問。

「聲音不會騙人，但人話常是謊言。喔不對！應該說，女人聲不會騙人，男人話常是謊言。」

「色即是空？諸象皆幻？謊亦為真？幻是大象？」胖先生呵呵笑著：「雨姊不愧是『東蒙．波娃』，讓男人汗顏。」

「男人怎麼樣？恁攏無知咱查埔郎的艱苦。」中年男翹起下巴，又湊近胖先生耳畔，低聲問：「喂！東蒙．波娃係啥米碗糕？」

「做男人是很辛苦啊！要養家、活口，還得求名聲、講地位，才被人瞧得起。幸好我和標哥屬於光棍俱樂部。」胖先生瞄床上男人一眼，問：「他呢？他是稱職老公？全職老爸？」

「小B，你的問題很怪，他一直有病——」中年女子的語氣帶著譴責。

「他對自己的期許：永遠的中堅手。」女人搶過話尾：「默默站在宇宙邊緣，護守孩子的世界。」

「喔？對他而言，棒球是孩子？孩子是棒球？他將棒球熱情或缺憾投射到孩子？孩子是他未完成的棒球續篇？」中年女子一連四問。

「不是投射，是投擲、拋灑。妳不知道他曾是校隊王牌投手？」女人輕聲回答：「生命就是一場棒球比賽，分分秒秒、每一件事、每樣感覺都是來球。你是球員或球迷，都得全神應對，樂在其中，苦亦在其中。不管那是一記暴投、一捧飛絮或滿天流星。」

「但有了孩子後，他從早退球員或球迷，變成『永遠的中堅手』，一個必須豁命鎮守的全能位置，對不對？」胖先生順溜接話，像一壘手輕鬆接下隊友傳球。

「喂！我也看棒球呢，可是看不出來他是好手。瘦成那樣還能站上投手丘？他以前很大隻？」中年男摸摸男人的指骨、手腕，隨即觸電般彈開。

「差不多就是這樣啦！我可以作證。」胖先生舉起右掌，像是在證人席上宣誓：「我曾笑他『沒血沒肉，徒有一身骨氣』。至於我嘛！呵呵！腦滿腸肥，而且不斷排氣。你能想像這傢伙投出一五〇公里的球速？他掀起的風雲，本就列入高校棒球不思議現象之一。」

一陣沉默。二男二女的視線，糾集在病榻上若有似無的人形。

「說到不可思議，他說，那一球，那不可思議的失蹤，像一扇巧門，開啓了新視野。」女人想起什麼，突然開口。

「什麼那一球？」兩個男人同時問。

「對了！他說過，冠涺和他因棒球結緣，曾是他無緣的啦啦隊？」中年女子也插問。

「他就坐在右外野看台，看著右外野手強肩回傳，看著那道白光以一個下墜弧度閃進捕手手套。然後呢？轟然一響，不是本壘攻防的衝擊，而是一道翻轉、一步躍進，一種謎樣對撞……」女人自答自問，喃喃自語：「喔不！是幽靈破土而出——他的注解。」

「妳在說什麼？」中年男站起身，像尊丈二金剛。

「某場比賽吧！我知道他後來常常一個人去看球賽，曾爲憧憬終究無緣的職棒大賽。」胖先生說。

「嗯，我不知道是哪年哪月哪場比賽，只記得他失魂落魄回到醫院，瞥見孩子手中的球，著魔般大叫：『啊！失蹤的球！永遠不會失蹤的球。』然後抱著孩子又抱著我說：『我們才是冠軍隊，告訴妳，有些人、事、物，永遠不會消失。』」

女人抬起頭，眸光熠熠，眼瞳深處有什麼在燃燒。

沒有人注意，孩子禿短的手指，抽動了幾下。

「不懂。」中年男搖頭。

「劇情大要：他去看球，驚見不思議畫面、超現實演出，深受震撼。」胖先生也起身，扮說書先生：「從此大徹大悟，痛改前非——喔不對！這是八點檔情節。回來後又見轉折——還沒問，兒子手中的球怎麼來的？他一定是想通或想像什麼道理，一種參透天機的喜悅，讓他改變了對生命的看法和態度。」

「你是指，執著和捨棄？暗淡與榮耀？希望或滅絕？」中年女子輕聲一嘆：「啊！我聽說，很久以前，他毅然放棄關鍵比賽，甚至離開球場，為了某個不為人知的原因？」

「他說，一場比賽、一座獎盃算什麼？為了生命，他願意放棄一切。」女人的手掌輕輕覆上男人手背。

平靜心電圖躍動起來，忽上忽下，急升直墜，像錯落噴濺的水舞。

白牆空間也開始震搖、劇抖。

「啊啊！又地動了，最近地震怎麼這麼多？」中年男趕緊坐下。

「再劇烈些，我也要改變對生命的看法了。」胖先生東張西望，找不到電視和遙控器，索性走到門邊，開門，仰看懸掛大廳的新聞畫面，驚叫：「哎喲！六點五級呢，還好震央在花蓮外海。」

「這是災難預兆？上蒼示警？」中年女子優雅走向門口，盯著螢光幕：「如果這塊土地是我們的母親，她想說什麼？」

「如果有位母親產下聖嬰或異胎，她要如何面對所謂『生命』？」胖先生踅回原處，坐在女人身邊。

「懷孕期間，我的身體好像變成一架彈球機，叮叮咚咚，發出異響。那枚火球，一直在五臟六腑間竄動。別人只須『帶球走』，靜候預產期。我呢，被形容爲『活體炸彈』，同學、朋友都勸我不要生，否則，隨時會被我不了解的力量炸得粉身碎骨。」女人幽幽搖頭。

「相形之下，他的身已粉，骨早碎，猶在尋求轟然一爆。」中年女子也走回床邊，低頭凝視男人。

「我見識過他的苦練和苦學，他也知道我的苦……」胖先生突然收住最後的「戀」字，順勢偷瞄女人側臉。

「嗯，他必須加倍努力，再加上超乎常人的韌性，才能達到一般人的基準。」女人一無所知？不爲所動？「不只是苦練，他的生活就是一齣苦煉。這幾年，行動力大不如前，吃、喝、拉、撒、行走、入睡都有問題；昏迷次數愈來愈多，時間愈來愈長……」

「這一次？」中年男要問，這一次，昏迷了多久？

「超過三天了。」女人又露出幽怨、迷惑的神情：「可是很奇怪，每回他臥床不醒，我守在床邊，竟也跟著神遊，一種……要怎麼說呢？介於做夢、幻境和異想的『私奔』。」

「跟他在一起？只是在醫院吧？」中年女子滿臉懷疑。

「跟他在一起。」女人堅定點頭：「也在醫院，在其他地方。」

「什麼地方？」胖先生一臉好奇。

「很朦朧，飄忽不定。」女人瞳池又透出光采：「有時在大街、小巷，有時在電影院、人聲吵雜的捷運——都是我們足跡踏過的地方。」

「移動空間？開玩笑啦！我是說回憶。」中年男一拍掌，笑瞇瞇看著中年女子：「小雨會說『往日情懷』、『舊情綿綿』，對不對？」

中年女子狠瞪中年男一眼，淡淡說：「妳應該是太疲倦了，才會心生幻覺。」

「我不認爲是幻覺，也不全然是回憶。」胖先生連番搖頭：「這兩者間，還有什麼？第三者？哈！說正經的，我懷疑老同學和他的兒子，擁有……」

「不爲人知的祕密能力？」中年女子的眉梢彎起。

「是回憶又不是回憶。」女人說得認真：「舊情綿綿嘛……比較像舊地重遊，而我們人不在那裡，卻是如臨現場。往日情懷？不！應該說是情懷往復，一次一次重溫那閃爍晶體，每一次都有新發現；又像是在追憶過程中看到盲點、死角、以前未察覺或悄悄異變之處。」

中年女子凝思不語。中年男瞪大了眼睛。胖先生四兩撥千斤：「譬如說？」

「夜市。不久前，我可能真的太累了，邊打盹邊夢見當年的我和他逛夜市吃炸雞排，卻瞥見另一個他——現在模樣的他，隱在人潮後，靜靜看我。」

「現在模樣的他？嗯……」胖先生沉吟著：「也許，妳看到他的靈體、意志、渴望，穿梭時空，跑去你們的甜蜜交集——或許該說市集，夜市嘛！也因爲他回到過去，被妳發現，回憶中增添回憶，也就修改了那段經過，妳才會『想起』不可能的畫面：現在妳用過去妳的視角，看到未來的他。」

「哇哩咧！這麼會掰！怎不去當編劇？」中年男哇哇大叫。

「編故事？編一齣『來自廢墟的時空旅人』，怎麼樣？」胖先生愈說愈得意：「從現實面看，我們四人守護著這對父子，期盼他們醒來，雨姊說的『希望或滅絕』。換個角度，譬如說，超越四度空間的五維時空，說不定，他們奔波諸時異地，重塑事件，修補創傷，燃點夢想，默默護守我們。」

「是喔！你乾脆說，拯救地球，點燃滅絕世界的希望。」中年男咧嘴大笑，不忘吐舌。

「他們？」中年女子神情一斂：「孩子也出現夢中？」

「沒有。」女人容顏沮喪：「我多麼希望能和孩子說話。現實生活做不到，潛意識交談總可以吧？可惜，一次也沒有。」

「說到孩子，對了！」胖先生拉著椅子，讓自己更貼近女人，比手畫腳地說：「孩子手中的球怎麼來的？不會是大衛魔術吧？」

「他說，這顆球價值連城……」女人回了個風馬牛。

「嗄？花特賭幽共？」中年男也拉著椅子，想擠進小圈圈——女人和中年女子之間。

「很值錢嗎？他怎麼說？」胖先生也擠進圈裡，四人就要促膝長談摸八圈了。

「從他看到球吃驚的模樣，就知道那個『他』不是他。是誰呢？誰送那顆球給孩子？」中年女子霍然站起，走到窗邊。

「就是這顆。」女人也起身，從邊櫃上的大型手提包裡取出一顆棒球，盯視好一會兒，才說：「東側病房那位林爺爺送的。」

一枚蒙塵斑駁、縫線脫落的小灰球。二男一女六道目光，不約而同聚集在斷線與汙漬上。

「林爺爺？常常趁他不在溜過來探望孩子的癌末老先生？」胖先生問得理所當然。

「咦？你知道老先生？」女人反而面露驚訝：「你一定不知道，老先生很會說故事：紅葉、巨人、威廉波特、麥克林登……棒球知識比孩子爸還淵博；也懂得逗小孩——雖然寶貝無法回應，但我知道，孩子很開心，或者說激動：抽顫的肢體，像連聲催喚震動不已的鬧鐘。」

「當然是他告訴我的。」胖先生指指床上男人，又以指抵唇，表情像螢光幕上正在高談「災難預言」的名嘴：「跟妳說喔！他知道老先生是誰。他還說，世上只有我知道他知道老先生是誰。」

女人愣住。素白的臉變成蒼白，一雙黑眼珠暗湧著辨不分明說不清楚的心事。

「是誰？」中年男覺得自己悶在葫蘆裡，快要被疑惑的符水煉化了。

「可憐人。有家歸不得，子孫不敢認的孤單老人。」女人小聲說：「唉！孑然一身，終老醫院。」

「負心人。拋病妻棄幼子，缺德事做盡的爛人，有什麼值得同情？」中年女子忿然開罵，尖銳的嗓音在低氣壓的斗室裡迴盪。

「啊！」胖先生和女人同時張大嘴，睖著中年女子。女人想問……不知該怎麼問；胖先生只差沒說：天哪！這趟收穫真他媽的豐富，還有什麼祕辛是我不知道的？我的「內幕爆」寫不完了。

前情提要：一個靠走私違禁品、輻射鋼材發跡的商人，娶了名來自蘭嶼、遭受核廢料毒害的美麗女人，生下從小就活在死亡陰影下的男孩。商人的輻射鋼材打造了一個接一個社區，讓很多年輕人成家，很快地家破人亡；商人自己也沒有家：妻子病發後，連同兒子，被他丟棄不管。女人在絕望等待中枯萎、消殞；失親病童被送往台東孤兒院，三日一昏厥，每月一瀕危，夜夜皆驚險，奇蹟般長大、勤學、苦練……成為優異學生、棒球好手，且在風起雲湧抗爭年代，走上街頭，扮演反核鬥士。

後續發展：長大的男孩又活了很多年很多年，而且有了後代：他認爲是悲劇延燒、奇蹟總和的「奇子」。只可惜，孩子一出生就與世「隔絕」：被視爲五感全失的不明病症，卻又在冥冥中應和這世界的軌律或動亂——當然，這是父母的主觀認定。十年又過去了，命運總在荒地、謬思和絕境交軌：重利商人逐漸年邁，罹患重病，愧恨交加，積極尋找「愛子」——曾被他棄之不顧的「礙子」。而與病魔奮戰的那對父子，躲在死神找不到的角落，苟延？殘喘？不！是大口大口呼吸。他們要印證哪樁？創造什麼？如果說輻射是一道貫穿時空、血緣的宇宙光，失散的終將輻輳：三代同病相連，在同一家醫院。

橫生枝節：一名神祕女子出現了。像靜流裡突然冒湧的漩渦，比第三者更耐人尋味的「關鍵第四人」：祖父子三角之外，謎樣身分、來歷不明、全知全能旁觀敘述者，以出人意表的視角，暗添伏筆，增色故事，譜寫情傷愛怨多重奏。

關於第三者，她和他的曖昧傳聞，早在大學時代就讓人垂涎——喔不！是引人側目。她的風韻、聰慧、尖銳又溫柔……唉！爲什麼和老同學有關的女人，都教我傾心？雨姊，妳不只是姊弟戀女主角，一定還有什麼，隱藏在妳的笑語詩詞裡。妳究竟是誰？

傻了。痴了。茫了。胖先生瞇著小眼睛，偷瞄中年女子——繽紛拼圖裡最豔異的一片。

「等等！我百分之一萬不懂。」始終狀況外的中年男搖醒胖先生，打斷對方不朽鉅作的宏偉構思：「誰是誰？誰又是誰的誰？我全迷糊了。小B，你念關鍵什麼第幾人，我問你，關鍵人物究竟是誰？」

「老先生啊！他是一切的源頭……」胖先生還想打禪機，忽然想到：對了，那顆球，貫穿一切的關鍵物證，趕忙問：「冠涒，妳還沒說，球怎麼來的？我是說，老先生爲什麼送孩子那顆球？」

「我答應過老先生不說，而我其實也說了：價値連城……」女人幽幽回答。

「哇哇！猜謎語我沒他厲害。」胖先生瞅著床上男人，一手猛搔腦勺：「他比我聰明多了。」

「他不喜歡謎語、謎團、迷霧……」女人說。

「他喜歡什麼？」中年女子突然問。

「他喜歡陽光。每當晨曦穿越百葉窗簾，在他的眉眼之間落腳，他就覺得……」

「自己又多活了一天？」中年女子接口。

「這世界，又多活了一天。」女人笑笑，又是那抹哀淒的笑。

「除非是陰雨天，哪一天沒太陽？」中年男總算找到插話點。

「超強光。大爆炸。蕈狀雲。無堅不摧衝擊波。消失與滅絕……」女人輕聲說：「不斷出現『眼前』的恐怖畫面。他不確定是夢境？現實？標哥說『滅絕世界的希望』。知道他希望什麼？」

胖先生沉默。中年女子不語。中年男搶答：「那一天不會來臨？」

「那一天來臨時，我、孩子、小B、雨姊、每一個島嶼子民……他生命中至關緊要的人，不要在場。」

「啊！」中年男聽懂了——床上男人沒有點他的名。

「也許，他經常昏迷，只是出竅，或者該說，出訪。」中年女子也露出恍然的神情。

「怎麼說？」中年男又迷惑了。

「神遊諸時異空，尋找我們蹤影？」胖先生眼神一飄，瞟向床上男人。

「走遍古今廢墟，確定不見我們的屍體。」中年女子卻說。

「爲什麼？」中年男問。

「嗯，這樣他就相信，我們還活著。」胖先生點頭，忽然伸手大叫：「冠涒，妳看——」

不知何時，男人右手和孩子指尖相連，凹陷臉頰竟似浮起一絲笑意。

四具人體圍出暖爐；八道目光像繩索，連同滴管纏線，牢牢繫住一大一小、雲深不知處的魂影。

「他聽得見我們說話？可是，我聽說他的聽力已經嚴重退化……」中年男趨身向前，像是要喚醒男人。

「我倒覺得，父子倆像接線生。」中年女子打斷中年男的話：「共用一副耳機，收聽天籟？地鳴？遠古回音？來自星星的祕密？」

「陪孩子時，他會帶著收音機，收聽棒球轉播。」女人淡然一笑：「他真是個……狂熱球迷。聽到精采比賽，例如經典賽、職棒總冠軍戰，會怪叫、大吼、嘆息和跳腳；還不忘對孩子解說劇情，比播報員更像播報員。久而久之，孩子對『安打』、『三振』、『失誤』、『盜壘』等狀況會有反應，甚至會提前反應。」

「喔？妳是說，播報員還未說明戰況，他的身體已做出正確的反應？」胖先生歪著脖子看孩子。

「嗯，孩子右腳擂動，就有人擊出安打；左手顫抖，是失誤前兆。有些細微的肢體密碼：眼皮翻動、鼻孔翕動、耳朵抽動……只有他爸看得懂。」

「照這麼說，我的老同學林連程——啊！」胖先生一拍掌：「價值連城！原來，那顆球是無可取代、無價之寶，而且與他有關。我猜，不是勝投球就是全壘打。」又一拳打在男人的床沿。

「是全壘打。」女人臉上滿是敬仰的輝澤。

「就是那支全壘打？」胖先生抓著女人雙肩急問。

「就是那支全壘打。」女人笑得更燦爛了。

「喂喂！哪一支全壘打？」中年男抗議：「我不要玩猜謎啦！」

「應該是他高中最後一役的關鍵一擊。」中年女子的語調平靜。

「是嗎？我不在場。但至少聽他臭屁了二萬八千次。」胖先生搖搖頭。

「妳在場嗎？」中年女子忽然睖著女人，銳利眼神像倒鉤。

「在啊！只是他還不認識我，小姐我是林大王牌的死忠粉絲兼啦啦隊長。」

「所以，那顆球是他擊出的全壘打？時隔多年，再由老先生送給孩子？我還是不懂……」中年男的頭皮快要被自己抓破了，「爲什麼那球一開始會在老先生手裡？」

胖先生詭笑不語，滿腦子「不朽鉅作」的延伸劇情。

「老先生說，那顆球是他一生至寶、後半輩子精神支柱……」女人正要交代真相。

「因爲，老先生也在場，從一群小朋友手中搶走那顆球。」中年女子冷然結語。

空氣倏地凍結。中年男看胖先生，胖先生看女人，三人瞪大眼睛，一起看中年女子，意思是說：妳，也在場？妳不是後來才加入反核陣營？爲什麼會在場？

一絲異香飄來，炸物混合胡椒鹽的油香。

「你聞到了嗎？」胖先生皺起鼻頭，四下嗅聞，對離門口最近的中年男說：「鹽酥雞，有人在外廳吃該死的炸雞。」

「你的最愛？我好像聽見你的五臟廟在暴動喔。」中年男賊賊一笑。

「對他而言，那是最刻骨銘心的氣味吧？不過，捷運又出事了。」中年女子定定看著男人，一面聆聽電視的聲音。

胖先生快速滑手機，瞄到「連續地震，捷運停擺」、「北捷又傳傷人事件」字樣。「捷運，快要變成劫運了。」胖先生皺起眉頭說：「誰說的？捷運是在兩個明亮之間的黑暗移動。」

「不是他，會是誰呢？」女人輕揉男人指尖：「他還說，抑鬱正與陰祟密謀，痛苦悄悄和傷害結盟；快樂分子稀薄且珍貴，容易揮發，難以保存。我們是有氣靈體、無鰓的魚，泅游苦海，上不了岸……」

「這種心理，要對孩子說嗎？」胖先生說：「喂喂！你們看他的手——」乾癟的指掌，浮竄著褐綠泛金又蛻成紫黑的流光，一閃即逝；像枯木逢春，黑木頭瞬間冒長嫣紅姹紫。

「這種情形，好像愈來愈常見。」女人繼續握著男人的手，不以為意。

「我也看過，以為他在變魔術。」中年男說。

「第一次很嚇人。」胖先生彎腰凝睇，男人的手已回復原樣：「那一年的靜坐抗議活動，我親眼看見他『發作』：身體像走馬燈，五顏六色在皮下血脈間隱隱流動。」

「走馬燈？說詳細點，當時的情形？」中年女子尖聲問。

「臉頰潮紅，眉心深紫，手臂枯黃，腿踝烏青……最後整個人發黑。變化之快，像川劇變臉。他還自嘲，有一天可以仙人指路，點石成金。」

「我想到〇〇七片集的『金手指』，占士邦忙著飆車、開槍、拯救世界。」中年男露出懷舊影迷的神情。

「忙著拯救世界小姐吧！什麼國色天香都被他搞了。」胖先生不服氣的嘴角流出欣羨的意味。

「占是邦？站上烏托邦？」中年女子的目光深邃而幽遠。

「也許，他眼中的世界，早就和我們不一樣。或者說，那是我們無法想像的地方。」女人的口吻依舊哀怨。

「老同學啊！你究竟在哪裡？」胖先生嘆口氣。

「也許你該問：『他們，會去哪裡？』」中年女子柔荑輕點，指指男人，又比比孩子。

「如果可能，他會帶孩子進電影院、棒球場，看——」女人話未說完，中年男指著電視嚷嚷：「你們看！又放煙火了。聽說是在八里河岸，有位爸爸幫罕病症的小孩慶生，花費大把鈔票，讓大家分享他們的喜悅。」

「慶生？慶祝什麼？多活一歲？再撐幾天？」中年女子的聲音，像鑿穿耳膜的錐子。

「哎喲！雨姊，何必這麼講話，罕病兒已經很……」胖先生說。

「可憐？」中年女子低頭看著男人，忿忿說：「你覺得，他快撐到四十歲了，是幸運？還是可憐？我們這些人，活在什麼樣的世界？還能活幾天？」

胖先生別過臉，朝中年男吐舌頭。中年男想說什麼，瞄了中年女子兩眼，強忍下去。

「他也喜歡煙火。」女人趕忙接話：「光點代表希望。他說，神會帶領我們，前往希望之地。真想讓他看這一幕。他從什麼都不信，變成什麼都願相信。也從什麼都知道，變成一無所知。」
「就像孩子一樣？」中年女子的臉色稍見和緩。
「他曾經是孩子，可能現在還是，但這名小孩從來沒有童年。」女人用面紙擦拭男人的潤溼眼角。
「我問你們，一個所謂『沒有童年』的人——」胖先生舔舔乾裂的嘴唇，丟下一問：「是真的沒有童年？離不開童年？還是，不能沒有童年？」
「有分別嗎？」中年男問。
「有！『沒有童年』的人不知何謂童年，『離不開童年』的人永遠長不大；『不能沒有童年』的人，只想長小，愈活愈回去，一種逆行性成長。」中年女子答。
「哇！說得有夠深奧。小雨妳讓我思考我是長不大？不想長大？」中年男又趁機挨近中年女子。
「你是長不小。」一肘子擋開對方，中年女子說：「老大不小，卻不長智慧。你若能細膩些，魅力指數會暴增好幾倍。」
「你是長不長啦！」胖先生笑得齜牙咧嘴：「他呢？我的老同學呢？怎麼看待童年，或者說，沒有童年？」
「他很少談小時候的事。」女人說：「直到有了孩子後，他才驚覺『沒有童年』的可怕。」

「孩子呢？反過來想，擁有這樣的父親，孩子是什麼感覺？」中年女子也拋出難題。
「我用冰冷幼年伴你幼年冰冷，殘破一生換你畸殘一天；無童年，陪葬無童年。」胖先生喃喃念誦，搖頭，頹然坐下：「他寫給孩子的週歲禮物，冠珺一定記得。而我忽然想到一句話：『天長地久有時盡，此根綿綿無絕期。』」
「是『此恨』吧？」中年男像抓到學生作弊的監考老師，笑口大開：「大記者，你欺負我少讀書喔！」
「木若有心，根就變恨；恨成枯木，落地生根。有腳『跟』隨，綿綿不盡；種進土裡，此恨無『垠』。」中年女子也輕唱曼吟：「小B說得不錯。而我親愛的標哥，少讀書沒關係，但要多動腦，知道嗎？」
「噢——」中年男不知如何回話，只好傻笑。
沒有人察覺，孩子的膝蓋微微弓起。地層深處，一種滋長，一樣擾動，正在竄延，像打不完的呵欠。平靜房間忽如風浪行舟，劇晃顫搖。
「啊！地震又來了。你感覺到了嗎？」胖先生扶著女人手臂。
「嗯，每一次提到爸爸的……都會這樣，是巧合嗎？」女人茫然抬頭。
「妳是說，只要對孩子訴說父親的傷痛不幸，就——會——發生地震？」中年女子皺眉，「就會」二字刻意加重音。
女人點頭。中年男則搖手直呼：「沒可能啦！一個不能動的小孩，怎可能引起天驚地動？」

「標哥只看〇〇七？建議您老人家抽空瞧瞧《X戰警》、《復仇者聯盟》、《超異能快感》什麼的。」胖先生的爪子，趁機捏捏女人的胳膊肉。

「哎喲喂！電影、小說攏係假啦！潘仔才會信。」中年男一撇嘴。

「標哥別開玩笑，你太老了不行。」胖先生一臉詭異。

「什麼不行？」

「攏係GAY呀！」胖先生捧腹大笑。

「阿標，你確定你是『真實』的嗎？」中年女子也笑了，「少動腦也沒關係，但要多聽話，知道嗎？」

「真實的馬……我是真實的牛啦！」中年男嘀咕著，敞開雙臂，走向中年女子：「妳抱抱看就知道。」

「嗯，虎背，熊腰，粗枝，大葉，像個男子漢。」中年女子瞅著中年男的魁梧身材，面不改色，淡淡說：「你是，真實的虛線。」

「啥？啥米意素？」中年男停步，心念猶在翻轉：虛線？沒要緊，等恁爸把妳……嘿嘿嘿！妳就知什麼是「虛洩」。

「她說你是有血有肉人形框啦！」胖先生還在笑：「說到虛實，老同學最感興趣，一直在思索所謂『邊界』，他稱之爲『無遠弗屆的探測』……」

「邊界？」中年女子的眼睛亮了。

「他說，我們的世界，不但有外太空，也有內太空；內外之間，有個類似奇異點的連結，就像車廂與車廂間的通道，就像……」女人的眸池，閃著意味難辨的光澤：「難產時的母子連體。」

「我知道，那生死一線的難熬。別的女人可以安心坐月子，妳卻在傷心絕望中度過生不如死的一個月。我知道。」胖先生柔聲安慰。

「嗯，謝謝！別人請喝滿月酒；對我們而言，滿月就是天長地久，你們口中的『綿綿無絕期』。」

「其實，走過生死的人，心已豁然，只是辨不清時空分際、生死界線。」中年女子喃喃自語。

「咦？小雨感慨很深喔！妳讓人那麼驚豔，竟也有那種經驗？」話說完，中年男忍不住抬高下巴。因為，他確定自己說了一句名言，是今天，喔不！今年甚至今生最漂亮的話。

果然，中年女子偏頭望他，臉部線條變柔，目光也轉趨溫潤。

女人，果真好騙？胖先生掩唇偷笑。

「『不記得去過哪裡，不知道身處何方，就是白過。』老同學的名言之一。但我認為，過去不等於去過，追究身處何方，不如思考處身之道。」胖先生也想參加名言大接力？

「類似想法，老先生說：『心裡心，天外天，球中球。』我大概可以感受他的滄桑。」

女人接續話題：「只是，『球中球』是什麼意思？我不大懂。」

「老先生？送球給孩子的老先生？」中年男問。

「不要插嘴！老先生。」中年女子急問：「老傢伙沒解釋嗎？」

「老先生說，那顆球是他一生至寶、後半輩子精神支柱。爲什麼呢？」女人總算有機會把話說完：「當球以完美弧線劃過天際，掉落地球邊緣；當年輕的連程白著臉在紅土上拖出流星痕跡……老先生憬悟到：罪孽得到寬恕，失去的竟能贖回——因爲那一擊所昭示的奇蹟，因爲他不敢相認的兒子所展現的生命力，殘缺綻放圓滿。」

「就這樣？浪父回頭？」中年男對自己用詞愈來愈滿意，回頭對中年女子「肖傻」一笑：「球中爲什麼有球？」

「因爲……」女人不知如何回答。

「西方哲學有一派說法：圓形是世界的原型，而以球體呈現。星球是球，眼球是球，橘子是球，西瓜是球。禁果是球，因果也是球。棒球上的一〇八道縫線，踅繞往復，無始無終的奇妙輪迴。」胖先生抖抖肩，清清喉嚨，朝女人眨眨眼，繼續說：「地球儀是地球的隱喻核心，地球是地球儀的誇飾投影。你標哥是雨姊的洗袋母球——噓！不准發問！女人懷胎叫作『帶球走』，美麗異性當然是君子好逑；情投意合就能永結同心，同心成圓。萬事萬物皆由球身孕育，或者化生圓球。他們認爲，宇宙是一枚無所不包的蛋體、完滿質量團。並指出，那渾然天體的圓心無所不在，圓周則不在任何地方。」

「噢——」中年男聽得兩眼發直。

「換個說法，我們的心無所不在，身體則不在任何地方。」中年女子神情一斂。上帝就在每個造物裡面，但沒有任何人事物能代表祂？

「按怎講？」中年男還是一頭霧水。

「大音希聲，大象無形。」胖先生四兩撥千斤。

大體無魂？大魂無體？

「從此，老先生揣著那顆球，步入造化大周天、因果迴歸線：散盡不義之財，暗助貧困無依、老殘幼疾，以及因他受害的人們。後來我查寶貝的捐款來源，發現大額款項幾乎全來自老先生……」

「妳怎麼知道？老傢伙應該用化名吧？」中年女子挑起眉。

「同圓心。」女人說。

「同圓心？同心圓？」胖先生說：「圓球學派認為，人與人、自我乃至宇宙萬物，共處九天合一的九重圓球，心心相印，無分彼此，他們稱之為『九重界天球中球』。是這個意思嗎？」

「這就是我不懂的地方。」女人點頭，又搖頭：「大額捐款人只留下九層心形圖案。老先生交球給孩子時，在寶貝掌心描畫相同圖形……」

「九層心?我看是九頭蛇吧?」中年女子的火氣又上來了。

「哈!全人類手牽手,應能繞地球一圈;頭尾互噬的蛇,也可環成心形喔!」胖先生笑說。

「那些心圖,一環一環,層疊鑲嵌,像盪開又收攏的漣漪。」女人點頭。

「老先生也許想說:球在我心中,我在你心裡;而你,寶貝,在上帝眼裡、掌心。」胖先生的解讀。

「佛掌。」女人忽然說。

「啥米掌?我只聽過如來神掌。」中年男比出五指山。

「他喜歡坐捷運。有一回,經過圓山飯店,他說……」女人笑了,溫柔的笑:「時間是神的容顏,台北盆地是佛掌,托起城市生活,也在冥冥間交織我們的命運:膠著、流轉、興旺與崩解,還有,傷怨和痴迷。」

「『迷途於世,迷惘在心,迷亂於情;迷離於……啊睜眼張口……豎耳鼻嗅膚觸的瞬間。』小雨寫過的文字,我沒背錯吧?」中年男咧嘴,念得坑坑疤疤,笑得像隻牧羊犬。

「妳知道他中學時搭火車通勤?」中年女子盯著女人,突來一問。

「冠涺怎可能不知道?老同學是苦學苦練的典範。」胖先生回答:「我嘛!苦寫苦戀的代言——我從高中起就幫校刊寫採訪稿。那時就知道——」那時就知道,冠涺是知名校花。

「知道什麼？」中年女子瞅著胖先生，一種看穿什麼的眼神。

「忘不了忘不了——」胖先生清唱起來：「忘不了妳的……」

「忘不了老火車時代的風情和風雨。直到現在，他喜歡淡水線，卻有些畏懼文湖——那時候叫作木柵線。」女人輕描淡寫接下話題。

「爲什麼？」中年男問。

「淡水線的前身是北淡線鐵路，和他的學生記憶有關。」又是胖先生搶答：「還有，車廂不同：高運量的淡水線車廂節節相通，中運量木柵線則是各自孤立，彼此隔絕。這一點，我和他討論過。」

「不就像是人與人的關係？」中年女子嘆了口氣：「親如這對父子，一床相鄰，一指之隔，他們能相通嗎？」

「就像寶貝和神和這個世界的關係。」女人的語氣堅定。

「這又是啥？」中年男覺得自己快變成好奇寶寶，什麼都問，什麼都不知道。

「相通或不通，無從溝通。雖然他深信，孩子是神的傑作。」女人說。

「他，也是神的孩子。」中年女子凝視床上男人：「妳說或她說，誰與神說？」她說？沒有人留意，「她」這個不在場人稱的突兀出現。

「但願如此。如今我們什麼也不敢想。」女人說：「就像老先生的離開，心滿盈，意飽足。」

「老先生什麼時候……？」胖先生問得含蓄。

「送球給孩子那天，也就是連程昏迷那晚。」

「那樣離開，沒有人會感到心滿意足。」中年男搖頭。

「那要怎麼離開？我們有選擇嗎？」中年女子反問，卻是有氣無力的詰問。

「啊！地震！又地震了。」中年男想說什麼，整個人忽然彈起。

「餘波盪漾？」女人皺起眉頭。

「是強震。我懷疑是怪獸級的主震。」胖先生看著女人。

女人看著中年男。中年男看著中年女子。誰也沒說什麼，或者，說不出什麼。有那麼一瞬間、一小時、一整天甚至一輩子、一千年，他們或人們，丟三魂失七魄，一動不動。

眼半睜，齒微露，神情迷離。

胖先生想說什麼？也許，想女人要說什麼？中年男想說什麼？想中年女子不及說出的什麼？

蟬鳴乍響，世音迸現，女人幽幽開口：「還記得，和他有關也和每一個人有關的九二一？」

「誰會忘記？鐵軌扭曲、電塔倒塌、山頭崩坍、大樓毀損。為什麼這麼問？」胖先生說。

「他說，我們經驗過的每一個地震，只是某個遠古崩陷的餘波；或者，即將降臨，毀滅性強震的前戲。」女人轉頭，豎耳，彷彿想分辨錯落蟬鳴中的異響。

「如果又適逢人禍？譬如說，核電廠出事……」中年男爲災難加碼。

「阿標，不要亂說話！」中年女子瞪了中年男一眼。

「我只希望妳不要有事啦！啊不是有個老頭說：禍兮福之……啥米碗公？」中年男一臉不在乎。

「禍福相倚？不！早在學生時代，他就說，是禍輻相倚——輻射的『輻』。」胖先生對中年男搖頭。

「他在怕什麼？他向來天不怕地不怕。」中年男單臂高舉，愈說愈激動：「你們還記得他在街頭的狠樣？冠涓我告訴妳，妳老公是史上第一個用頭殼衝撞盾牌、拒馬、鎮暴車的英雄。」

「妳老公是屎？標哥你在說什麼？」胖先生笑得賊眉賊目。

「有了孩子後，他說自己變了一個人。不！應該說不再是一個人，而是二個人、三個人，我和孩子，都不能出事。」女人苦笑。

不能出事？不能出世？

「有人擔心前因，有人操慮後果；有人被過去羈絆，有人對未來惶恐。他……唉！」胖先生說：「瞻前顧後，又遭當下陰影攔腰一斬。像一役白頭的總教練，眼睜睜看著一敗塗地的賽事：先發一局爆，中繼連環爆，後援投手呢，提著汽油桶上場救火……」

「『這一夜太短。暗影，卻曳長得讓永恆膽寒。』哈！小雨的詩句，我講得很輪轉吧？」中年男又變成怪腔怪調的朗誦者。

「說到教練，在溝通困難的情況下，你們怎麼教孩子？讓孩子練習感覺外界、運用感官？」中年女子不搭理中年男，挨近床邊，伸手，輕觸孩子肘臂。

「他說，不用教，寶貝是異世界的主宰，就讓他活在沒有歲月流動的宇宙。」女人握著孩子的殘禿三指。

「是嗎？除卻此生，今生何在？若非今生，要問何生？」中年女子以指代筆，在孩子肌膚上撩畫。

「我要說，絕不放棄。哪怕只剩一秒鐘、一口氣，也要氣吞天地。」胖先生說：「這一點，老同學做到了。不論是練球、靜坐或遊行，不只一次，他在烈日下昏厥。」

「嗯，清醒後，二話不說，跳起來再幹。」中年男猛點頭。

「看他投球，你會覺得世上沒有過不去的難關。如果意志和毅力能決定一切，該有多好！」胖先生抬臂，扭腰，擺出投球動作。

「但他說過，那也不好。」女人忽然說。

「爲什麼？」中年男問

「因爲，你永遠搞不清楚，花花世界主持人，或主宰我們的人，叫作願念？還是怨念？」又是胖先生代答。

「也許，那是他痛苦的開始。」中年女子說。

「妳是指什麼？練球？靜坐？遊行？還是昏倒？」中年男一連四問。

「願念與怨念的糾纏難分。」中年女子一字一字清晰分說。

「在那之前呢？」中年男打破沙鍋。

「前一個痛苦的結束。」胖先生說：「噓！不要問了，我直接回答你：他，放棄了棒球，喔不！應該說，在關鍵戰役棄賽，原因在於：他不想再孤身一人面對？妳知道他跑去做什麼？」

「我知道，爲了同鄉同病的小孩……」中年女子說。

「痛苦很難放下，而那場比賽，他放棄得很痛快。」胖先生的表情，像面對滿壘、滿球數、無人出局的投手，不知如何投下一球。

「孩子痛苦時，妳怎麼辦？」中年女子問。

「我會問寶貝，現在感覺怎麼樣？三？五？九？還是十？」女人在孩子手臂上寫數字：「寫對了，孩子會用只有我能感覺的方式回應我。」

怎麼回應？指尖一搐？眉頭一皺？心頭一刺？

「數字療法？」中年女子抿唇微笑。

「我不知道。我就是用這種方法轉移他的疼痛。雖然他只學到個位數，但他爸爸說：

『我們都是個體，降生爲人，老天也只賜我們十根手指頭。』」

「他也會這步喔？」中年男呵呵笑著。

「文字溝通。他還是相信文字。跟孩子肢體對話，感覺小寶貝最細微的反應，讓他十分開心；見孩子抽搐震顫而不明所以，或關門閉戶拒絕溝通，卻教他萬分沮喪。」女人寫了個「父」字。

「所以，他喜歡用指尖在孩子身上寫字？」胖先生問。

「現代版『畫ㄉㄧˊ教子』——不是荻草的荻，是ㄉㄧˋ ㄉㄧˊ的ㄉㄧˊ。別人看不見，不知道孩子知不知道他在寫什麼？」

「那要看他寫什麼。」胖先生語透玄機。

「喔？」中年男的眉毛彎成一道問號。

「快樂，可以分享；痛苦，難以分擔，只能加乘，終至……不可承受。」

中年男斜睨著胖先生，想問，又不知該問什麼。

一線流光，一抹暗影，一閃即逝。什麼時間了？黎明？午後？深夜？外面一片漆黑。沒有人留意，時間正在變魔術。

「我還在想，他會去哪裡？」胖先生的注意力在男人身上。

「小寶貝好像也不在。」中年女子觀察孩子若有似無的細微動作。

「有沒有可能，父子同行？還是，人各一方？」中年男終於找到插話點。

「他當然想和孩子一起。離開寶貝，會是他生命中無可圓補的缺憾。上回醒來，他說……」女人欲言又止。

「說什麼？」二男一女同時問。

「立身一無所有的世界，彷彿是時間的盡頭。」

「『上天入地叫作空間突破，往古來今堪稱未來救贖。』他的PO文、日記、在社團網站發表的創作，都可看出他這一生的執念：與時間對抗。」胖先生說。

「不久前，隔壁病房有位癌末兒，很樂觀，很甜，很討人喜歡。每天清晨醒來，面帶微笑。問他爲什麼？」女人眼眶紅了：「他說，每天都很開心，因爲每天都在慶生哪！」

「啊！慶生？好奇特的方式。」中年男咕噥著，起身，走到門口，盯著螢光幕說：「今晚人特多，到處黑壓壓，好像趕著逃難——啊呸呸！是趕去跨年，你們有沒有參加過跨年？」

「他也喜歡人擠人，只是……」女人低聲說。

「每逢年關，就是他的生死關？」胖先生說。

「有人說，死是生的出口；有人說，生是死的入門。我想，常常想……」中年女子沉吟著：「生與死，能不能合成一道旋轉門？」

「妳是說，生死能夠反轉？」胖先生問。

中年女子不點頭也不搖頭，只是苦笑。

「今年生日，他發願要爲全天下的病童摺紙鶴。」女人輕握男人的手。

「哇！那要用多少張紙？摺成多少隻紙鶴？」中年男邊看電視邊嚷嚷：「喂！你們看，有人推著輪椅捷運一日遊呢，他想去哪裡？」

「上窮碧落下黃泉，飛向九天十界每一個角落。」女人兀自呢喃。

「什麼地方？你是說，上窮碧落下黃泉？」中年男說：「你們看，是石牌站，他在石牌站下車。」

「那人果然是要去榮總。」胖先生來到中年男身邊，一眼看電視，一眼瞄手機：「奇怪？月台上擠滿人。媒體、警方和醫護人員大陣仗包圍。」

「你終於有反應了？大記者，我以爲你完全不好奇呢。」中年男又露出濁紅透黑黃板牙。

「嗯，不知他做了什麼？正在經歷什麼？」中年女子也悄悄靠近，六道目光緊盯五色撩亂黑盒子。

「什麼？那是大體？」中年男驚叫。

「不可思議啊，帶著老媽媽的大體坐捷運，竟有人用這種方式走完最後一程。」中年女子輕呼。

「今晚的奇聞異事不只這一樁。」胖先生低頭滑手機，哎呀聲連連：「哎！跟你們說，除了放煙火的父親，還有一位……啊！失業又生病的單親老爸，帶著小孩……投海自盡。」

「跳海？在哪裡？」女人抬頭問。

「好像是淡水，為什麼這麼問？」

「他曾說夢見自己帶寶貝坐淡水線，一直坐到終點，又搭上核廢料救生桶，乘『輻浮於海。』女人用邊櫃上的面紙，擦拭眼角。

「啊娘喂！天下父母心。幫孩子慶生，再誇張也不為過；只是，帶著孩子去跳海……唉！」中年男猛嘆氣。

「一個不斷轉動的車輪，將以永不停息的等速運動，轉進永恆，也盪向虛空。」中年女子輕聲說，說得很慢，語調很哀傷。

「啊什麼……？」中年男想說：「什麼輪？我只聽過黑輪和花輪。」忽覺不妥，把話硬吞了回去。

「是啊！這一晚，那條捷運線，載走多少故事？」胖先生仰天吐出一口大氣。

「他夢見過孩子的世界。」女人忽然開口：「從某種角度看，與他的夢境相似。」

「他想像中的孩子世界？孩子眼中我們的世界？」胖先生偏著頭問。

「粗線條天空，無輪廓大地；像是鉛筆素描、筆畫歪斜的世界。」

「會不會是異夢同境？」中年女子說：「艾略特筆下的《荒原》？」

「啊我猜是小朋友的想像？」中年男說。

「他擔心，那不是想像。」女人的表情，悶悶不樂。

「我們所恐懼的那種未來？」中年女子反而一笑。

「如果，妳生命中最重要的人長眠不醒，卻也不死……」女人轉頭，睖著中年女子：

「妳會放棄？不放棄？」

「妳想放棄？」中年女子直瞪回來，像一記強力扣殺。

「我不知道。好像在打一場……」女人低下頭。

「沒有勝算的戰爭？」胖先生趕忙接下話尾：「放心啦！天無絕人之路。」

「對！我們來打一場搶救未來大作戰。」中年男伸出五指山，邀中年女子擊掌。

「未來在哪裡？」中年女子轉身避開，語帶怏怏：「『有一天，強光，只有一瞬的強光照亮黑暗，巨焰沿地平線竄燒，火舌吞噬世界的輪廓。水線、雪線和森林中的截線扭曲變形，萬物銷燬。』還記得嗎？小程的最後一篇貼文。但沒有人相信。」

小程？她是指連程？胖先生皺皺眉，瞟了中年女子兩眼，才說：「嗯，接下來那句更耐人尋味：『沙飛石走，只剩下一座球場。』」

「球場？」中年男問。

「棒球場是他記憶中永不消散的座標。」女人說。

「妳看見了？」中年女子問。

「我不知道他夢中球場的模樣，但我親眼目睹，他生命中最神奇的一刻。」

「唉！還是那句話：可惜我不在場，爲了拚聯考，而妳是快樂大結局中最開心的小女孩？」胖先生其實想說：我如果知道夢中情人也在，拚了命也要衝去球場。接下來的發展，可能就不一樣了，妳也不會這麼悲傷。

「其實，妳看到的他雖然只有十八歲，身體衰敗的程度，已經像個中老年人了。」中年女子的尖音，打斷胖先生的思緒。

「也許，他的靈魂更老。」女人輕幽一嘆。

「按怎講？」中年男問。

「老到可以蹲在任何一個時空角落，靜靜看我。」

「對了！那場比賽的狀況複雜而錯亂，像眾線交纏的多人稱小說。妳……還不認識他？只是仰慕威名，跑去球場加油？」女人點頭，胖先生的語調有點像餿掉的米醋：「而那一天，他沒有看見妳？」

「沒有。也沒有看見老先生。」

「老先生也在場？」中年男問。

「標哥，你是得了健忘症？同樣問題要問幾次？」胖先生無奈聳肩。

「是啊！前些日子他來找我、傾訴一切時，讓我既感動又驚愕。老實說，那天還有誰在場？誰不在場……」女人有意無意瞄了中年女子一眼，緩緩說：「只有全能的神知道。」

「後來妳號召一票女同學，自製字板、海報、加油棒，去看冠軍戰，當他的專人啦啦隊？」胖先生的手又擱淺在女人肩上。

「可惜他缺席了。」

「後來不又『重逢』了？這就不算是錯過。」胖先生暗想：也是我和妳的「重逢」。我會在妳最需要呵護時陪伴妳，絕不錯過。

「他說，人一生的錯過，可能比過錯還多。」

「他最不願錯過什麼？妳的愛？兒子的成長？」中年女子提問同時，輕攬女人肩膀，順勢擠開胖先生的爪子。

「爲別人，緊握不放；對自己，兩手空空。」女人回答。

「是嗎？千萬不要是：爲別人妻，緊握不放；對自己人，妙手空空。」中年女子斜睨著胖先生。

「按怎講？」中年男滿臉迷惑。

「咳咳！你們也知道，當年的他，爲了一名素未謀面的鄉童，放棄關鍵戰役和自己的棒球人生。」胖先生乾咳兩聲，趕緊接下話題。

「嗯，這件事，他一直不肯說明，到底是怎麼一回事？」中年女子問。

「那男孩叫小傑，同村小孩，和他一樣是輻射受害兒，離鄉背井來到台北求醫。一直以林哥哥爲榜樣，希望自己也能打敗病魔。」

「同病相憐？」中年男迸出一問。

「他說是同病相連。」胖先生說：「就在那神奇之日的深夜，連程爲了即將到來的冠軍戰，輾轉難眠，忽然接到醫院來電……」

「就在那一晚？」中年女子問。

「就在那一晚，直到隔天下午，他陪在那男孩身邊……」

「他是怎麼認識那小孩？雖然出身背景相似，但來到台北，親如同鄉也變成汪洋中的小水泡。」中年男又沒頭沒腦插嘴。

「同病相連同瘡會。」女人說：「後來才知道，運作基金也是由老先生默默贊助的。」

「喔，我知道！我知道！輻射受害兒組織的小團體；上回北、中、南大串連，他們也撐拐杖、坐輪椅甚至躺在推床上出席呢。」中年男首度搶答得分，高舉雙臂，喜不自勝。

「那些年，他一直是各大醫院的流浪病患。抱著希望，流離奔波，等待幻滅；和其他孩子見面時，彼此打氣、問候，互稱『戰士』。而他是……」

「最後一名戰士？」中年女子問。

「也可能是先驅者。你知道，這些年，他不斷『死裡逃生』，像魔術師表演密室逃生術。只是，昏迷時間愈來愈長，清醒時間愈來愈短。」胖先生深吸一口氣，看了床上男人一眼，繼續說：「我也一直在尋找『超越』的可能：雨姊的『生死反轉』理論。」

「那就要問神的意見了。他常常用『如有神助』形容自己處境。不過，那個『如』

的意思，不是『彷彿』、『好像』，而是『如果』。」女人說。

「神仙保佑？神明上身？神威赫赫的人間代言？嗯，這真是比如虎添翼更如魚得水的如來至寶。」中年女子點頭。

「他喜歡神奇的徵兆、數字，例如，奇蹟、絕景、幻象、異獸、一百扇門……」女人的唇線、眉梢揚起如展翅。

「一百扇門？」中年男問。

「他算過，這間醫院，剛好有一百扇門。每次進出醫院，走過長長的廊道，他看著一扇接一扇相似的門框，掛著不一樣的字牌：一般內科、神經科、骨科、腫瘤科……就有一股衝動……」

「什麼？」中年女子問。

「打開門，走出去。」

「應該是走進去吧？」中年男的眉心快要糾成螺旋。

「我懂，那些字樣及其代表的意義，他並不陌生，甚至是病歷表上的一行行紀錄，都意味著生死門關。每一道門，都通往內在，一個接一個的痛苦經歷。」胖先生說。

「不！他以爲，打開門，就會看到、去到不一樣的世界。我以爲，這才是雨姊的『旋轉門』。」

「阿彌陀佛，勿爲表象蒙蔽，幻境遮掩。各位施主，色即是空，空即是色。」中年男忽然雙手合十，模仿高僧說法——搞笑版。

「色寂，是空？寂寥的『寂』。」中年女子的神情黯淡了幾分。

「空極，是色。閒得發慌，我就猛看A片。」胖先生搓著手，抖著腿。

「他最想做的事：在萬籟俱寂的極境，聆聽，萬籟聚集。」女人說：「譬如說，坐在窗前靜觀日升月落。」

「他在等什麼？」中年男問。

「聲、色、嗅、味、觸，什麼都好。孩子出生後，他一直在等孩子出聲。」

「叫他一聲爸爸？」胖先生收斂了笑臉。

「叫什麼都好。像個嬰兒，會吵會鬧會啼會哭就好。」

「寶貝不是會出聲？」中年女子觸撫孩子臉頰，指尖停在嘴角。

「會！但你分不清那是叫、喚、泣、嚷、高歌或悲鳴？有時急促而岔裂，有時悠揚且綿長；有時嘰嘰咕咕，似禽囀，如獸哭，身體像共鳴器，震顫不已。但沒有一個音出自『天真可愛』的童言童語。還有一種狀況……」

「什麼？」中年男問。

「只要咿啞張口，就會……」

「怎麼樣？地動山搖？」中年男追問。

「滿室蟬聲。」女人輕輕撫平孩子衣襬的皺褶：「各種長短調、高低音，在靜謐午後乍現，像一人交響樂，單口奏出喜怒哀樂、喧譁眾聲。」

「就像我們剛才聽到的？」中年男偏著頭，打量似動非動的孩子。

女人點頭，中年男皺眉又問：「可是，剛才又不是午後，怎會有蟬聲？」

「你確定『剛才』聽到的是蟬聲？」胖先生朝中年男眨眼睛。

「或者說，你聽到的聲音是在剛才？昨天？上一個冰河紀？」中年女子也補上一刀。

愣住。中年男心想：你們是在練肖話嗎？嘴裡說：「好吧！那孩子出生前呢？他在等什麼？」

「等孩子出生，對他而言，噩夢兌現。」女人說。

「現實、夢境交混的虛實不分？」胖先生問：「我是說，上一回他昏迷醒來，知道自己『醒來』了嗎？」

「上一回……我太累太倦，是在昏睡中被他搖醒。」女人苦笑：「我聽見他說『如果時間和空間是不容分割的存在，那麼，內在和外在的區別在哪裡？我和孩子在哪裡？樹上蟬鳴、遠天灰雲和眼前光影的界線是什麼？』老實說，我不確定在什麼情況聽到這段話，清醒後？睡夢中？」

「靈體出竅？神遊八荒？魂魄入夢？」胖先生邊說邊貼近女人。

「色魔上身啦！」中年女子冷冷丟出一句。

「他常引用一句話。」女人縮開了身子。

「什麼?」胖先生只好停止動作。

「瞧!哈姆雷特蹺著腿說:『啊!上帝,即使困在堅果殼裡,我仍以爲自己是無限空間的國王。』」女人俯身,握著男人的手:「他又說,孩子像……絕世高手,被八大門派、天下人圍攻,點穴封印,鎖進深山、惡水或古墓,遭時間遺忘。」

「絕世?與世隔絕古墓奇兵?」中年女子問:「如果可能,你們想帶孩子去哪裡?」

「迪斯奈。動物園。糖果屋。遊樂場。一定是小孩子喜歡的地方啦。」中年男搶答。

「我不知道寶貝的想法,但明瞭他一定有想去的地方、想做的事情。也許,他只想吃完一整碗爸爸煮的麵……」

「整碗麵?他只想吃麵?這麼小的願望……」中年男露出不可置信的表情。

「他五歲生日那天,好像打通任督二脈,解開了味覺和觸覺,竟然張口吃下一根爸爸煮的麵,雖然只有一根,一根……」女人挽起孩子的手,聲音愈來愈低:「也許,他只想縮進我懷中撒嬌,怪我爲什麼想放棄他或不放棄他。」

「也許,他有千言萬語想說,一直在尋找與你們溝通的方式。」中年女子瞳光閃閃,宛如奮力參悟天機的修道者。

「像鋼鐵人?」這回輪到胖先生無厘頭了。

「鋼鐵人?那個動漫英雄?」中年女子皺眉了。

「是啊!金屬厚殼包覆的肉身,機動,強大,飛天遁地變異人種。外人窺不透究竟,但他並未與世隔絕，甚至可能拯救世界。」

「哈！我說小B兄，你的休閒活動只剩下超人打鬥和妖精打架？」中年男話未說完，自己先笑了。

「我是說真的。那層硬殼，是他的堡壘，也是牢獄。」胖先生伸展雙臂，舞動兩拳，擺出機器人動作。

「肖想肌肉男？你是肉雞男啦！哈哈哈！」好不容易逮到回敬機會，中年男笑得前翻後仰。

「這麼說有幾分道理：他體內的核能，像鋼鐵人胸口的機械心臟——利用導彈中的金屬鈀元素和破銅爛鐵，做成小型方舟核反應爐——既是五感束縛衣，也是維生發電廠。如果是我，不知該選擇『束縛』？還是『維生』？」中年女子摀著胸口，像西施捧心。

「也是妳的……『可能』之一？」胖先生凝視中年女子，小心翼翼措詞。

「也可能是……爸爸的夢中小孩？我想是的。」女人忽然自問自答。

「夢中小孩？什麼小孩？是寶貝嗎？」中年男問。

「應該不是。或者說，不是以現實面貌出現。」胖先生搖頭說：「我只聽說外遇生子，這內遇小孩從何而來？」

「什麼模樣？」中年女子問。

「看不清楚而感覺深刻，甚至心悸氣喘。最近幾次昏迷，都『遇見』那小孩。他認為就是寶貝。但他不認為那裡是夢境。」

「那是哪裡？」中年男問。

「神遊之地，神奇之處，天知道。」女人抿唇，淺笑。

「和孩子的夢遊仙境。」胖先生說：「除了廢墟、球場，他還訴說過哪些夢中景象？」

「不可知，不可說，不可聞，難以想像。我只知道，他的遊歷，一如經歷，愈來愈豔異。」女人表情，神祕中帶著懵然。

「豔遇？春夢？啊！我的超強項：事如春夢了無痕，夢如春逝無遺痕。」胖先生咂嘴，嘆息。

「小B兄，你又想到哪裡去了？」中年男一拳捶向胖先生臂膀。

「你們歐激桑不懂啦！色是活的，而香……」胖先生靈活轉身，避開中年男的攻擊。

「猶似媽媽餵他的第一口粥，栩栩如生。」中年女子忽然接口。

好吃？

嗯，爸爸認為好吃嗎？

「嗯？你們聽到了嗎？有人在說話……」胖先生按住中年男的拳掌，東張西望，耳朵直豎。

「聽到啥米？」中年男不解。

「好像是他的聲音。」胖先生皺眉縮鼻，五官擠成包子臉。

當然……美味可口囉。你想要怎麼吃？

「我也聽到了。他說：『你想要怎麼吃？』」中年女子瞪大眼睛，湊近床上男人。

「他哪有開口說話？你們是聽見鬼在號嗎？」中年男哇哇叫。

這時，天地急晃，門窗劇搖。

「啊！又來了。這回震度特強。」

「希望不要傳出災情。」

「崩壞。快要總統大選了，這是崩毀的前奏。」

「我們常說時光飛逝，什麼也沒總統大選快，怎麼一眨眼又要選了？我聽到一種說法：選嫌與能，專選我們以前嫌惡的怪咖，只因他們凡事憑一張嘴，無所不能。」

「真是這樣，他們不回來也好。」

「他們究竟去到哪裡？」

「時間的盡頭。他說，他最想去的地方。」

有一段時間，有一些對話，被恐懼震懾、無助撼碎，變成斷句、顫音，混入天長地久的天搖地動。聽不出人稱、腔調，分不清因果、實虛；或者說，埋進城市低鳴、島嶼共振，九天十地轟轟合奏的一聲斷響。

斷響接上交想。地平線若隱若現，逐漸浮出輪廓。

「甭說盡頭，就算只是跑操場一圈，我也得問自己：我，做得到嗎？」低沉嗓音漸漸拔高、清晰，是胖先生的自我詰問。

「天生我才必有用，千『精』散盡還復來。嘿嘿！小胖胖加油！」中年男說得好不得意，他覺得自己快要變成詩人了。

「阿標，你被小胖胖染黃了。」中年女子白了中年男一眼。

「素喔？」中年男笑得更開心：「那就要改成：天生啥小無路用啦！」

「他相信，每個人都是上帝的零件——要說『靈件』也行，爲感覺世界而設計出來的感官。」女人摸摸男人，又拍拍孩子。

「喔？不知天堂有沒有失件招領處？」中年男還在笑。

「幹麼？」胖先生問。

「說不定我們可以把連程兄領回來喲！」

「記得有人說過：『但願天國存在，即使要我下地獄。』」中年女子說。

「因爲『下地獄』是個人遭遇，『上天國』是人類嚮往？有了嚮往，遭遇就不算什麼了？」胖先生皺起鼻頭，貼近男人，像努力嗅聞氣味的獵犬：「你喔！是不是要說：按照『零件』邏輯，天國和地獄，都可以拿來炒地皮，只是裝潢、訴求不同——都是神的房間嘛！」

「他說過，家不是我們來自的地方，而是創造的去處。咦？奇怪？」女人的手莫名顫抖，停在男人眉睫，另一手取出紙巾，擦拭孩子的足踝：「孩子的腳，什麼時候弄髒了？」

「自來處來，往去處去？來就是去？去了就來？何處惹塵埃？」中年男又在擺POSE——雙手合十，左腿弓起，昂揚金雞獨立步。

「哈！對我這種宅男而言，不論身在何處，我其實都在家裡，或回家途中？」胖先生想模仿中年男，但身姿不穩，笑笑坐下。

「是這樣嗎？」中年女子伸手，凝視穿過指縫的光影，好像想要確定什麼？「如果孩子開口，或用任何方式傳遞身體訊息，會說什麼？」

「爸爸媽媽對他說什麼，他就對爸爸媽媽說什麼。」

「妳說什麼？」中年女子睖著女人。

「我……」女人正要說：我沒說什麼。

「不管孩子說什麼？或變成什麼？妳都會愛他？」有人冒出一句。

「啊什麼？」女人看中年女子，中年女子看胖先生。胖先生雙手一攤：「什麼什麼？我什麼也沒說啊！」

「那麼……我們在等什麼？」

「等他歷『劫』歸來。」

劫？什麼是劫？

在佛家語中，「劫」是指時間的最長單位。

怎麼算?有多長?

成、住、壞、空,謂之「劫」。但有人壽長,有人命短;王朝或國家,也各有其年祚。一劫,到底是多久?

有一宏偉之城,長、寬、高各達四十里,在城中塞滿芥子粒,三年取一芥,城空之時,謂之「一劫」。這一劫,就漫長到難以計算。

萬劫怎麼不復?永劫如何回歸?

比樹上蟬鳴的時間長?比冰河期長?比地球壽命長?

比你最想念的人離開的時間長?

多久了?一萬年?一世紀?一輩子?一整天?一彈指?斗室裡的人,你望我,我看他,他覷你,宛如雕像,經歷災劫、傾覆、無止盡等待,竟而,一動不動。

流光一閃,所有未曾有過來不及做的事,一氣呵成,一念成行,一思成灰。

他們在想什麼?

胖先生雙手一攤,就這麼懸在空中,如同說不出口的話,回溯到半個月前最斗膽的告白:如果你走了,我會照顧冠涒,一生一世,不離不棄。床上男人一息游離,眼睛半睜半闔;嘴角,似笑非笑……

看著學生時代的夢中情人,看著童蒙以來相知相惜的老同學,胖先生忽然發現,或者起疑:床上男人依舊是「老」同學,依舊是半個月前的床上男人。時間不曾流逝,而是定格在天搖地動的一瞬。世界停擺，宇宙停步，眼下場景，只是神凝命終瞬間的幻想畫面……

女人發覺了嗎？女人還在嗎？如果不在這裡，會在哪裡？不同時空相同病房？

女人的手停止抖動，猶有餘溫，挨著床，偎著孩子，護守泥亂腳印、與生俱來的瘦癟皸裂。兩眼瞪得老大：她在想，一直在想，寶貝去了哪裡？

夢境深處——人類母親到達不了的極地。

耳畔仍迴旋著似調笑又像譫言的餘音：自來處來，往去處去，來就是去，去了就來……

中年男很後悔在人生最後一刻模仿高僧，因為放不下瘦累的手、僵硬的腿。對他而言，「來處」和「去處」是指同一個地方：一名會寫詩、渾身散發冷雨（語）氣息的女人。他想她，想了很久，知道她會拒絕他；一直不敢接近她，又不甘心遠離。他從臉書得知她的行蹤，急急趕往醫院。太好了！機會來了！這樣我就有正當理由探望連程老弟、他可憐的孩子，以及朝思暮想的妳。那一瞬間，她的冷眉、銳目和笑靨恍若直撲眼前。他對自己說：「那是夢中所見？不！不是夢境，是我傾盡所有的未來。小雨，我來了！」迫不及待起程，七手八腳動身，也可能是，想像自己已經來到醫院，與胖先生唇槍舌劍，和女詩人眼去眉來——啊！嘿嘿！女詩人的纖纖玉手，穿時越空，招喚他的憨傻、笨拙、莽撞，以及無可救藥的痴心。

如果時間沒有終點，我們處身此時或彼刻，有何不同？

假使空間不見盡頭，你在紅塵，我在世外，算不算分隔兩地？

中年女子的指掌，擱淺在光影中，像伸出漩渦求救的手，朝萬古黑暗無助揮動。她在急什麼？見床上男人最後一面？給自己最終告解？

隱藏了數十年的祕密：男人從不知「雨姊」是他的親阿姨，自小帶病離鄉，一生漂泊無依，而在無措厭世的關頭接受姊姊臨終託付：照顧小程。

「照顧」有很多種，她選擇最埋沒也最落寞的方式：默默付出。

她其實可以表明身分。不說，是擔心自己先走一步，打擊外甥的求生意志；或者說，只要不相認，那可怕命運會自行中斷，不再延續。

蹙眉，偏頭——她動不了，但感覺有什麼在動。聽哪！仔細聽！那是什麼？

若隱若現腳步聲，夾帶切切呼喚，急追而來。她看不見那人，只能想像，或者說，希望：黝黑面容、熱烈目光、光頭黃板牙、粗中帶細的男人身影。笑了，等不到那一幕，也來不及去醫院看外甥，此時此刻，倒在自己小窩，靜觀地裂天崩，享受……被人呼喚、探視、照顧、眷戀，無可救藥的幻想。

萬一時間是汪洋，人的意識與願念，載浮載沉，循迴往復，離散旋即聚合，分開而又……分不開。

就算空間是孤島，你的寂宅、我的心房、他的病榻，都是幸福邊界的違章建築。我們營造蜂巢，尋找擁擠，不過是千門通萬戶，一望無際禁閉室。

如果上帝哀憐的目光化作穿堂風，風吹眼簾，千秋一眨。所有靜坐的沙雕，由外而內，從頭到腳，一層層、一念念剝落。劫灰或劫歸，飄落永恆的河床。

永恆藏在哪裡？彈指間隙六十剎那的某道閃光？

忽忽一閃，一閃淚光？

十色五光，交織疊映。

白色人形框動了動：血氣竄走，經脈運行，髑髏生肉，感官歸位，憂歡上色，虛線，幻化成體……

「喂喂！你們看！他……」聲音和對話，也回到原先合奏。

筆筒樹葉悄悄舒展。千年桐花無端綻放。

病床上的人，緩緩睜開了眼睛……

九歌文庫 1268

旅行

作者　張啟疆
責任編輯　張晶惠
創辦人　蔡文甫
發行人　蔡澤玉
出版發行　九歌出版社有限公司
臺北市105八德路3段12巷57弄40號
電話／02-25776564・傳真／02-25789205
郵政劃撥／0112295-1
九歌文學網　www.chiuko.com.tw
印刷　晨捷印製股份有限公司
法律顧問　龍躍天律師・蕭雄淋律師・董安丹律師
初版　2017年11月
定價　360元

書號　F1268
ISBN　978-986-450-154-0
（缺頁、破損或裝訂錯誤，請寄回本公司更換）
本書榮獲 國家文化藝術基金會 National Culture and Arts Foundation NCAF 創作補助

國家圖書館出版品預行編目資料

旅行 / 張啟疆著. -- 初版.-- 臺北市：
九歌, 2017.11
面；14.8×21公分. --（九歌文庫；1268）

ISBN 978-986-450-154-0（平裝）

857.7 106017922